本書は二〇〇四年八月、小社より刊行された『文学運動と黒島伝治』を改題したものです

プロレタリア文学運動と黒島伝治◉目次

13章　「労芸」の分裂から文戦打倒同盟へ

14章　弾圧の嵐の中で

15章　「血縁」執筆からその死まで

プロレタリア文学運動と黒島伝治

1章　「軍隊日記」

召集まで

一八九八年一二月一二日、香川県小豆郡苗羽村苗羽（通称、芦ノ浦）で、父兼吉、母キクの長男として生まれた黒島伝治は「自伝」の中でつぎのように書いている。

「家は、半農半漁で生活を立てていた。祖父は、江戸通いの船乗りであった。幼時、主として祖母に育てられた。祖母に方々へつれて行って貰った。晩にねる時には、いつも祖母の『昔話』『おとぎばなし』をききながら、いつのまにかねむってしまった。生まれた時は、もう祖父はなかったが、祖母は、祖父の話をよくした。『おとぎばなし』は、ええかげんに作ったものばかりだったらしい。三ツ四ツそれをまだ覚えている」

「黒島伝治全集」（筑摩書房）所収の年譜によると、「当時、黒島家は畑五反、山林一町を持つ自作農であった。父の兼吉は鰯網の株を持っていて、鰯の時期には網引きにも出た。等級割（税金）は十カ余り（十カが一戸前）であった。決して豊かではなかったが、生活は安定していた」という。

一九一一年、小学校を卒業した伝治は五カ村立の内海実業補習学校（三年制の中学校にあたる）に入学、成績は一、二を争うほど優秀であった。一年上級に壺井繁治がいたが、彼は農業担当教師にたいするいたずら事件の濡れ衣を着せられ、みずから退学、一九一三年、大阪の上宮中学校の二年編入試験を受け同校に入学した（「壺井繁治年譜」、「壺井繁治全集」第五巻〔青磁社〕所収）。

以下、シベリア出兵までを、伝治の年譜、日記にそって略述する。

一九一三年、師範学校を受験したが失敗。翌年、内海実業補習学校を卒業すると船山醤油株式会社に醸造工として就職したが、健康上の理由もあり一年ほどで退職する。このころから講義録や雑誌などを取り寄せ、文学修業を始める。一七歳であった。

一九一六年、一八歳、東西文学の名作を読みあさり、読書範囲は「法華経」などの宗教書にまで及んだ。習作も始め、詩、短歌、散文などを雑誌に投稿する。翌年、小説雑誌『青テーブル』に黒島通夫のペンネームで短歌欄に寄稿していたことを、のちに壺井栄が書いている。少し長くなるが書き写しておこう。

「当時の私はまだ、今流にいって十六歳の少女だったのですもの。十六歳の私は、月給二円で住み込みの事務員だったのです。一生けんめい働いては、一枚ずつの着物を作ってゆくのにおわれていました。しかし男のあなたは一生けんめい働いて、東京の本屋へ本を注文していました。そういうあなたに、私はひそかに目をみはっていました。しかし、三日にあげずもらうあなたの手紙には、いつもがっかりしていたのですよ。あまりにもあなたの字は下手糞だったのですもの。小学校でいつもとびぬけの優等生だったあなたが、どうしてこんな右上りの下手糞な字しかかけないのだろうか、と不思議だったのです。私はそれをあなたのペンの悪さからと思い、不遜にもペン先をさし上げたことがありましたね。あなたは大そうよろこび、今日の字はうまくかけたといってきましたけれど、やっぱりその字はひどく右上りの感じの悪い字だったのをおぼえています。何と失礼な少女だったことでしょう」

「あなたは、たしか『青テーブル』という四頁の小雑誌を同封した手紙をくれ、交換してよましてくれといってきました。『青テーブル』にどんなことが書いてあったのか全然おぼえていませんが、その短歌の欄に黒島通夫というあなたのペンネームがあったのを忘れません。後年の作家黒島伝治がこんなところから二葉を出していたなど私に気づく筈がありません」

（『新日本文学』一九五四年一月号「今日の人」）

壺井栄（当時は岩井栄）は当時、隣村の坂手郵便局で住込みの事務員をしていた。伝治は彼女の友人で、大阪の難波病院の看護師をしながら短歌や小説を書いていた岡部小咲と親しくなり、やがて肋膜炎を患って帰島した彼女と頻繁に往き来する。

上京した伝治は、三河島の小さな建物会社に勤務しながら、小咲をモデルにした「呪われし者より――K姉に」を書いている。

一九一八年の春、建物会社をやめ、神田の暁声社（養鶏雑誌社）の編集記者となる。下宿を壺井繁治がいた小石川小日向台町に移し、アテネ・フランセに通いフランス語を学んだ。このころ、トルストイ、チェホフ、ドストエフスキー、島崎藤村、正宗白鳥、志賀直哉の作品に傾倒した。この年、黒島通夫のペンネームで「すすり泣き」を書いている。

一九一九年、二一歳で早稲田大学高等予科英文学科へ第二種生（選科生）として入学。徴兵検査を受け、甲種合格となる。一一月二〇日、入営準備のため東京を去り実家に帰る。選科生は、正規の中学校課程をへていないため徴兵猶予がなかったのである。この日から「除隊の日まで――軍隊一カ年間の日記」を書き始めた。「軍隊日記」のいわば内地編にあたるものである。一二月一日、姫路歩兵第一〇連隊に入営、兵科は看護卒（衛生兵）であった。この年の五月二〇日、「唯一の友」であった岡部小咲が肺結核で世を去っている。

「軍隊日記」から

一九一九年一一月二一日にはつぎのように記される。

「自分の前半生は、失敗を以て、東京に別れを告げる。そうして、今日は、大阪に別れを告げる。どうなりと、なるがままになるがいい。自分は、自分の運命を悲観しない独歩をして、貧乏と失恋とに逢わしめた運命の神に感謝せよ、啄木をして、中学を出でざらしめたる運命に感謝せよ！　独歩の小説は、不遇と、苦悩より生まれたるものに非ずして何ぞ！　啄木の歌は境遇と、彼の性格との交叉点より発したる叫びに非ずして何ぞ！」、「自分は、もっともっと苦痛に試される人間らしい」

　若い伝治のややニヒリスティックな心情と、これから降りかかってくる苦労の予感とが記されている。二四日には孤独感にさいなまれた心境を小咲の死と重ねながらつぎのように記す。

「自分はこれまでに、自分を理解されたることなし。――ただ唯一の友、小咲を除きて。二三の友人あり、されどそは友人と云うにはあまりに、自分を知らず、自分は、まだ一度も自分のドン底を打ちあけて話したることなし、彼等また、自分の心の大秘密を聞かんとせず、彼等は、ただ彼等に必要なるもののみを自分より聞かんとするなり。自分の性格の真髄を直観してくれたるは、唯小咲一人あるのみなり」

　さらに翌日には、武者小路実篤の楽天主義をひき合いに、「僕は、あんなに楽天的になれない。僕に映じる人生は、暗い。悲しい。僕の通って来た今までの人生、僕の悟性に感得される人生は、苦痛と悲哀とである。ただ神の中にのみ平和なる治がある。が、吾々は、今すぐに、神の中に到達することは出来ない」。

　二六日には、「昼上村の叔父の家に行って御馳走になる。いよいよ故郷に別れを告げる日も近くなった」と書き、入営の日が近まったことだけを記しているが、翌日になると感傷的なものとなる。

「今の心持ちを何と表していいか分からない。集積した上に集積した悲哀である。泣きたい。が併し、泣いたって仕方がなし、奮闘すると云っても、腕を振り上げて力んだって仕方がなし。――ああ、もう、すべてを神の意志に任せるんだ！」（二七日）

「夜、汽車の中に於て。隊出発の日だ。僕は酒を飲んで他人のようにさわぐことが出来ない。別れを告げる。薄暗い夜の月に、黒い海に、なつかしき空に、山に、家に、港に、母に、弟に、妹に。人生はどんなになることやら分かりやしない」、「運命は決して正しいものではない。人は運命にもてあそばれるのだ。可愛そうな人

間よ！　悲しい人間よ！」（二九日）
「人生は、苦悩であり、涙で充たされているものである。父の顔に刻まれている、苦しみのあと、何が故にかくも人生は苦しまねばならぬのか！　涙を流さねばならぬのか！　狭い下層室の片隅で、僕と父とは曲がりなりに横になっている。僕は、父の顔を見ると、気の毒に思う。自分で働きたいと思う。涙がこぼれる」（三〇日）

一二月一日、この日から営内生活が始まる。日記はこの四日間のことをかんたんに記す。「この四日間が人生の試練であった。自分はこの間に於て兵営生活を感得した」としてローマ字で「馬鹿、馬鹿！　同じ人間だのに、同じことをして、同じように飯を食って悪いということはないはずだ」と。

六日には、「毎日、似たようなことである。身体が疲れる、手や足が痛む、二日に身体検査を受けた時に、医者が左肺の呼吸音が微弱なので再診してやると云っていたが、昨日から、呼吸をすると、肺の中がぐうぐう云う、丁度七月から八月にかけて家に帰っていた時分のような気持ちの悪いなりようだ」。のちの肺尖炎のような兆候が現われたのだろうか。また、この日の日記には「悲しい！　悲しい！　悲しい！」と書かれている。

「この頃は、皆目読めない。思うままにいくらでも読んでいた時を思い出す。本を読むのにも中隊長の許可がいる。それはまあ仕方がない。ところで、前週の土曜に許可を得るために班長の許に出しておいた本をまだ、班長が握って許可を得てくれない。その上、以後読む本は、一応班長に申し出てから買えと云うのだ。読むらいは何を読んでもよさそうなものだ！　かきたいこともろくにかけない」（一三日）

「朝、戦友の敷布と、自分の敷布と、枕覆いと、靴下とを洗濯した。手先が寒冷さで痛い。軍隊と云うところは洗濯物をほすにもゆだんがならない。すぐなくなってしまうのだ。それで、なくなると、初年兵は探し出しようがない」（一四日）

二〇日には、日本軍隊のありようを「――軍人は、国家を保護するためにあるのである。――戦に於て敵をうちまかすことが、軍人の軍人たる手段である。――戦に勝つには、技術よりも、精神による。――身を鴻毛よりも軽るしとして、突進する精神による、のである。と、――軍人精神と、軍紀とが軍人にとりては最も必要なる二要素である。軍人精神とは、勅諭の五カ条、である。と答えるとその答えは完全である。と。そして、また、武士道、大和魂とも云うことが出来る」とのべ「――敵に勝つ、――敵をやっつける。――敵を殺す。――人間を殺す――□――何が故に敵を殺すか」と疑問を呈したあと、ローマ字で「最も野蛮な、人間の数に入らないもの、すなわち軍人である」と書いている。きびしい軍隊批判である。

二一、二二日の日記には厭戦気分に満ちた歌（らしきもの）が記されている。

「△思うままにねむりてみんと思えども、軍隊なればよけいねむれず△学校に行きつつ米の値段を考えたり、あの時もやはり苦しかりし△雨の中にて、おしつめらるる如き今日の暮しも苦しみの一つなり△鼻口より、紅き血出して死したりと、病院より帰りし者の語れり△一日に入営して、二十二日に死したり、わが隊の一人が△従兄弟同士が入営して一人は眼をけがし、一人は死したりと、蔵原という姓なり△午前中に一人死にたり、午後になりてまた一人死にて一等卒に上れりと」。ここにシベリア戦線の模様をかい間見ることができる。

「この班にいるKと云う上等看護卒が、今日シベリアに行く。昼飯を食うと出かけて行った。剣にはをつけて、服も、靴も、背のうも、水筒も、はんごうも、なにもかも、一装用のものばかりを支給されて、昨夜から準備した。一装用とは、戦争に出かける時に着けて行く軍装である。今夜の六時に姫路をたって、敦賀から浦塩へわたるのだと云う。元気に、『帰りにゃ看護長になって帰るのを知っとれ！』など云っていた」、「明年四五月頃に第十師団がシベリアへ行くと云う者もある。明年の夢！」、「シベリアへ行ってもいい、満州へ行ってもいい。胸がさけるばかり心ゆくままにひどいことをやってみたい」（二三日）

このころ、死者が出るほど流感がひどくなり、衛戍病院は患者でいっぱいになったとも書かれている。

「日本の中心となっているのは、軍隊である。軍人思想が最も大きな勢力を持っている。現在のところでは、軍人思想とは如何。保守主義である。理知主義である。自分に都合に良いようにする思想である。宇宙の中心にある或るものに反する主義である。日本は今××を××しなくては×××から見捨てられる。何て馬鹿な奴等ばかりだろう！」（一一五日）

「最初の一カ月はひどく長かった。それだけ自分の心を動かすことも多かった。が、今では、早やなれてしまった。なれるとは、感じることがにぶくなることである。なんだか空虚になったようでたまらない。順応型よりも、反抗型を好む」（一九二〇年一月三日）

「小さい、小さい、細かい、細かい見分けのつかぬ穴の中へ入りたい。一滴の水の千分の一の大きさの中には無限がある。悲哀の中に沈みたい。そこに無限の温味がある」（八日）

一一日には前日のこととして、中隊長から剣と銃が与えられたときのことがこのように記される。

「銃は兵卒のたましいにして、兵はこれを持って敵を射撃し、また突撃して敵に勝つものであるから、我が身以上に銃を大切にしなければならない。（略）昔の武士の刀は、今の兵隊の銃に相当するものである。と中隊長も、教官も云った。銃——鉄と木でなったもの——兵卒のたましいである。人。人の心は無上にたっといものであるのに」

一九日、足の腫れのため診断を受け、医務室に入る。

「入室するまでそんなに痛いと思わなかった足が、昨日から、急にひどく痛くなった。上靴をはいて歩くのが痛くてたまらない。すねも痛い。夜中頃になると、脈が早くなって、熱が出て来る。胸のあたりが変な気がする。班にいると、日朝点呼の喇叭がなるとすぐとびおきなければならないのだが、入室していれば、いつまで寝ていてもいい。一日つづけ通しに寝られる。朝の喇叭がなると、『なったぞ！』という冷たいものすごい声がする。それをきかずにすむだけいい」（二〇日）

「昨日の夜、退室。班内にて就寝許可。練兵休。頭痛。寒むけ。脈搏早し」（二四日）

「食欲進まず。寒し。衣服のつづれをつくろう。大掃除。室内に水を流して床板を洗う。居出より手紙来る。自分を生かすことについて云っている。そして自分を生かすことと法律をやることについての矛盾を云っている。法律をやるのは第二義的だと云っている。そりゃそうだろう。併し、法律をやる者にとっては、その最初は、そのことで一杯になっているのではないだろうか。法律の勉強に全力をつくして、気持ちよく、肩を大きくしていられるのではあるまいか。その外、どんな仕事でも、自分からいいと思って選んでやる仕事ならば、それが、何事よりもいい、立派な仕事と思われるのではあるまいか。そして、その仕事で十分自分を生かすことが出来ると思っているのではないだろうか。併し、仕事に不安をいだくようになれば、どうにか方向を転換しなければならなくなる時が来るのが当然である。もっとなんとか云わなくてはすまない気がするが、落ちつかないから、やめだ」（二一五日）

「寝る楽しみ、食う楽しみ、これが軍隊内に於ける楽しみなり」（三一日）

「今日、俸給があたる。八十五銭。十日に八十五銭で働いている人間だ。朝すぎると、夜ねるまで、どうする時間もない。練兵で追われ通しである。朝の点呼がすむと、室内の掃除をする。掃除がすむ時分になると、炊事場からあげて来た飯をつぎ分けるために、食器を出さなければならない。飯をついでおくと、洗面に出る。かえると、飯を食う。それから銃の掃除をしなければならない。銃を握るのが冷たい。八時から九時頃までの間には、中隊長の精神訓話と題するものがある。それが了るとすぐ銃を持って整列。城南練兵場まで、駆足で出かける。疲れて、呼吸が苦しくなる。足が痛くて十分あげることが出来ない。折敷や、担銃、捧銃をやる。思い切って、はきはきやらないと、なぐられる。ドンがなるまで続け通しにやられる。室内に帰ると二年兵が飯を持って来て食っていた。午後は一時の整列。姫山練兵場へ行く。西の風が吹き通して寒い。行く時と、帰る時とに駆足をやるので、苦しくてたまらない。足も痛し、横腹も痛い。落伍しそうになっていた。営内に帰ってから、基本体操と、銃剣術の準備姿勢とをやる。練兵がすんで室内に入ると、暖炉をたきつけなければな

らない。（略）孤独と、おちつきとは、ここでは決して得られない」（二月一〇日）

入営して一年近くたつころになると、内務班生活の非人間性と、それへの批判が目立つようになってくる。

「自分の生活は、全く、奴隷の生活である。営内より外に出ることは許されていない。自分らの居る家の周囲はジャッケツの垣でぐるっと取り囲まれて、とび出ることは出来ない。営門にはちゃんと門衛がついている。若し門をぬけ出たとしても、そうすれば罰せられる。逃げても、すぐつかまる。営内では毎日、牛か馬のように働く、下士は、兵卒を働かせねば損であるかのように、こき使う。朝起きると、院内の草取りに出る。或る一定の地面の雑草を綺麗に取り終らねば、朝飯の時刻になっても帰られない。若し、ぬけて帰ったりすると、その夜は、てき面に不寝番につく。朝飯がすむと、班の受持区域の掃除に出なければならない。そのうちに、八時になる。すると、講堂に集合だ、そこで、軍隊のおきまり文句をつめこまれる。午後四時にな（二字不明）其の日の日課だけは了る。ホッとして、酒保にでも行って、アンパンを食おうと思っていると、『全部舎前に整列！』だ。また草取りや掃除だ、あほらしくてやる気にならないが、働かぬと、叱られる。ようよう夕食がくる。もうこれで休ましてくれるのかと喜んでいると、飯を食ってしまうかしまわないかのうちに、『使役出エー』だ。そして暗くなるまで使われる。もう身体も心も疲れてしまう。自分のたましいは、次第に枯れて行く」（九月三日）

「今夜は、兵舎の初年兵を、全部つるという。噂だ。自分等は、二年兵の襦袢の洗濯をする。靴下も、襟布も、汚れた服も、手巾も、褌も。食事の時になると、二年兵の茶碗を出す。一番先に飯をつぐ、お菜も先につぐ、自分等にあたる分よりは沢山に、うまそうなところをついでおく。二年兵が、飯に帰るのに遅くなると、箱に入れて、蓋をしておく。飯がすむと、食ったあとの食器を洗う。彼等が帰ってくると、蓋をあけて箸をとって食えばいいようにしてやる。彼等が巻脚絆を解くと、巻いてやる。朝は点呼前になると、自分等は、起きて蚊帳をはずして、毛布をたたむ。二年兵の服を、釘から下して、起きると、すぐ着られるようにしておく。

自分等は、二年兵に対して、どれ程心尽しをしているかしれない。併し、彼等は、自分等を、つるんだ、なぐるのだ」（一二日）

二〇日から二六日まで行軍、日記にはつぎのように簡潔に記される。

「二十日、姫路より、母里村まで、いい日、二十一日、母里村より、久次まで、患者の捜索で患者が居なくなってアゴを出す。二十二日、中山まで、有馬を通る。有馬はいいと思った。十三里歩く。中山で虐待さる。二十三日、長谷まで、気持ちがいい。夜は、本部付きを命ぜらる。二十四日、篠山まで、えらい山を越す。雨にあう。霧のかかっている山を越したのは面白かった。二十五日、三草まで、露営、飯盒炊さん。二十六日、夜行軍で、姫路に帰る」

「二年目になって、なお、自分の心は枯れた、泉の清水はつきた」（一九二一年一月一九日）

「感受性を極度に悪くしなければ、軍隊で、生きて行くことは出来ない。死んでいるごとくまっすぐにならなければ。ふるればひびくような、軟い、胸は持ちつづけていることが出来ない」（三月二六日）

「もう二百八十八日、たてば帰れる。がまだ永い。春が過ぎて、夏が来て、秋になり、秋も、終りかける時にならんと帰れん、その日まで、――除隊の日まで。自分の心は、その方に向かって注がれている、下士や、軍医にえらそうに云われる時や、夜半の不寝番についた時や、なにもかもいやになった時には、その日のことを思って、もう二百何日だと、ため息をつく。毎日、もう何日だと数えてみん日はない。

Takata Kangochō no baka! Anna katakurushii eraburu yatsu wa mitakotoganai. Shonenhei wo tsukamaete "Honkano boya boya no Syochō ya Gunsō to onnajiyōni omotteitara ategachigau zo!" to shikaru tabigotoni itte iru. Jibun ga hijyō ni eraiyōni omotte iyagaru. Baka Baka Ōbaka!

またかぜをひきそうだ。

序に記す。予は軍医から、左肺尖呼吸音粗裂呼気延長、右第一肋間亦然り、左右共ニ囉音を聞く。と診断されて居る。検痰も二度出したが、肺尖菌だけいて結核菌はいないそうだ。もっと出してみんと分らんが、うるさいので痰も出ない」（四月一〇日）

国内編ともいうべき日記は、つぎの四月二二日付でおわる。

「兵隊に取られたとき、自分は悲観した、――二カ年間の自分を捨てて軍隊に入るまでには、自分の心は一の大きな試練を経た、現在の、日本の制度を呪った。日本の国民たることを、お断りしたくなった。併し、どうしても仕方がないのを知った、あきらめるまでは苦しい。もう二百十日あまりで、除隊になるところまで漕ぎつけて来た、然るに、自分は再び、試練の渦中に投じなければならない時が来た。除隊の日は何日か分からない。この日記を書くのももうこれでやめる。

壺井兄に、自分は、近いうちに、シベリアへ行く。生きて帰れるか、帰れないか分らぬ、死んだならば、必ずこの日記を世の中に出してくれ、僕の人生に於て、現世に残して行く、おくりものはこの一篇だけだ、この日記ももの足りないものだ。が、僕の心の一部だけは、表している。時々、字がまちがったり、文句がへんになっているところがある。が、そんなところをなおすまがない。

さらば我を知りてくれし人々よ！

繁治兄よ、松蔵兄よ、

梅渓氏よ！

なすこと少なくして、吾れは、遙か北なる、

亜港の地に行くぞ！」

以上が伝治の「除隊の日まで――軍隊一カ年間の日記」の抜き書きであるが、営内生活と伝治の心情はおよそ読みとることができるであろう。三五年間陽の目をみることのなかったこの日記が世に出るのは、伝治夫人

黒島コユキから見せられたノートを壺井繁治が編集し、理論社から出版したことによってであった。繁治はつぎのように書いている。

「黒島が日記を書いた気持は、それが非常に危険を伴ったものとしても、よくわかる」

「長期に亘って日記を書きつづけ、シベリアへ動員されてからも、断続的ではあるが、それを書きつづけたということは、彼が人間として如何に意志が強靭であったかということ、また軍隊内における彼の苦しみや悲しみが如何に切実だったかということを物語るものである」

「彼はこの日記のいたるところで、軍隊の矛盾した制度や、そのからくりの中でいばりちらしている上官にたいするはげしい怒りと憎悪を書き記しており、また自分のとらわれた境遇にたいする悲しみや絶望を書きつづっている」

「こうして彼の『軍隊日記』の全貌を読者諸君の前に公にできるということは、彼の友人の一人として大きな喜びであるとともに、彼の文学がどこから生れ、どのような精神をその背景としているかを知るには最も貴重なものの一つである。つまり彼はこの日記において、日本軍隊に集中的に表現された日本の支配階級の暗黒に包まれた権力を、その暗黒の側面から作家的な眼をもって照らしだしたのだ。このような意味で『軍隊日記』は、それ自身立派な文学作品の一つである」

「日本文学のなかで、軍隊生活に取材した小説は相当あるが、作家の手で書かれた軍隊日記は、おそらく黒島伝治の『軍隊日記』が唯一つのものではないだろうか。これは黒島伝治の人および作品をこれから研究する上において貴重な資料を提供するばかりでなく、日本近代文学史研究の上にも得がたい資料になると考えられる。さらにこの日記そのものが一つのすぐれた文学作品としての評価の対象となるのではなかろうか」

（「黒島伝治の『軍隊日記』について」、「壺井繁治全集」第四巻所収）

四月二二日、「もう二百十日あまりで、除隊になるところまで漕ぎつけ」た伝治はシベリアへ派遣されることになり、五月一日、姫路連隊を出発、新高丸で敦賀港からウラジオストックへ向かう。三日のことであった。

（「軍隊日記」は「黒島伝治全集」や佐藤和夫編「定本黒島傳治全集」〈勉誠出版〉に所収）

2章　シベリア出兵と黒島伝治

シベリア出兵

一九一七年の三月革命ののちも、日本政府はロシアの臨時政府にたいし武器の供与とともに、一億五〇〇〇万円をこえる公債を引きうけるという援助をつづけていた。帝政崩壊後も、ブルジョア政権が存在する限り、日本にとってロシアは味方であると考えていたのである。

ところが一一月、ボルシェビーキが権力を掌握し革命政権が成立すると一転して干渉にのり出した。ソビエト政府が対独休戦を発表した一一月一四日、満州里において新政権に宣戦したコサック出身の白軍大尉セミョーノフと日本の関東軍参謀本部は連絡をとり、さらに、ヨーロッパ戦線を視察するためロシアにいた参謀本部の荒木貞夫中佐は彼と手を結ぶ。

明けて一九一八年一月一日、英外務次官セシルは珍田捨己駐英大使を呼び、ウラジオストックに集荷されている六三万トンの軍需物資保護を目的に、日本軍の出兵を要請してきたのである。出兵は日本単独ではなく、英米両国も参加する（主力は日本）というのが条件であり、「国際軍」を名目とするというものであった。

シベリアへ他国が出兵することを懸念した珍田は東京に至急電を打つ。「帝国政府ニ於テ此ノ際速ニ極東露領ニ対スル方策ヲ（略）主動的ニ決定シ、機ヲ失セズ之レガ実行ヲ期セラルルコト切要ト思考ス」と。

一月二日、この至急電が届くと、寺内正毅首相は、英艦の到来前に日本の軍艦をウラジオストックに派遣すべきことを主張、加藤友三郎海相も同意し、急遽、呉に停泊中の戦艦「石見」（一万三五一六トン）の出動準備をととのえ、陸戦隊一個中隊（約一〇〇名）を乗艦させるよう訓令を発した。五日のことである。横須賀に停泊中の戦艦「朝日」（一万五二〇〇トン）も陸戦隊を乗艦させ、後刻出港させることになった。

陸戦隊の派遣について加藤は「露国ト戦端ヲ惹起スルノ虞」ありとして、司令官加藤寛治少将にたいし、過激派の威圧、ウラジオストック一帯の安寧秩序の維持、日本の利権の擁護、日本および連合国民の保護という目的を逸脱しないことを訓令。武装兵を上陸させるのは不測の事態を招きかねないので「忍耐ト自重ト警戒ヲ旨」とすべきであるとのべ、「最モ好都合ナルハ（略）主トシテ港内碇泊ニ依リ我ガ威容ヲ示シ、所謂サイレント・プレッシャー（黙圧）ニ依リ彼ヲ威圧スルニアリ」として、陸戦隊員の「散歩」以外の日中の上陸を禁止している。海軍としては、少なくとも当初は衝突を避けたいとの方針をとっていたのである。しかし、他国の港に軍艦を派遣することは挑発であり、武力干渉であることにかわりはなかった。

出兵については一一月革命直後からその方針が検討されており、満鉄の理事川上俊彦は一一月一五日、つぎのような意見書を提出している。「露国は今後特殊の政変発生せざる限り、暫く強固なる政府の成立を見ること覚束なしと断定するも過言に非らざるべし。（略）今後露国は過激社会党に政権を掌握せられドイツと単独講和条約を締結するか、或は現状を維持し連合国側に対する徳義上、単に、守勢を執りて当面を糊塗し、敵軍の進展に従い予定の退却を続行し、事実上単独講和もしくは休戦をなしたると同一なる状態に陥るかの二途あるのみ。（略）第一の場合に際しては少なくとも北満州およびバイカル湖沿岸に至る極東露国を占領し、第二の場合に当りては、同方面に於ける各種利権の獲得を条件として、なるべく多額の公私資本を露国に投下して、以て他日の発言権を確保し置くは国家焦眉の急務なり」（「露国視察報告書」）。

一二月には、ウラジオストック総領事菊地義郎が日本軍の出動態勢の整備を要請し、ハルビン総領事佐藤尚武は、居留民保護のため日本軍五〇〇名の出動を求めることを示唆する電報を本野一郎外相に打電している。

このような出兵要請を受けた政府は、一二月一七日に臨時外交調査会を開いた。この調査会は、一九一七年六月六日の勅令五七号で「天皇ニ直隷シテ時局ニ関スル重要ノ案件ヲ考査審議」するために設けられたもので、「外交大権は外務省から離脱してしまって単に外務事務を取り扱うだけの官庁になってしまった」といわれるほど強力な戦時外交の主導権をにぎっていた。本野外相は調査会において「独禍東漸」の危機を説き、シベリア出兵を主張した。ドイツが、革命で混乱しているロシアを占領し、日本に侵攻してくると考えたのである。調査会のメンバーであった政友会の原敬は、「一兵卒を出しても之が他日大戦の端緒となると思われる。またそのような覚悟がなくては（出兵は）出来ない」と反論し、当分は事態の推移を見守るということで決着した（木元茂夫『アジア侵略』の一〇〇年」社会評論社）。イギリスから出兵要請がおこなわれるのは、このようなときであった。これによって事態は急進展することになったのである。

「石見」が入港した一二日、菊地総領事はセムストヴォ参事会議長と市長宛に、日本軍艦の入港は居留民保護を目的としたもので内政干渉の意図はない、との通牒を発したが、住民の反発を抑えることはできなかった。

市長は一月一五日、①日本軍艦がロシア側の承諾もなく、かつ予告もせずに入港したことはロシアの主権侵害である、②ロシア国内に在留する住民の保護はロシア官憲の責任であって、居留民を安堵させる唯一の方法は該官憲に保護を申し入れるにある、③日本政府のとった行為は隣国の親善を進める所以にあらず、ときびしく抗議、加藤司令官主催のパーティにも出席しなかった。日本のとった措置は明らかにロシアの主権侵害であり、市長の抗議は当然のことであった。

さらに「石見」のウラジオストック入港はロシア市民の神経を逆なでするものであった。この戦艦は、日露戦争のとき捕獲したロシアの軍艦「アリョール」だったからである。これを憂慮した英国領事は目につかぬところに移すことをすすめたが、菊地総領事は拒否した。

陸軍側では、一月末、参謀本部が「沿海州増加派兵計画」を策定、「過激派ノ暴挙及敵対行為ヲ鎮圧」し、

「地方ノ治安ヲ維持シ且温和思想ヲ有スル州民ヲ擁護シ要スレハ其独立ヲ支援」することをもって派兵の目的としたのである。革命勢力の拡大を恐れて反革命側を援助しようというものであった。当初から内政干渉を企図していたことを物語るものだ。侵略の意図を糊塗するための常套手段である「安寧秩序」、「治安の維持」がこの場合も使われたのである。

二月四日、ウラジオストック入港後、陸戦隊上陸の機をうかがっていた加藤寛治司令官にとって好都合の事件が起こった。市内の一流ホテルを四〇人もの強盗団が襲い、金品一〇〇万ルーブルを強奪して馬車で逃走したのである。この事件は、フランス総領事に雇われた白軍兵士が引きおこしたものであることが、のちに革命政権の調査でわかるのだが、加藤はこの機を逃さず海軍大臣に上陸の許可を求めた。だが七日に届いた返電は「今遽カニ之カ実行ノ必要アルヲ認メ難シ」というものであった。

陸戦隊の上陸は時期尚早だとして許可されなかったものの、日英軍艦のウラジオストック入港により反革命勢力を勢いづかせることになったのだ。現地の日本海軍は「日本軍艦入港以来温和派ハ尠ナカラス其ノ気勢ヲ高メ暗々裡ニ吾人ノ支援ヲ恃ムノ心中歴々タルモノアリ」と報告している。

日英両国の入港につづいて米艦ブルックリンが姿を現わしたのは三月一日であった。三国の軍艦が出そろったのである。

加藤は三月五日、日本人自衛団と各国居留民の自衛に必要な武器弾薬の送付と増援の陸戦隊を待機させることを要請したが、海軍次官は時期尚早として拒否する。しかし事態は時期尚早論を打ち消す方向に動いていた。現地ソビエト派の勢力が強まってきたのである。

加藤が要請をおこなった一カ月後の四月四日、現地の石戸商会に四人の賊が押し入り、主人の石戸義一とその甥が重傷を負い、義一の弟が殺害される事件が起こった。店内は荒らされておらず、殺害だけを目的とした犯行であった。日本側はロシア側の検屍や事情聴取にも応じなかったことから謀略との疑惑がもたれ、現地の新聞は「反過激派ガ人ヲ派シテ此ノ挙ヲ企テシメタルニシテ外国ノ干渉ヲ誘致セントノ意ニ出デタルモノナリ」と伝えたという。日本の総領事館も真相解明はおこなわなかった。

いずれにしてもこの事件は陸戦隊上陸の口実としては十分であった。菊池と協議のうえ、加藤は上陸の段取りを決め、英米の艦長に通告、翌五日と六日、約五〇〇名の隊員が上陸する。このとき出された「布告」は、日本人居留民保護のためであって内政干渉などの意思はない、ロシア国民はいささかの不安もなく日常生活を営んでほしいというものであったが、これが口実に過ぎないことは明らかであり、非難の声は高まっていった。

レーニンは七日、ウラジオ・ソビエトからの「情勢は重大だが絶望的ではないと思う。連合国間、とりわけ日米間に大きな不一致が存在すると思われるのである」という報告にたいして「幻想は抱いてはならない。日本軍はきっと攻撃してくるだろう。これは避けられないことである。おそらく、例外なくすべての同盟国が彼らを支援するだろう」と指摘した。また、ソビエト政府の機関紙『イズベスチヤ』も「日本の帝国主義者はソビエト共和国を圧殺し、ロシアを太平洋から切断し、豊かで広大なシベリアの地を略奪し、シベリアの労働者農民を隷属させようと望んでいる」のであり、「日本の侵略に対する仮借なき闘争は、ソビエト共和国にとって、死活の問題である」と書き、日本の侵略の意図をきびしく批判している。

五月一日、外相を辞任した本野のあとを受けた後藤新平は、英、米、仏、伊駐在の各大使に「共同出兵」方針を打電した。ソビエト政府に連合国側と共同行動をとるべく努力しているとしていたイギリスの態度も一変した。五月二二日、英外務次官セシルは珍田大使に「自分ハ、今ヤ労農政府ノ意向ニ拘ラズ、断然所謂西伯利亜干渉ヲ実行スベキ時期ニ殆ド既ニ逢着シ居ルト迄、感ジ居レリ」とのべ、日本軍にウラル山脈まで進攻してほしいことを伝える。

イギリスは新たな出兵の理由をチェコスロバキア部隊（チェコ国民軍）の救援に求めた。チェコ国民軍は、ロシアに降伏したチェコ兵、スロバキア兵で編成された二個師団と砲兵師団、約五万人の軍団であった。ロシア革命が起こると、パリにあった仮政府、チェコ国民評議会は、フランスとの間に、国民軍をフランス軍に配属し西部戦線にふり向けるという協定を結んだが、船舶不足のため実行できなかった。そこで、民族人民委員スターリンはチェコ軍団をシベリア鉄道でウラジオストックに移動させ、そこからフランスへの海上輸送を計画する。五月末までに輸送は完了する予定であった。日本がチェコ軍団の移動を知ったのは四月一四日、「ロシアのチェコ兵、スロバキア兵、約一〇万がフランス戦線投入のためウラジオストックへ輸送中」という通告をフランス領事から受けたからである。

チェコ軍団が反革命側につくのを恐れた革命派は、輸送中の全列車を停車させ、オムスク東方にいる一万四〇〇〇人の部隊にウラジオストックへ向かうよう命じ、残り三万六〇〇〇人はシベリア鉄道のイルクーツク付近の各駅に立ち往生することになった。こうして一万四〇〇〇のチェコ部隊はウラジオストックに到着したが、残りの部隊にたいしては武装解除の指令が出された。だが、チェコ部隊は指令を拒否し、シベリア各地で戦闘が始まった。実戦経験の豊かなチェコ部隊はシベリア諸都市を占領し、反革命政府を樹立する。ウラジオストックのチェコ軍は同市の革命軍を武装解除。英仏はこのような状況を「チェコ軍危うし」と逆宣伝した。ウィルソン米大統領にたいしても、フランスはドイツ軍の攻撃によって危機に陥っている英仏軍を救うためにチェコ軍が必要であり、その救出が緊急なことを訴えた。ウィルソンは「チェコ軍救出」を理由にシベリア出兵を決定、七〇〇〇名の派遣を宣言する。七月六日のことであった。

七月一五日、寺内正毅首相は、政友会総裁原敬を官邸に招き、ウラジオストックだけの限定派兵には制約されたくない、必要があればシベリア方面に出兵することにする、と告げる。陸軍大将でもある寺内のこの主張は参謀本部の意見を代弁するもので、その目的はあくまで日本が主導権を握るところにあった。参謀本部と陸軍省共同策定の「極東露領出兵ニ関スル要領」によると、使用兵力は、兵員四万三〇〇〇人、馬一万二〇〇〇頭（沿海州方面）、兵員一〇万八〇〇〇人、馬二万三〇〇〇頭（ザバイカル州方面）、さらに六個師団の増派を予期するというものであり、戦費は年間約四億三〇〇〇万円、予期される六個師団については約三億七〇〇〇万円を見込んでいた。合計一三個師団、約八億円の出兵計画案であり、当時の陸軍兵力二〇個師団の七六％を動員し、一九一八年度国家予算七億二〇〇〇万円を上まわる戦費を求めるものであった。

翌日の外交調査会にこの「出兵要領」が示されると会場は騒然となったが、一〇人の委員のうち政府側は五人、残る五人の中で立憲国民党総裁犬養毅と枢密顧問官伊東巳代治は政府案に同調、政友会総裁原敬、貴族院議員平田東助の二人はウラジオストック出兵だけに賛成し、出兵そのものに反対したのは枢密顧問官牧野伸顕だけであった。

調査会は一七日にも開かれ、伊東が数回の修正をおこなった末、「チェコ軍の救援のため、米軍その他と共同歩調をとり、ウラジオに出兵し、緩急に応じてシベリア鉄道沿線の秩序維持のために軍隊を増派するが、ロシアの領土保全を尊重し、国内政策には干渉しない。目的を達成した時は、速やかに撤兵する」という宣言案を可決した。牧野もこれに賛成する。

政府の出兵宣言が出されるのは八月二日のことである。そして一二日、日本軍一万二〇〇〇名が、一九日には七〇〇〇名の米軍がウラジオストックに上陸した。さらにイギリス八〇〇名、フランス一二〇〇名、中国は一〇〇〇名の軍隊を派遣、指揮は日本軍司令官の大谷喜久蔵がとることになった。この連合軍の支援によって、やがてセミョーノフやコルチャックらの白軍も仮政府を樹立。

一方、革命軍は連合軍の進出によって西方へ退却し始めるが、農民を中心としたパルチザンが組織され、ゲリラ戦が展開されることになる。パルチザンとは、支持者あるいはゲリラ隊員という意味のフランス語で、日本ではこれを過激派と呼び、敵愾心を煽った。

戦況が、連合軍や白軍にとって有利に展開してくると、チェコ軍保護の名目さえ破棄され、ウラル山脈を越え西方に進攻し、ソビエト政権打倒の戦争に拡大されていった。チェコ軍もその中に編入されていったのである。英仏軍はコルチャック軍とともにヴォルガ河一帯で革命軍との戦いを展開し、日本軍もオムスクまで侵攻、さらにイギリス軍は北方のムルマンスク港に上陸し、北方から攻撃した。また西方からはイギリス軍の援護によってポーランド、ドイツ両軍が攻めこんできた。こうしてソビエトは四方からの攻撃にさらされることになる。「この戦争は、ヨーロッパ大戦以上の大戦争となった。『シベリア出兵』とか『干渉』戦というと、きわめて一時的な、小規模な戦闘のように聞こえるが、一九一八年から二二年まで四年間続き、戦線は未曾有の広大な地域に拡がり、莫大な戦費を使った点で、史上有数の大戦争であったのである」（ねず・まさし「日本現代史」第三巻、三一書房）。

シベリア戦線における日本軍の暴行はすさまじかった。一九一九年三月二二日、アムール州では、村民がソビエト軍を支持したという理由で略奪の限りをつくし八六戸を焼いたうえ、二三二人を殺害、三〇人を小屋に押しこみ焼き殺した。また、白軍のカルムイコ将軍の部隊はパルチザン支持者だとして村民四〇〇〇人を射殺している。しかし、やがて形勢は逆転していく。

コルチャック軍は、英、仏、チェコを加えて一時八〇万にふくれあがっていたが、逃亡兵が続出するようになり、その数は四万人にのぼった。パルチザンとの戦闘では各地で敗北し、一九二〇年一月には将軍自身が捕虜となり、銃殺された。セミョーノフもパルチザンの攻勢により国境を越えてマンチュリーに逃亡した。こうして、日本軍の支配下にあるのは沿海州だけとなり、連合軍の敗色も濃くなっていく。

国内では、シベリア出兵による米価急騰により一九一八年七月に米騒動が起こり、兵士も市民の目をのがれるようにして出発せざるをえなくなるという状態であった。シベリアで戦う兵士たちの士気も落ちていったのは当然であったろう。『東洋経済新報』は「我が同胞が西比利亜で何の為に戦いつつあるかの意味を、背後に残れる国民はもとより、出征した軍隊においても、上は軍司令官より下は兵卒に至るまで、恐らくは理解しておらぬのではなかろうか」と書いているが、軍の上層部は別として多くの民衆や兵士には理解できない無謀な戦争だったのである。

だが、少数ではあるが、日本の侵略の意図を見抜いた者がいたことも忘れてはならない。たとえば、徳永直が「日本人サトウ」の中で、「私の机上に、二葉の写真と、古びた日本文字活字ではあるが、字型の古さ、組み方の破格さなどからして、外国で印刷されたのだと判断されるパンフレット、および数冊の本などがのっている。どれも四分の一世紀以上を経過しているのであるが、これらの品々によって、いまから、一九五〇年から二十八年前、佐藤三千夫という日本青年が、沿海州のハバロフスクで死亡した事実を明らかにすることができる」、「ロシア革命直後のシベリアで、反革命軍およびそれと結んだ日本干渉軍との闘い、それが思想的、階級的な戦争であればこそ深刻な、血で血を洗うような沿海州で、一人の日本青年が、どんな激しい経験と、思想的背伸びをしなければならなかったかを、その風貌が語っているような写真である」と書いている佐藤三千夫がそのひとりである。

佐藤三千夫は、一九一九年、一九歳でウラジオストックに渡り、マッチ工場で働いていたが、一九二二年、帰国。この間、チタでパルチザンに参加し、日本軍兵士に反戦ビラを配付するなどの活動をおこなっている。帰国した佐藤はすぐシベリアに戻り、結核のため発熱していたにもかかわらず活動をつづけたが、ついにハバロフスクのパルチザン軍病院で死亡する。二一歳と一一カ月の短い生涯であった。

日本軍にとっての敵はパルチザンだけではなかった。「冬の温度は零下四十度または五十度にさがる。温帯そだちで、寒地作戦装備をもたない日本兵には凍傷は禁物だ。軍の約四分の一がこれにかかった。そのうえ、出征時における国民の冷淡という心理的負担がある。無能な上官の指揮と精巧なパルチザンの戦法、いつおそわれるかしれない恐怖、子供まで敵にみえる恐怖、加うるに巧みな宣伝、これらが将兵の士気を衰えさせ、物価高、米価高の故郷に不安の思いをおくる材料となる」（『日本現代史』第三巻）といった状況であり、戦意の衰えは目に見えていた。

一九二〇年一月には、パルチザンがウラジオストック市内を堂々と行進するが、日米両軍は手出しもできず、ただ見守るだけであった。二月にはコルチャック軍が敗北、日本も東方へ撤退し、ウラジオストックには革命政権が樹立されるまでになる。一年半にわたる連合軍の戦いは無駄なものとなったのである。イギリスは早くも前年の九月に撤兵、アメリカも二〇年一月にはウラジオストック港から引き揚げてしまう。

このように連合軍が撤兵したあとも日本は居座る方針を変えなかった。「米軍の撤退によって、赤化が満州や朝鮮に拡がるおそれがある。よってウラジオストックや沿海州に駐屯する必要がある」との理由をつけたが、本音は、連合軍が去ればシベリアは日本のひとり舞台となり、北方侵略の目的を達成することができるというところにあったのである。そのチャンスがきたとして軍部は米軍の撤兵を歓迎した。居座った日本軍はアメリカ軍が撤退すると各地から部隊を集結させ、白軍を含めると二〇万にのぼる軍隊をもって一挙にウラジオストック、沿海州北部を占領する。これはクーデターといってよいものであった。

こうしてさらに二年間もシベリアに居座った日本軍も、パルチザンのはげしい抵抗と内外世論のきびしい非難にさらされ、一九二二年六月二四日、ウラジオストック派遣軍司令官立花小一郎は「日本政府は、一九二二年十月末シベリア沿海州より日本軍全部の撤退を決定したり。在留日本臣民の保護については、適当の措置を講ずるなり」との撤兵宣言を出さざるをえなくなった。こうしてシベリア出兵は幕を閉じる。四年間にわたって、七万五〇〇〇の軍隊と一〇億円の戦費をつかい三五〇〇人の戦死者を出したシベリア侵略戦争は何を得ることもなく終わったのである（原暉之「シベリア出兵」〈筑摩書房〉、児島襄「平和の失速」第四、五巻〈文藝春秋〉、ねず・まさし「日本現代史」二、三、四巻などによった）。

（文学の領域から離れたが、伝治の「シベリア物」の背景として、どうしても書いておきたかったことである。）

伝治と出兵

一九二一年五月七日、ウラジオストックに上陸した伝治は、九日に尼市の陸軍病院本院に着き、翌日、ラズドーリノエの病院分室に着任。シベリアでのことを「軍隊日記――星の下を」にそって見ておこう。

五月一日、午前九時四五分、姫路駅を出て、午後六時一二分に敦賀に着き、同行一一人、シベリアへ向かうことになる。「あらや」という「気持ちの悪い宿」に宿泊。ここで尼市へ行くために各部隊から派遣された者といっしょになる。

五月二日、敦賀に滞在。頭痛と発熱、午後就寝する。

五月三日、午前一一時、新島丸にて敦賀港を出る。海上は静かなほうであるが、船内では「豚の如く扱われた」と記している。

五月四日、午前七時、七尾港に着くと万世丸に乗りかえ、午後上陸。

五月五日、午後二時、七尾港を出帆し、七日の午後一時にウラジオ港に入り、二時三〇分に上陸した（前日は船の揺れがはげしく、船酔いしたと書いている）。この日はウラジオストック市内を散歩、兵站部の貨車の中で寝る。

五月八日、尼市行きの列車がなかったため、貨車の中で一日を過ごした。

一〇日の日記のあとには「シベリアの野」という文が記載されている。

「遠くに、黒い山が見えている。併し、行っても行っても、焼けあとのような枯野ばかりである。そうして、黒く見えていた山は、来ない。吾々は、常緑樹の生えている、日本の山を想像に浮かべる。が、常緑樹の生えている山はない。たまに、黒い葉をつけた樹があっても、松や杉ではなく、栂や、欅のようなものである。はてしない枯野の彼方、北方では、放し飼いにされた牛が居る。ところどころに人家がある。小川には、鶩がないている。豚や、鶏も少くない。湿けた、低地には、点々として苔がある」

「吾々の住むラズドリイエには僅かしか家がない。谷間には、ロシア人の建てた、赤い煉瓦作りの兵営があって、そこには、日本の兵隊が住んでいる。向こうの丘にも兵営がある。時々ロシア人が通る。このラズドリイエにも春が来た。見渡す限り、遠くまでも、青い草が芽を吹いた。病院の兵隊は、今日（一四日）午後から、芹をつみに、川辺へ出かけた。けれども、シベリアの生活は淋しい。全く、社会と離れてしまった生活である。内地で、どんなにしているか、かいもくわからない」（ラズドリイエがラズドーリノエの誤りであることについては、一九九二年三月発行の多喜二・百合子研究会の「会報」第一五八号に所収された「シベリア出兵と黒島伝治」の中で小林茂夫氏が詳細に論証している）

「百八十日」として、「内地に居ればもう百八十日すれば帰れる」のだが、シベリアの地に派遣されたからには「何時帰れるかわからぬ」と記し、二〇日には「もの淋しい日がつづく。毎夜、悲しい夢をみる」と切ない気持ちを書きつけている。

二九日には、散策の模様をこまかく書く。「午後、皆とつれだって散歩にでた、河岸の方に出て、岸づたいに、北へ歩いた。（略）河は、黒く汚れて濁った水が流れていた。南風がひどいので、荒い小波がたっていた。河岸の小さい柳が茂っている中を、くぐって、歩いた。（略）船があれば乗ってやりたいと思ったが、なかった。だいぶ行ったが、家も小舎もなかった。豚や、牛が見つかると、すぐ石を投げつけた。豚は、肥った身体をブルブルさせながら逃げた。やがて、一つの小舎があった、行ってみると、ロシア人が一人いて、四人の支那人を使って、船をこしらえていた。板を立ててその上に、船の骨組だけを乗せてあった、いかにも無骨な骨組だった」。

翌日には、昨夜酒を飲んだせいか、朝から「左の第一から第三肋間までが痛い」と記している。このあと七月は二〇日、二一日、二六日の三日しか書かず、つぎの日付は一〇月一五日となっている。この日は、軍楽隊の演奏を聴いたことへの感想の中で「彼等は、一つの型に入れられている。型に入れられるべき所で教育を受けている。彼等の中には、楽手で、月に六七十円の俸給をもらって満足し、恩給がつく年を待っている者もあるかもしれない、が、本当に出来るものだったら、すべての型を卒業してから型の上に出ることが出来る。自分一人の力で、自然と型の上に出ていく、そこまで行かなければ、自己の生命を表現することは出来ない。芸術は勿論、商売でも、技術でも、学問でも」とのべている。

一二月三日、「気温は、零下十九度まで下がった。戸の引き手を握ると、手が鉄に氷り付きそうだ」とシベリアの寒さの厳しさを書き記した。

一月は六日と二六日の二日を除いて空白、二月は全く書いていないが、三月にはかなりこまかな日記がつづく。一二日には、「午後二時体温三八・七、脈搏一一四。どうして家から手紙が来ないのだろう。自分は内地便のあるごとに待っている。併し、来ない。既に四回待った」と書き、弟が自分の手紙に怒ったのか、それとも病人でも出たのかと気づかっている。

三月一三日、「午後体温三十七度八分、寒むけがする。夕方になると淋しくなる。皆は歌う、あばれる。歌えない人、笑えない人の心が分かる者はここには一人もいない。鏡をみる。まるで、病人のようだ、顔に、紅のさしているところは探してもない。髪もひげも、伸び次第になっている。弱い身体をもって、二カ年間軍隊に奉公して、その後、シベリアで、寒い雪の中で、何時帰れるか分からない、帰還の日を待っている。そして、病気にかかって。病気が大したことはないと云われて、なお、依然と、他人一倍に重い仕事を持たされて、毎日、自分の身体は食い尽されて行く」。

三月一八日の日記には軍隊への不満が「兵卒の人格無視！　ただ、兵卒は、上官の命令に従うべきのみ。而して、定められたる勤務を、真面目にやるべきのみ。彼等には、何等の自由も、意志の発表も、個人として、一人の人格者としての権利の主張も許されていない。午前一時から不寝番に、立つべき筈を、二時間寝過ごして重営倉二十日！　のY君」と書き、「兵卒の国家は、その義務を尽すまた重しと云うべし。而して、国家より与えらるる権利如何？　普選、駄目！　重き租税と、生活難！」と批判を国家へ向けている。

三月二五日、肺尖炎の疑いで入院、三〇日、ニコライエフスク陸軍病院に移り、四月一七日に病院列車でウラジオストック陸軍病院に後送された。そして二〇日、病院船でウラジオ港を出帆、二三日に宇品に上陸すると広島衛戍病院に収容され、五月八日には姫路衛戍病院に移送されたが、七月一一日、兵役免除となった。それ以後、小豆島で療養生活を送りながら創作の筆をとることになる。

3章　反戦小説へ

初期の短編「電報」

兵役免除となり一九二二年七月に帰郷した伝治は、その年に戯曲「鼠取り」、「扉」の二編を、翌年には「電報」、「窃む女」、「砂糖泥棒」、「まかないの棒」、「田舎娘」などの小説を書く。

「電報」は、川崎長太郎、坪田譲治、伊藤栄之介らの同人誌『潮流』（一九二五年七月号）に壺井繁治の紹介によって発表され、好評を博した作品である。

一六歳で父親と死別した源作は、食うものもろくに食わず働きつづけ、五〇歳になった今は、四反の畠を持ち、二〇〇〇円ほどの金をためていたが、一戸前も持っていない自作農であった。一方、醤油屋や地主たちは「別に骨の折れる仕事もせず」大金を儲け、贅沢なくらしをし、地主の三男などは勉強のできる子供でもなかったのに金の力で学校を出て神主になって「うまうまと他人から金をまき上げてい」たのである。また、源作より成績の悪かった者が、少しばかり勉強して醤油会社の支配人や番頭になったり、小学校の校長や村会議員になったりしていた。

自分が生きてきたようなつらい思いを息子にさせたくない源作の夢は、息子が中学に入り高等工業学校を出て工業試験場の技師になることであった。どうしても中学校の試験を受けさせたかったのである。ところが、源作が息子を中学へやるとの噂が村中に広がると、妻のおきのにたいして「お前とこの、こどもは、まあ、中学校へやるんじゃないかいな。銭が仰山あるせになんぼでも入れたらええわいな。ひひひひ」、「まあ、えら者にしようと思って学校へやるんじゃろう」と皮肉をいう者が増えていった。だが、おきのはそんな村人たちの冷たい視線の中でも息子の入学を祈って願をかけるのだった。

息子の中学受験にたいする嫌味は村人だけではなかった。叔父も「一体、何にする積りどいや」となじる。「学校をやめさせて、働きに出しても、そんなに銭はとれず、そうすりゃ、あれの代になっても、また一生頭が上がらずに、貧乏たれで暮さにゃならんせに」というおきのに、叔父は声をひそめて言うのだった。「庄屋の旦那が、貧乏人が子供を市の学校へやるんをどえらい嫌うとるんじゃせにやっても内所にしとかにゃならんぜ」。

村人たちの嫌味はますますひどくなっていく。つらくなったおきのは、中学へやるのをやめていっそ奉公にでも出そうと思うようになっていったが、源作の「己等一代はもうすんだようなもんじゃが、あれは、まだこれからじゃ。少々の銭を残してやるよりゃ、教育をつけてやっとく方が、どんだけ為になるやら分らせん。村の奴等が、どう云おうが、かもうたこっちゃない。庄屋の旦那に銭を出して貰うんじゃなし、俺が、銭を出して、俺の子供を学校へやるのに、誰も気兼ねすることがあるかい」ということばに半ば納得した。

入学試験が終わった日、息子を迎えに行く。ほかの子どもたちは駅に降りてくるのに息子の姿は見えない。呉服屋のせがれにたずねると、ほかの学校を受験するため、まだ町に残っているという。県立中学が駄目なときは市立中学を受験するため、発表の日まで残るというのだ。おきのは、市立中学を受けさせてまで学校にやることはないと思う。源作も、そのことでは同じ思いだった。

源作が税金を払うため役場に行ったときのことである。村会議員の小川が源作を呼びつけ、「労働者が息子を中学へやるんは良くないぞ。人間は中学やかいへ行っちゃ生意気になるだけで、働かずに、理屈ばっかしこねて、却って村のために悪い」、「一人前の税金も納めとらんのじゃぞ。子供を学校へやって生意気にするよりゃ、税金を一人前納めるのが肝心じゃ。その方が国の為じゃ」といい、「今年から、お前に一戸前持たすに、そのつもりで居れ」と追い打ちをかけた。

村中の心ない噂に堪えかねたおきのは、貧乏人が中学へやろうとしたのがまちがいだった、合格しても学校へはやるまいと思うようになっていく。源作もその気になっていった。源作は畠仕事をやめて郵便局へ行くと電報を打つ。「チチビョウキスグカエレ」。三日ののち、県立中学合格の通知がきたが、「息子は、今、醤油屋の小僧にやられている」――ここで作品は終わる。

源作夫婦は、三〇年余りかけてためた金で息子に高等教育を受けさせたい一心で中学を受験させたのだが、村人たちから見れば、それは分をわきまえないものに思えたのだ。百姓の子が、呉服屋や醤油屋の息子と同じ中学へ行くなど思い上がりも甚だしいことだったのである。そこには、村人たちの羨望とねたみもあったのであろう。さんざん嫌味をいわれる。叔父たちでさえこころよく思ってくれない。村会議員にいたっては恫喝めいたことばで源作をなじるのだった。村八分ともいえる雰囲気に堪えられなくなった夫婦の気持ちは変わっていき、進学させることを断念する。

源作夫婦が、村人たちの噂と嫌味によって押し潰されていく姿を描くことによって、作者は農村の実態を告発したかったのであろう。「一年中働きながら、饉えなければならない」百姓たち、「畠の収穫物の売上げは安く、税金や、生活費はかさばって、差引き、切れこむばかりだった。そうかといって、醤油屋の労働者になっても、仕事がえらくて、賃金は少な」い村人たちのきびしいくらしが源作夫婦へのやっかみを生み、嫌味を言わせることになったのである。また、農村の閉鎖性をも批判しているとみてよいのではあるまいか。中学合格の通知がきても、進学できなくなった息子は醤油屋の小僧として働かなければならなくなる。何とも切なく、出口のない暗い作品である。

この「暗さ」について壺井繁治は、「この小説の世界では現実を解決していないし、また物語の終わったところで現実を解決しようとする方向をはっきりと示していないという点からいって、この小説を消極的なものとして片づける批評家や読者もあるだろう」が、「わたしは暗さ（ここではこの作品が書かれた当時の農村的現実の暗さであるが）をトコトンまで描きだしているところに、かえって作品としての緊密感がかんじられ、暗さの極限状況を芸術的形象化を通じて読者に具体的に突きつけることによって、完全に小説的現実の中に読者を誘いこみ、読者の思考と認識とをゆすぶるだけの力を、この小説は発揮していると思う」、「下手にこの作品世界で主観的な希望を託した甘い出口などを設定せず、それはそれとして極限的な暗さにおいて描き出そうとしたところに、この作品の意図があり、その意図がじゅうぶんに作品化されている」とのべ、「農村の暗い、閉ざされた現実をゴッソリ手摑みで描き出すことによって、作者が理屈をのべたり、なんらかの持ちあわせの概念を振りまわすかわりに、それ自身が問題を提起しているような小説である」と「黒島伝治素描」（『民主文学』一九七〇年一一月号）の中で書いている。「電報」の評価として同感である。現実を解釈したり解説したりしてみせるより、現実そのものを読者に提出するところにこそ文学作品の意味があると思うからである。出口のない暗さこそ「電報」に描かれた現実であり、この作品はそれを突きつけたのである。一九二六年の一月、『文芸戦線』に発表される農民文学の秀作「二銭銅貨」の原形がここにあるように思われる。

伝治は「電報」の発表後、『潮流』の同人となり、「まかないの棒」が同誌に掲載され、最初の反戦小説「結核病室」や「紋」、「ある娘ある親」などを発表。上京したのも、この一九二五年のことであり、壺井夫妻の家に寄宿していたが、その年の暮れに借家を見つけ移転している。『文芸戦線』、『戦闘文芸』、『解放』、『文党』、『原始』、『文芸市場』の同人が大同団結、「日本プロレタリア文芸連盟」を結成したのもこの年のことであった。

最初の反戦小説「隔離室」

伝治の最初の反戦小説である「隔離室」は、『潮流』（一九二五年一〇月号）に「結核病室」として発表された作品である。

シベリアから帰った山川仙吉は、肺尖炎が肺結核に転症したため伝染病用の別室に移される。内地へ帰れば、たとえ結核でも治らないことはあるまいと思っていた彼が入れられた病室は、とてもそのような期待のもてるところではなかった。それは「これまで何十人となく結核患者が入っては除隊になっていった部屋」であり、「壁も天上も黒く汚れて陰気くさく、いやに湿っぽかった。昼も、蚊が泣くような羽音をたてている」るようなところである。看護卒もこの部屋に出入りするのを嫌がり、食事のときも飯椀を窓際に置いていくため、患者はそこまで取りに行かねばならなかったし、飯の量も少なかった。

仙吉が結核患者になったとたんにだれも寄りつかなくなってしまう。シベリアから持ち帰り、分けてやった女の裸体写真やルーブル紙幣も結核菌を恐れてフォルマリン消毒箱に投げこまれている。そんな中でただひとり彼のところにやってくる兵隊がいた。ウラジオストックからいっしょに帰ってきた新山である。二人はよく病室の前の芝生に寝ころんで語り合った。新山には、病気が治ればまたシベリアへ送り帰されるという軍医のことばが気がかりであった。彼は仙吉に「君の痰をくれないか」という。その痰を検痰に出すというのだ。仙吉は自分の痰をやることにする。この病院の軍医は医専を出たての三等軍医であり、仙吉の痰であることを見破るだけの力があるとは思えなかったからである。そうなれば、新山は結核患者として除隊になるはずだ。

伝染病室の患者は散歩区域も限られているし、酒保に行くこともできなかった。日用品を買うのも看護卒に頼まなければならないのだが、その看護卒さえなかなか病室に寄りつかない。

新山は伝染病室に移されたが、疑いを抱いている軍医は再三検痰を命じる。仙吉はそのたびに痰を吐いてやらなければならなかった。いつまでたっても結核患者として除隊にならない新山は飯を食わないようになる。「新山さん、飯が食えないんですか」、「どっかほかが悪いんですか」と聞く看護卒に「窓の上に飯を置くんが規則かい？　俺れゃそんなとこへ置いた飯は食わん！」と新山は言うのだった。

新山が結核患者であることに疑念を抱く軍医は何度も検痰をおこなう。それを見破られないように、仙吉は自分の痰を彼の検痰コップに吐いてやった。そんなある日、診断を終えた軍医が「もう一度、念のため今、痰を出して見な」と言う。「どうも、今すぐにでは……」という新山を尻目に軍医は、看護卒に痰が出るまで待つように、と言いつける。仙吉は軍医が立ち去ると新山の部屋に行き、廊下を歩きまわっている看護卒の目を盗んで痰を吐いてやった。今すぐ痰を出せという軍医と、何とか理屈をつけようとする新山とのやりとりはおもしろい。

やっと二人は退院することになった。新山はやつれて眼窩がくぼみ、声にも気力がなくなり、笑い声もいつのまにか咳に変わった。空咳だった。それがいつまでもつづいて出た。と、不意に咳が止まったかと思うと、何物か胸の中から突き上げてきた。仙吉が、痰壺の方へやってこようとした新山に自分のハンカチを渡そうとしたときである。その口から「紅い泡立つ血」が毛布の上にこぼれたのだ。新山は、大きな吐息をつくと仙吉を恨めしそうに見ながらいった。「畜生！　くそいまいましい、俺も本当の結核になりやがった！」と叫ぶところでこの作品は終わる。

「隔離室」は冒頭に「戦闘、鉄道破壊、パルチザンの襲撃、腸チブス、坐骨の中へとびこんだ弾丸、雪、退却、泥水を飲んだ負傷者、やかましい病院長、どちらへ向いても危険で不快なことばかりだ」と、シベリアにおける兵士たちの労苦が簡潔に書かれる。それは病気になってもいいから内地へ送還されたいと思うほどのものであった。

仙吉はその願いがかなって内地送還となったのだが、入院した隔離病室は期待はずれで、臭気がたちこめ息がつまるような部屋であった。ここでは結核患者は疫病神のように嫌われる。戦地での苦労とは別のつらさがそこにはあったのである。みんなは寄りつかなくなり、食事も窓際までしか運んでもらえない。その薄情さに仙吉は腹をたてるが、ひとりの患者だけは時々声をかけてくれる。それが、ウラジオストックからいっしょに送還された新山である。彼は「おい、山川、変りないかい?」と声をかけ、「イボタの虫は胸の病気によくきくんだ。(略)捕ったら君にやるよ」、「どうも見つからんな。居ないかもしれん」と親切に言ってくれるほどの、たったひとりの友人である。

彼はシベリアにいるとき三八度をこえる「夕温」に悩まされていたが、内地送還になると病状も快方に向かっていた。仙吉が結核に転症すると、新山は「実は浦潮をたつ時、君はTBのおそれがあるから、あまりそばへよりつかないように警戒しろ」と看護長から言われていたことを打ちあけてくれた。TBとは肺結核のことである。そう言いながらも新山は仙吉を避けるような仕草はみせなかった。

病気が治れば再びシベリアへ送られるかとたずねる仙吉に、軍医はそのとおりだという。それにたいして作者は「馬鹿馬鹿しいことである。同年兵は既に半年前、帰休になっているのに、シベリアへ派遣になった者だけが、戦時部隊に編入になっているがために、再びシベリアへ行かなければならないことは何と言っても馬鹿馬鹿しいことだ」と軍隊の非合理性を批判している。

結核患者が戦地へ送り返されることのないことを知っている新山は、仙吉の痰をもらうことになる。すると彼にたいする周囲の態度が一変し、持っている写真まで消毒箱に投げこまれてしまう。仙吉の痰をもらい始めた新山は熱も上がり、顔色もだんだん悪くなっていった。「こんな陰気な湿っぽい病室じゃ駄目だ。どうもこの別室へ来てから身体の具合が悪い」というように、新山の病室の裏には山があって「始終水がじくじくにじみ出ていた」し、屋根を覆うような樹木が「日光をさえぎっていた」のだ。彼はこの陰湿な部屋でいらいらしたり、飯もあまり食わなくなっていった。

仙吉も同じ思いだった。こんな病院にはいたくない。いつ除隊になるかと聞いても「もうすぐだから辛抱しとれ」というだけの軍医。その一方ではつぎつぎに除隊になって出て行く隣室の患者たち。新山のいらだちはつのっていき食事も拒否するようになった。食物がはいったまま窓際に置かれている食器に蠅がたかっている。ますます彼の病状は悪化していった。

結核患者でありながら除隊にならない仙吉。除隊したい一念で結核患者を装ううちに本物の患者となり喀血する新山。二人とも結局はシベリア出兵の犠牲者であったのだ。

この小説にはシベリアでの悲惨な戦闘場面の具体的描写はないが、病院での生活を通して出兵がもたらしたものへの怒りと、軍隊の中の差別性や無責任体質を告発しようとした作者の意図が伝わってくる作品である。歪《いびつ》なかたちであるとはいえ、絶食までして反抗する新山の姿は、哀れであるとともに日本軍隊のもつ不合理と非人間性にたいするたたかいを示したものである。

のちの「シベリア物」と呼ばれる「橇」、「渦巻ける烏の群」、「雪のシベリア」、「パルチザン・ウォルコフ」などのさきがけとなる最初の反戦小説といってよかろう。

4章　プロレタリア文学の幕開きから展開へ

プロレタリア文学の萌芽

少しわき道にそれるが、『文芸戦線』結成までの労働文学、プロレタリア文学について略述しておこう。労働文学について、「労働者の生活を題材として、階級的自覚に立ち、労働者出身の作家によって書かれた文学」との規定に立つとすれば、日本の文学史上、そのトップバッターとして登場してきたのは宮地嘉六といってよい。

一九一五年、宮地は失業した一青年の悲哀を描いた一〇枚ほどの短編「佐吉」を『新公論』に発表した。宮地は小学校を中退すると仕立屋や下駄屋の小僧に出され、一四歳のとき佐世保の海軍工廠の施盤工となった。長崎、呉、神戸、東京の造船所を渡り歩いた彼は、そのあいだに早稲田大学の聴講生となったり、日露戦争に従軍したり、まさにそれは渡り鳥のような生活であった。思想的には幸徳秋水や堺利彦の影響を受け社会主義に共鳴し、一九一一年の呉工廠のストライキに参加、広島監獄に拘禁され、出獄後も官憲に尾行されたり、干渉されたりしたため職につくこともできず、堺の世話で雑誌『二十世紀』の編集などを手伝いながら何とか食を得るという生活をつづけていた。

宮地は「佐吉」を発表したあと、一九一六年から一九二〇年にかけて「帰途」(『新公論』)、「窮迫する幻想」(『日本評論』)、「其一人」(『早稲田文学』)、出世作とされる「煤煙の臭い」(『中外』)、「騒擾後」(『中央公論』)、

「或る職工の手記」(『改造』)、「放浪者富蔵」(『解放』)、「赤シャツの仲間」(『中央公論』)を書いている。

宮地が「佐吉」を発表した翌年に労働文学の名作「坑夫」を出した宮嶋資夫は、一八八六年、士族の子として東京に生まれた。没落士族であった父が相場に手を出して失敗、つとめていた役所をやめさせられると一家の生活はどん底におちてしまい、彼の流転、放浪の生活が始まる。砂糖屋の小僧をふり出しに、書生、牧夫、メリヤス工場の職工、土工、火夫、古本屋、新聞・雑誌記者など文字通りの放浪生活をつづけた。苦難の日々であったが、宮地のような暗さはなく「ただ衝動にまかせて、盲目的に生きてきた」(自伝「遍歴」慶友社)のであり、苦しい境遇にもくよくよしない明るさがあった。

宮嶋は放浪生活の中で泉鏡花の文学にひかれていくが、やがて鏡花的世界から脱し、一九〇五年ごろになると山口孤剣、白柳秀湖らの『火鞭』の運動に関心を持つようになる。『火鞭』は一九〇五年九月、白柳、山口、中里介山、安成貞雄らの社会主義文学研究会である火鞭会の機関誌として創刊されたが、翌年五月、九号で終刊、雑誌『ヒラメキ』に合併された。賛助者には児玉花外、木下尚江、幸徳秋水、堺利彦、田岡嶺雲、山路愛山らが名を連ねており、芸術至上主義、科学万能主義にたいし批評の独立性を強調、文学と社会主義の結びつきを追究しようとした雑誌であった。

その後、水戸の鉱山で働くが、ふたたび東京に戻ってきたとき、たまたま露店で見つけた雑誌『近代思想』が彼の方向を決定づけることになる。宮嶋はこの雑誌によって大杉栄、荒畑寒村らのサンジカリズム研究会の存在を知り、それに参加するようになった。この研究会への参加によってアナーキストとしての道を歩み始めた宮嶋は、古本屋をやりながら処女作であり、代表作となる「坑夫」を書き始め、一九一六年一月、近代思想社から自費出版した。

「涯しない蒼空から流れている春の日は、常陸の奥に連なる山々をも、同じやうに温め照らしていた。物憂く長い冬の眠りから覚めた木々の葉は、赤子の手のやうなふくよかな身体を、空に向けて勢いよく伸ばしていた。いたづらな春風が時折そっとそのやわい肌をこそぐって通ると、若葉はキラキラと音をたてずに笑った。谷間には鶯や時鳥の狂わしく鳴きわたる声が充ちていた」という斬新な自然描写で始まる「坑夫」は、「池井鉱山二号飯場づきの坑夫」石井金次を主人公にした二〇〇枚ほどの中編小説である。

金次が一五のとき、長い鉱山ぐらしのため「よろけ」になり「土気色に瘠せ細った顔をして、毎日力のない咳をしては黒い痰を吐いていた」父親が、「坑夫なんかしていると長生きできねえから手前は早く足を洗えよ」といい残して家を出て半年後には死んでしまうにもかかわらず、山で生き山で育った生粋の坑夫である彼は山を出ることはできなかった。一人前の坑夫となった一七、八のころには、金次は鉱山から鉱山へと渡り歩いていたが、枯木のように朽ち果てていった父のことをふと思い出すこともあった。あるとき彼はとうとう山を下り東京へ出るが、そこに待っていたのは「絵葉書で見た都会」でもなく、あこがれていた楽しさでもなく、「銅山筒袖を着た」金次にたいする差別であった。都会の生活にも幸せを見出すことのできなかった彼はふたたび鉱山に舞い戻ってくる。帰ってきた彼の心の中には「反逆精神と一種の宿命観」が同居するようになる。そんなあるとき、鉱山に暴動が起こった。金次はその先頭に立ちたたかうが、軍隊の出動によって鎮圧される。そして彼は、かかわりあいになるのを恐れた鉱山の仲間から裏切られ「日蔭者」となっていくのである。

金次の憎しみは、「敵」であるべき資本家にたいするよりも裏切った仲間に向けられ、生活はすさんでいった。鉱山から鉱山へと渡り歩く彼は行く先々で喧嘩口論、仲間の妻を平気で犯すようになる。

池井鉱山でもだれも相手にしてくれなかったが、飯場頭の萩田だけはその気持ちを察していたのか、何かと面倒をみてくれた。盆踊りの夜のことである。金次は野田という坑夫の伯父でその用心棒でもある大沢と酒を飲んでいた。大沢は野田を飯場頭にするための策動をしていた男だ。それを知った金次は酒の勢いもあって大沢と言い争いを始め大喧嘩となったが、坑夫たちはだれひとり止めにはいらなかった。それどころか、立ち上がれないほど打ちのめされた金次に、坑夫たちは日頃のうっぷんを晴らすかのように残虐の限りをつくした。

この修羅場はつぎのように描かれる。

「馬鹿っ」鋭い声と共に石井は立ち上がりながら、右足を飛ばして大沢の胸を蹴った。はずみを喰った膳や徳利は、ガラガラ土間に転げ落ちた。倒れかかった身体をやっとささえて大沢は、「やったな野郎ッ」と叫びながら立ち上がった。その時彼の目に、横の羽目に立てかけてあった支柱斧が映った。半月形の刃先きは研ぎ上げたばかりのやうに、薄暗い中に青く光っていた。大沢は身を翻すと斧をとって振り上げた。

「しゃれた真似を」と言った石井の手にもあいくちが閃いていた。二人とも烈しく酔っているので自分ばかり確かに闘っているやうに思っても、可笑しい程ふらついていた。二人はめちゃめちゃに獲物を振り廻した。石井がひょろけるように手先にくぐろうとした時、肩先をどしっと切られたが、それと同時に大沢の脇腹にあいくちを突き通した。妙に痙攣するやうな唸り声が二人の口から洩れて、夢中になってしがみついた二つの顔は見る間に蒼ざめて行った。どくどく噴き出す血潮は浴衣に滲んで赤く拡がった。血に狂った二人の眼には何物も映らなかった。小犬のやうにもつれて、熱い大地に転がり出した。(略)石井はもう相手の境がなくなっていた。誰かにしがみ付かうとしたのを邪慳に突き離されると、どたんと大地に倒れた。

「うーむ」と苦しそうに呻いて手足をもがいた。

取巻いていた坑夫等の眼には残忍な笑が浮んだ。

その中には女房を弄ばれた者もあった。(略)

「つらあ見ろ畜生ッ、余り威張りやがったもんだからいい態だッ」と力任せに蹴飛ばした。せかれていた水口を切られたやうに、卑怯な下駄履きの足は怪我人の上に注がれた。反抗の力を失った者に対する復仇は容易かった。妙な唸り声は直ぐに消えて、手足のもがきも止んで了った。

「坑夫」は大杉栄、堺利彦の序文をつけて刊行されたが、ただちに発禁。一九二〇年、創作集「恨みなき殺人」に再録刊行された（現在は、「宮嶋資夫著作集」第一巻〔慶友社〕に所収）。

美しい自然に囲まれた鉱山と飯場を舞台に、ひとりの坑夫の反抗と悲劇を描いたこの小説は、当時としては内容、文体、筋立てすべてが新しいものであった。山田清三郎は主人公について、異常性格者で、救い難き反逆者であるかのように描かれているが、「作者は、そのような石井をかならずしもうまれつきのものとしているのではなく、そのような性格形成の主な原因を、暴動後の仲間たちの卑劣な裏切りのなかに見出しているのである」として、そこには理性もなかったが打算もなかったと、その心情に同情を寄せている。しかし、「ここには、労働者階級の惨たんたる現実はえぐりだされているが、その解放へのたたかいの方向や、勝利の光は、まったくしめされていない」（「プロレタリア文学史」上巻、理論社。以降、山田の文章は主にこの本〔上・下巻〕による）と、その限界を指摘している。

主人公石井金次の生き方にはたしかにアナーキーな反抗しかなかった。だが、そこには未成熟な労働運動の時代の労働者の重く深い悲哀が流れていて、それが読者に感動を与える作品になっていることはたしかである。「坑夫」が明治期の社会主義文学から大正の労働文学への発展を示した典型的な作品であることはまちがいあるまい。

ほかに労働文学の代表的な作家として吉田金重、内藤辰雄、新井紀一、それに前田河広一郎らがいる。吉田金重には「落書」、「雨を衝いて」、「一人の漂泊者」、失業者の生活を描いた「敗残者の群れ」、老人がなれない仕事のために大怪我をするという労働者の悲劇を描いた「鉄の呻き」、「盲狂人の死」などの作品がある。

内藤辰雄は、第一次大戦後の不況を背景とした社会の暗黒面をとらえた「立ちん坊の死」、風刺的作品「卒倒者」や「馬を洗う」などを書いた。

新井紀一は、見習職工として砲兵工廠で労働生活を体験、投稿誌への投稿がきっかけで『中央文学』の編集をやるようになった。一九二〇年、『時事新報』の記者となり、文芸部長をしていた佐々木茂索の下で働く。労働者と文化関係の仕事をくり返していく中で、小川未明らの雑誌『黒煙』に「暗い顔」を発表、つづいて「競点射撃」、「坑夫の夢」を書いた。そして彼の出世作となる「怒れる高村軍曹」を『早稲田文学』に、その姉妹編「山の誘惑」を『三田文学』に発表し、『中央公論』に彼が砲兵工廠の職工時代に起こったストライキを題材にした「友を売る」を書いている（吉田金重、内藤辰雄、新井紀一の作品は「日本プロレタリア文学集」に数編ずつ収められている）。

労働文学の代表的作品「三等船客」で知られる前田河広一郎について、少しくわしくのべておきたい。

一九五七年の一二月、前田河広一郎がなくなったとき新日本文学会は翌年の『新日本文学』二月号に、青野季吉の「前田河広一郎を悼む」という文とともに「一九二〇年代のはじめ、前田河氏は、日本の文学に一つの新しいものをもたらしました。それは、その時までの日本文学になかったもの、新しい広さ、新しい幅、新しい厚さを日本文学にあたえました。日本文学は驚きをもってこれを迎えました。しかしこの新しいものを日本の文学は十分学ぶことなしに過ぎてしまいました。日本文学はそのまま戦争のなかに捲きこまれました」という弔辞を掲載した。さまざまな問題をもっていたとはいえ、大正期後半の労働文学の旗手ともいえる前田河についての研究と評価が不十分であったことにたいする反省として、この弔辞は一つの問題提起をおこなったのである。紅野敏郎も『国文学』（一九五九年八月号）につぎのように書いている。

「戦後遅々たる歩みであったにせよ、黒島伝治や葉山嘉樹などに対する検討は行われてきている。ところが前田河に関しては、精密な年譜一つ作成されておらず、まれなことではあるが、黒島伝治が卒論の対象になったという話は聞いても、前田河がそうなったという話は聞かず、あの初期プロレタリア文学の記念的佳作として有名な『三等船客』の初出誌『中外』復刊号（大正一〇年八月）のことについても、ここ二、三年の間で、やっと誤りが正されたりしている状態である。前田河の昭和の三十年の歩みの方に責任ももちろんあろうが、ともかく、こと前田河に関して語られることがすくなすぎた」

もちろん、彼についての評価の試みがまったくなされていないわけではなく、桜井増雄によって小説「前田河広一郎」が書かれ、座談会形式ではあるが、『社会主義文学』（一九五八年六月号）誌上で細田民樹、平林たい子、金子洋文らによる前田河の作品の検討がおこなわれている。しかし前田河の小説、評論、波瀾万丈の生涯からみるときわめて少ないといわざるをえない。この状況は今もあまり変わっていないように思われる。単に文学史的な面からだけでなく、民主主義文学の立場からの分析、研究がすすめられる必要があろう。最近では、『すばる』（一九九七年一〇月号）の「座談会昭和文学史・プロレタリア文学」の中で、「海洋小説の先駆としての『三等船客』」として小田切秀雄、井上ひさし、島村輝、小森陽一が論じ、湯地朝雄が「ナップ以前のプロレタリア文学運動──『種蒔く人』『文芸戦線』の時代」（小川町企画）の中で「移民労働者の二重の悲劇を描く」とのサブタイトルをつけ「三等船客」について論じてはいるが本格的な論考といえるものではない。

前田河広一郎は一八八八年、仙台に生まれた。以下、その生涯を集英社版「日本文学全集」、「現代日本文学大事典」（明治書院）などによって年譜風にたどってみよう。

彼は両親の仲が悪かったため戸籍上は父親がいなかった。生まれて三日目に酔った大工の父親は川に投げこもうとするが、さいわい母方の祖母に助けられ、宮城県で開業医をしていた伯父前田河要之助のもとに引きとられ、そこで養育されることになる。小学校を優秀な成績で卒業すると宮城県立第一中学校にはいり、文学書を耽読、医者にしようとする伯父と意見が合わず卒業を前にして中途退学し上京した。一九〇五年、日露戦争が終わった年である。

上京した前田河は徳富蘆花に師事、「マキシム・ゴーリキーを論ず」を書いた。つづいて蘆花の紹介により石川三四郎の新紀元社にはいると、『新紀元』の編集にたずさわる。『新紀元』は、一九〇五年平民社が解散を決定したあと、安部磯雄、石川三四郎、木下尚江らのキリスト教的社会主義者が独自の活動をおこなうために創刊した雑誌である。新紀元社は聖書研究会を開いたり、日曜説教をおこなったりしたが、一九〇六年二月、日本社会党が結成され、日刊『平民新聞』発刊の話が出るとそれに参加することを決め、同年一一月、『新紀元』も第一三号で廃刊となった。

一九〇七年、前田河は福田英子の紹介によって、かつて自由民権運動で活躍した弁護士板倉中の書生となり、福田が出していた雑誌『世界婦人』に小説「馬」を発表。同年五月、盧花の後援により渡米、皿洗いなどをしながらアメリカでの生活を始める。

一九一一年一月、大逆事件を知ると、シカゴの社会主義週刊誌"The Coming Nation"に英文の小説「絞刑史」を書いた。これがきっかけとなり、社会主義者金子喜一を知り、金子夫人主宰の"The Progressive Woman"に同じく英文の小説「戦碑」、「アジア連合」などを発表。そのあいだも配達の仕事などをつづけた。

一九一六年にはシカゴからニューヨークに移り、「アメリカの悲劇」の作者で、晩年にはコミュニストとなったドライザーを訪ね「桜の花」を合作する。その後も放浪生活をつづけ、ニューヨークの日本人会の幹事となったり、のちに「黒い海」、「脱船以後」、「マドロスの群れ」の題材となる油送船に乗りこみメキシコ湾を航海したりするが、第一次大戦が終わると船を降り、日米通信社の小森文輔社長のもとで『日米週報』の編集長となる。

一九二〇年二月、一三年間の在米生活を終え帰国。三三歳のときであった。帰国すると、総合雑誌『中外』の編集に従事、同誌に労働文学のモニュメントといわれる「三等船客」を発表、文壇で大きな反響を呼んだ。

その後、「へんな客」、「鼠」、「赤い馬車」、「裏切る」、「拳銃を買った男」、「灰色」を発表。短編集「麺麭」に表題の作品のほかに「最後の変装」、「博徒」、「南京虫」、「伯父」などを収録刊行した一九二三年には評論も多く発表し、「民衆の要求する新文学」、「文壇の政党化を難ず」などプロレタリア文学の立場から論陣を張り、また「菊池寛無用論」、「正宗白鳥論」、「文壇左側通行」を書いている。この年の前年に『種蒔く人』の同人となっていたが、同誌が関東大震災によって廃刊され、一九二四年、『文芸戦線』が創刊されると同人として参加、長編「大暴風時代」を出し、武者小路実篤を批判した「危険なる夢想主義者」、労働文学の作家を論じた「無産派の作家を論ず」、「芥川龍之介を駁す」などの評論でプロレタリア文学陣営の「闘将ぶり」をいかんなく発揮した。

一九二七年、『改造』に小説「太陽の黒点」、評論「福本イズムと疥癬」を書き、翌年には『文芸戦線』出版部より「黙禱」、「ムッソリーニ」、「ラスプーチンの死」、「えらばれた男」など六編の戯曲を収めた「黙禱」を、改造社からは「新・前田河広一郎集」（正・続）を刊行し、「三等船客」以下約六〇編の小説、二〇編近くの戯曲、それに長編小説一編を収録する（前田河の評論は「日本プロレタリア文学評論集」〈新日本出版社〉に二一、三編が収録されている）。

一九二八年一〇月から翌年の三月にかけて中国へ行き、魯迅、郁達夫らと知り合いとなる。一九三〇年、「日本プロレタリア傑作選集」の一冊として、北海漁業缶詰製造の実態を暴露した小説「セムガ」を日本評論社から出し、一九二四年から三〇年までの評論を集めた「十年間」を刊行。

一九三一年、「満州事変」勃発以後の狂気じみた弾圧によって転向作家が多く出る中で、彼も転向を迫られていった。その後、アプトン・シンクレア「マウンテン・シティ」、シンクレア・ルイス「本町通り」、リチャード・レウェリン「わが谷は緑なりき」、イリーナ・アダーク「濠州」などの翻訳に力を注いだ。さらに一九三八年から四三年にかけて「盧花伝」とその第二部にあたる「盧花の芸術」を刊行。戦後、第三部「追われる魂――復活の盧花」を書き、三部作を完成させた。

そのあいだ、「生きなおりの書」であり、「人間とは何ぞや」という課題に取りくんだとみずからいっている作品「人間」（一九三八年）、つづいて創作集「火田」を、一九四〇年には「蒼龍」を出版し、戦争末期になると疎開していた千葉で地元新聞社に入社、社説や小説「元寇」を書いている。戦後は前述の「盧花伝」の完成に力をつくし、また伝記小説「トルストイ」を執筆。そのあいだに長男と妻を失い、次女と二人のさびしい貧窮生活の中で「サガレーン行」、「ユートピアの番地」を書くが、一九五七年、六九歳の波乱に満ちた生涯を閉じる。

日本の労働文学は、それが自然発生的であり、さまざまな限界や弱さをもっていたとはいえ、労働者の苦闘と辛酸に満ちた現実をえぐり出したという点で画期的な業績と成果をあげたといっても過言ではなかろう。これとならんで小川未明、秋田雨雀、有島武郎、上司小剣、藤森成吉、江馬修、江口渙ら知識人作家による進歩的な文学も生まれてきた。しかし彼らの作品もまだ自然発生的、人道主義的な弱さから脱することができず、労働者の意識的なたたかいをとらえることはできなかった。

『種蒔く人』創刊

労働者作家や知識人作家による「漠然とした社会主義への欲求」にたいして、社会主義の明確な方向と路線を示したのが、一九二一年、小牧近江らによって創刊された『種蒔く人』である。

小牧は一九一〇年、一六歳で渡仏し、苦難に満ちた生活を送るが、そのあいだにロマン・ロランの「ジャン・クリストフ」などの影響を強く受け、反戦運動に参加するようになった。一九一八年、パリ大学卒業の直後、アンリ・バルビュスやアナトール・フランスのクラルテ（光）運動に接近していく。一九二〇年の暮れに帰国し、翌年二月、秋田県土崎町で、ミレーの「種蒔く人」を表紙に掲げた『種蒔く人』（一八ページのリーフレット）を創刊する。秋田県の土崎町で出したのは土崎港の印刷所が安い費用でその印刷を引きうけてくれたからであり、これを「土崎版」と呼んでいる。同人は、小牧のほかに今野賢三、金子洋文、安田養蔵、近江谷友治、畠山松次郎、山川亮の七人であった。小牧はこの雑誌によって日本でのクラルテ運動の展開と、結成されたばかりの第三インターナショナル（コミンテルン）の紹介をしようとしたのであり、文芸雑誌というより政治的色彩の強いものにしたかったらしい。これにたいして文学中心の雑誌にしようとした金子洋文は、そのころのことを「小牧から、日本の歴史的諸条件においては暴力革命しかないと聞かされてひどくショックをうけたことをおぼえています。小牧と会ったその日に、社会主義的文学雑誌を出すこと、雑誌名や表紙にミレーの絵を入れることなどが決まりました」と回想している。

『種蒔く人』（土崎版）は、政治的色彩の濃い雑誌であったため当時の新聞紙法により五〇〇円の保証金を納めなければならなかったが、それが払えず三号しか続かなかった。第一号に「無産者と有産者」、第二号に「第三インターと議会政略」、第三号には「第三インターナショナルへの闘争」を掲載したことからも、その政治色の強さがわかる。「第三インターと議会政略」は、第三インターの第二回大会の議会政策を紹介しながら、この政策は改良主義的議会主義や反議会主義にたいする革命的過渡期における闘争であるということをのべ、資本主義に対抗していくために労働者階級があらゆる「地位」にくいこんでたたかいをすすめていくことの必要性を強調したものであった。

この第一次『種蒔く人』が大きな反響を呼んだのは、レーニン主義の立場を鮮明にしたことにあった。ちなみに第三インターについてそれを文章にして紹介し訴えたのはこの雑誌が初めてである。アナーキズムの強かった当時、議会否定論の渦巻く中、「第三インターと議会政略」の投げた波紋は大きなものであった。

第一次『種蒔く人』は三号でつぶれたが、半年後の一九二一年一〇月、新しく同人に村松正俊、松本弘二、柳瀬正夢を加え東京で再刊されることになった。本文五六ページ、「世界主義文芸雑誌」と銘うたれたこの雑誌は三〇〇〇部印刷されたが、ただちに発禁という弾圧を受けながらも、関東大震災で発行不能になるまで二年近くつづくのである。

「土崎版」は部数も少なく（二〇〇部）、経費も二三円で、外務省につとめていた小牧が毎号個人で出していたが、今度の場合はそういうわけにはいかなかった。小牧は経費についてこうのべている。
「雑誌発行の資金は、皆で手分けして集めることになりました。佐々木の師匠格の秋田雨雀先生が相談にのってくれ、叢文閣主人の足助素一氏と会うことになり、それを通じて有島武郎さんにも接近することになりました。叢文閣で、まず〝クラルテ〟の訳本を出そうではないか、翻訳料は前払いにしよう、といってくれたのは地獄に仏でした。中村屋の相馬黒光さんが、何百円か出してくれたのは、佐々木孝丸の手柄でした。やれやれ、これで印刷費の目鼻がついたというわけです」

（小牧近江「ある現代史──〝種蒔く人〟前後」法政大学出版局）

第二次『種蒔く人』は文芸誌を看板にしたが、濃厚な政治色と、「世界主義」と銘うっているようにインターナショナルな性格を強くもつものであった。創刊号にはつぎのような「宣言」が掲げられる。

嘗て人間は神を造った。今や人間は神を殺した。造られたものの運命は知るべきである。
現代に神はいない。しかも神の変形はいたるところに充満する。神は殺されるべきである。殺すものは僕たちである。是認するものは敵である。（略）
見よ。僕たちは現代の真理のために戦ふ。僕たちは生活の主である。生活を否定するものは逆に現代の人間ではない。僕たちは生活のために革命の真理を擁護する。種蒔く人はここに於て起つ、世界の同志と共に！

観念的、抽象的な文章であるが、山田清三郎によれば、「ことさらに具体的でわかりやすい表現を官憲への考慮や当時の思想戦線の複雑な状況からさけた」ためだという。ここで思想戦線の複雑な状況といっているのはアナ・ボルの対立状況のことである。

同人以外で執筆、投稿した人たちには、秋田雨雀、有島武郎、江口渙、長谷川如是閑、藤森成吉、福田正夫、小川未明、神近市子、川路柳虹、宮地嘉六、百田宗治、富田砕花、石川三四郎、ほかにフランスのアナトール・フランス、アンリ・バルビュスらがいた。

第一号には村松正俊がつぎのように書いている。「労働運動の最後の目的は、いうまでもなく労働者階級或は無産階級が社会的及び政治的にその支配権をにぎり、以って無産階級の独裁政治を現出するにある。この目的はたとえいかなる反対をうけようとも必ず達成せらるべきであり、そうしてまた事実そうならないではやまないであろう。しかしながらデモクラシーとは今日の支配階級が、それによって自己を欺き、また労働者階級を欺く一手段にすぎない」。

この文章からも『種蒔く人』が最初から社会主義的色合いを強く打ち出していたことが明らかであろう。

二号には、「飢えたるロシアの為めに」を特集、井上康文「血の日曜日」、川路柳虹「飢えて死ぬロシア」、金子洋文「神様とロシア」、加藤一夫「露西亜民衆に与う」、平林初之輔「現実のロシアと架空のロシア」を掲載。三号は「非軍国主義号」とし、「アンチ・ミリタリストの立場」で軍国主義戦争に真っ向から反対することを明らかにした。四号には神近市子が「阿寒おろし」を書き、社論として「芸術における国際主義と世界主義」を掲げた。カール・リープクネヒトの「軍国主義と非軍国主義」の抄訳をのせたため発禁処分となる。

五号（一九二二年二月）には吉田金重が「プロレタリアの文学」を書き、社論は「再び飢えたるロシアの為めに」をのせロシア民衆の救援を呼びかけた。六号には社論「無産階級の芸術としての未来主義の意義」、佐々木孝丸の「戯曲の創造性と価値」を掲載した。そして、「種蒔き社」として初めて中央での講演会を計画するが開会直前になって禁止。そこで、地方講演を大阪と神戸でおこない、村松正俊が「世界主義の良心」、平林初之輔が「唯物史観より見たる文芸」、金子洋文が「空想社会における男女関係」と題して講演をおこなった。七号には渡辺順三「吾等の要求する文芸」、今野賢三「過激法案に対する自己の立場」、三和一男「土地と自由」を、八号には細井和喜蔵「或る機械」を掲載している。

以下、主なものを列挙しておこう。九号「廃兵を乗せた赤電車」(金子洋文)、「帰村せる署長」(飯田徳太郎)、「文芸運動と労働運動」(平林初之輔)、「芸術運動における共同戦線」(社論)、一一号「人道主義の芸術と悪魔主義の芸術」(光造)、一二号「死体の発掘」(麻生久)、一三号「暴風雨」(松本弘二)、一四号「敵を呪う詩」(松本淳三)、一五号「赭土に芽ぐむもの」(金子洋文)、一六号「水平社運動号」、一七号は「無産婦人デー記念号」。その後も「反軍国主義・無産青年運動号」、「農村号」、バルビュスとロマン・ロラン、マキシム・ゴーリキーなどの特集も行っている。

このように『種蒔く人』は、相つぐ弾圧によって手も足も出なくなっていた政党や労働組合の運動を代行していったのである。それは『種蒔く人』誌上だけでなく、実際の運動面でも示される。たとえば列国の対ソ干渉戦争、ことに日本のシベリア出兵にたいして真っ向から反対のキャンペーンをはり、対ソ非干渉同盟の積極的かつ有力な構成員となるとともに、「過激思想取締法案」反対の運動においても中心的役割をはたしたのである。また、ロシア革命記念日の行事として祝賀のデモンストレーションや「新興芸術講演会」をおこなったりした。山田清三郎によると、このときの入場者は一〇〇〇名にのぼり、臨監による弁士中止のあと解散を命じられると、小牧近江の音頭によって「インターナショナル」が歌われた。これが日本で大衆によってこの歌が歌われた始まりである。このとき六〇名の検束者が出たという。

一九二三年三月八日には国際婦人デーの講演会を開き、神田のキリスト教青年会館には二〇〇〇名の聴衆が集まった。開会後四〇分で解散させられるが、日本で初めて国際婦人デーの行事をもったのも「種蒔き社」であった。

『種蒔く人』の運動は、大正後期の社会主義運動、反戦運動の分野で大きな功績をあげるだけでなく、文学運動の面での成果にも大きなものがあった。大正期の労働文学を一歩進めプロレタリア文学に高めるとともに、その運動を組織していったのも『種蒔く人』であったのである。ちなみに、「プロレタリア文学」ということばが初めてつかわれたのも『種蒔く人』誌上であった。平林初之輔は同誌（一九二二年六月）の評論「文学運動と労働運動」の中で「プロレタリアの解放、それがプロレタリア文芸運動の唯一の綱領である」とのべ、最終号（一九二三年八月）で中西伊之助は「プロレタリア文学」ということばをつかっている（一年前の『新潮』二月号の「階級芸術の問題」の中でそれに近いことばを使用しているというが、それは「プロレタリアートの芸術」であり、「プロレタリアート詩人」であった）。

プロレタリア文学ということばが一般的になるのは『文芸戦線』が創刊された一九二四年ごろからであるが、このことばを冠した組織は日本以外にはほとんどなかったとして、小田切秀雄はこのように語っている。「当時、朝鮮には『朝鮮プロレタリア作家同盟』（略称『カップ』）があった。これは日本が手本ですから例外です。ほかの国では『プロレタリア作家』ではなく『革命的作家』と言っていた。（略）モスクワは『国際革命作家同盟』でプロレタリア文学とは言いません。アメリカは『全米作家会議』。フランスは『革命作家芸術家協会』。中国は『左翼作家連盟』。イギリスは『作家インターナショナル・イギリス支部』です。『作家インターナショナル』というのは、『国際革命作家同盟』のことです。ドイツの作家同盟は『プロレタリア的革命的作家同盟』です。（略）日本でもそのはずでした。ところが、日本では、『革命』という言葉が使えなかった。検閲があって、『革命』は、最初から伏せ字にせざるをえなかった。文学団体の名が、伏せ字になってはどうしようもない。（略）仕方がないから、革命という字を使わない『プロレタリア文学』が多用されるようになった」（「座談会昭和文学史・プロレタリア文学」、『すばる』一九九七年一〇月号）。

『種蒔く人』によってふき出してきたプロレタリア文学運動の芽もいったん摘みとられることになった。一九二三年九月一日、関東一帯を襲った大地震によって「種蒔き社」もつぶれてしまったのである。次号の原稿も印刷所に渡していたが、それも焼けてしまう。関東大震災の翌年一月、『種蒔き雑記』第一号が出されたが、これが事実上の終刊号となった。表紙に「亀戸の殉難者を哀悼するため」と書かれているように、この雑誌は亀戸事件によって殺害された平沢計七、川合義虎、鈴木直一ら九人の追悼特集号であった。

『文芸戦線』誕生の背景

大地震と、それを機にした天皇制権力により『種蒔く人』も廃刊を余儀なくされたが、このきびしい試練にたえてプロレタリア文学は再生する。『文芸戦線』の誕生がそれであり、一九二四年六月のことであった。この年の四月三日と一三日の両日に開かれた新雑誌発刊のための会合によって、その計画はすばやく実行に移された。

『文芸戦線』は『種蒔く人』と同様に同人組織で、そのメンバーは青野季吉、今野賢三、金子洋文、小牧近江、佐々木孝丸、佐野袈裟美、中西伊之助、前田河広一郎、松本弘二、武藤直治、村松正俊、平林初之輔、柳瀬正夢、山田清三郎（二カ月後に参加）の一四人で、旧『種蒔く人』同人のうち、それから除外されていたのは上野虎雄、津田光造、松本淳三、山川亮の四人であった。『種蒔く人』発刊のときも有島武郎、足助素一らの経済的援助があったが、『文芸戦線』の場合も部外者からの援助を受けている。山田清三郎によると、「田村太郎が出資し、困難な経営もひきうけた。田村太郎は、陸軍次官をしたことのある田村治与造中将の息子だったが、そのころ『中央新聞』の記者をしていて、過激運動取締法案が上程されるころ、議会で代議士の反対署名をとってまわったことのある、自由主義的な青年だった。この田村太郎をパトロンにして、田村の友人で新宿で運動具店をやっていた緒方二十世が、経営にあたった。緒方は「種蒔き社」時代、青年部員だったことがある。『種蒔く人』の青年部は、小牧近江の実弟桧六郎が部長で、内田なども いた。緒方は法政大学野球部で、捕手兼キャプテンをやったこともある青年だった。編集はさいしょ、金子洋文があたった」（「プロレタリア文学史」下巻）という。

一九二四年六月、『文芸戦線』創刊号は、まだこの時点で参加していなかった山田を除く一三人の名で、（一）我等は無産階級解放運動に於ける芸術上の共同戦線に立つ、（二）無産階級解放運動に於ける各個人の思想及び行動は自由である、という二カ条のかんたんな綱領とともに、八カ条の規約と五項目の編集規約とを掲げた。そして青野季吉は発刊の意義についてつぎのようにのべている。『文芸戦線』の発刊当時の事情を知るうえで重要であるので、その要旨を、四月に書かれた青野の「『文芸戦線』以前『種蒔き社』解散前後」によって紹介しておこう（現在は「日本プロレタリア文学大系」第二巻〔三一書房〕や「日本プロレタリア文学評論集3――平林初之輔・青野季吉集」〔新日本出版社〕に所収）。

『文芸戦線』同人の顔ぶれが旧『種蒔く人』の同人とほとんどかわらないために、その復活であるかのような印象をあたえるだろうが、決して看板を塗りかえただけのものではなく、『種蒔く人』が『文芸戦線』にかわらなければならなかった理由があるのだ。「種蒔き社」の解散の第一の理由は、その統制が乱れたためである。失われた統制を建てなおすためには「離反した同人の自発的脱退」を待つか、解散して新しい団体をつくるかの一つしかない。しかし「『種蒔き社』の如き比較的自由な団体の統制にも服せぬほどの気まま勝手な、投げやりな、悪くいえばぐうたらな人間共に自発的脱退などの正しい進退の道など分る筈はない」から解散して新しい団体をつくる以外にない。

つぎの理由は、震災前から決して楽でなかった雑誌の経営が、震災後まったくゆきづまったことである。もちろん『種蒔く人』が売れなかったのではない。もっとも、『種蒔く人』を販売している書店にたいする官憲の干渉や、読者である官吏、小学校教員をクビにするといった当局の弾圧はあったが、かといって雑誌の売れゆきが悪かったのではなく、採算はとれていたのである。ところが数回に及ぶ発禁処分、また講演会、演説会を開いても当局の干渉、圧迫のためその収入はゼロ、これが「種蒔き社」の財政を圧迫することになったのだ。

第三には、震災によって政治的、社会的に手痛い打撃を蒙ったことである。震災を機に起こったさまざまのことにより、私たち自身、反省もさせられ、また確かめさせられたりもした。「同人中に無産階級解放運動の執るべき道に関して、意見の上で多少の距離を生じた。それは、文芸方面においてはよく共同戦線を張ることが出来ても、無産階級解放運動の他の面では、特に主として行動に現れる方面ではこれまでの『種蒔き社』の行き方では一致することは困難」であるという状況を生み出したわけだ。したがって、「行動の方面では各自が新境地に向かって進む」こととし、共同戦線は「文芸方面に展開せねばならぬことに」なってしまったのである。

青野は「種蒔き社」解散について以上のような三つの理由をあげ、さらに「同人内部から、或は無産階級の運動の裏切り者とも見られる人を出した事は遺憾に相違ない」としながらも、「新たなものへの躍進のための発展的解消にほかならない」といっている。

『種蒔く人』の廃刊、そして『文芸戦線』の創刊は青野にとってだけでなく、ほかの同人たちにとっても飛躍に向かっての一種痛ましい切開手術だったのかもしれない。青野のこの文章「『文芸戦線』以前」は、当時の困難な客観情勢と内部矛盾を具体的には書けないという事情がありながらも、問題点をきびしく指摘し、指弾するものであった。青野がこの文章の中でいっている「震災中に起った社会的事実の手痛い経験」とは何だったのか。

一九二三年九月三日、官憲は震災の大混乱に乗じて一〇〇〇人をこす労働者、朝鮮人、一般市民を、不穏な行動をとった、あるいはとる恐れがあるとして亀戸署に検束した。亀戸署は検束者であふれたという。デッチあげによる不法な逮捕に抗議した検束者へのみせしめとして、その中にいた南葛労働組合の川合義虎、北島吉蔵、山岸英司とアナルコ・サンジカリストの平沢計七ら労働組合運動の指導者一〇名と一般市民四人をみんなの面前で虐殺した。いわゆる亀戸事件である。それに加えて朝鮮人虐殺、大杉栄事件などの弾圧事件にたいして対応できなかった無産運動側の弱点が青野に強い痛みを与えたのである。

また、『文芸戦線』が創刊される二年前の一九二二年七月、非公然組織として日本共産党が創立されていたが、翌年六月、天皇制政府は治安警察法によって、創立されてまだ日の浅い共産党に弾圧を加えてきた。市川正一、堺利彦、徳田球一、野坂参三、渡辺政之輔など党の指導者を含め一〇〇名をこえる検挙者を出し、共産党は大きな打撃を受ける。弾圧の強まる中で、検挙をまぬがれた党の指導部内に山川均、赤松克麿、鈴木茂三郎らを中心に解党主義が現われてきた。彼らは、共産党を結成したこと自体が誤っていたから解党すべきであるというのである。荒畑寒村とモスクワ在住の片山潜が反対したが、ついに一九二四年二月、解党を決定してしまうのである。この決定は、無産運動、革命運動の武装解除を意味するものであり、日本の社会主義運動は後退を余儀なくされることになった。

それに一方では、二、三年前から衰退の道をたどっていたとはいえ、無産運動の内部にはまだアナーキストやアナルコ・サンジカリストも隠然たる力を残しており、アナーキズムの影響を受けた中西伊之助、村松正俊らとマルキストの青野季吉、金子洋文、小牧近江、平林初之輔らとの思想的対立も存在していた。このような複雑で困難な状況のもとで、それを指摘し批判する意図で青野の文章は書かれたのだ。かつて『種蒔く人』誌上で無産運動や解放運動と芸術運動との統一を強く呼びかけた青野が、『文芸戦線』創刊号に、共同戦線は「文芸方面に局限」し、「行動の方面では各自が新境地に向かって進む」ほかないとせざるをえなかった心境には察してあまりあるものがある。

一九二四年は近代日本文学の曲がり角にさしかかった年でもあった。「文壇華やかなりし頃」といわれ、大正文学の担い手たちが出揃った文壇も、震災前後を境に安定期を過ぎ大きく揺らぎ出す時期にさしかかっていたのである。平野謙はそのことについて「その具体的なあらわれは、第一に中村武羅夫による本格小説の提唱であり、第二に佐藤春夫による風流の反省であり、第三に広津和郎による散文芸術の再検討であり、第四に横光利一、川端康成らによる新感覚派文学の提唱である。その他長与善郎を中心とする『白樺』の後身『不二』の創刊なども白樺派文学の変貌をあきらかにするものとしてここに数えておいてよかろう」とのべている（『日本プロレタリア文学大系』第二巻・解説）。

一九二四年一月には、中村武羅夫が本格小説論を「文学者と社会意識」という題で『新小説』に、佐藤春夫が『中央公論』四月号に「風流論」、広津和郎が『新潮』九月号に「散文芸術の位置」を書き、それぞれ問題提起をおこなったのである。一〇月には横光利一、川端康成、中河与一、片岡鉄兵らによって『文芸時代』が創刊され、新感覚派文学の展開が開始された。この雑誌は一九二四年一〇月から二七年四月まで発行された同人誌で、最初の同人は、石浜金作、伊藤貴麿、片岡鉄兵、川端康成、加宮貴一、菅忠雄、佐々木味津三、十一谷義三郎、今東光（翌年脱退）、横光利一、鈴木彦次郎、諏訪三郎、二号から岸田国士、酒井真人、南幸夫らが参加。彼らはすべて『文芸春秋』の菊池寛とのつながりをもつ新進作家で、『文芸時代』の発刊はその大同団結を意味した。この文学集団を新感覚派と呼ぶが、彼ら自身がそう名づけたのではなく、千葉亀雄が文芸時評の中で『文芸時代』にふれて「新感覚派の誕生」と書いたことからそう呼ばれるようになったという。

これらの新しい提唱がおこなわれたことは既成文壇のゆきづまりを示すものであり、何とかそれを打開しようとした動きでもあった。震災前後のころには、政治的、社会的にはもちろん、思想状況や文壇も大きな変動期をむかえていたのである。

ところで、行動面の統一戦線結成をあきらめた『文芸戦線』は文学運動面での共同戦線を張れたであろうか。横光利一の新感覚派文学にたいする鋭い批評「新作家論」を書いて注目され、のちに農民文学作家となる伊藤永之介、青野のもとに出入りしていた労働運動家で、短編「牢獄の半日」を書いて作家としての出発をした葉山嘉樹、ルポルタージュ「富川町から」を連載した里村欣三といった新人が登場してくるが、それ以外の広がりはほとんどみられなかった。

創刊号（六月号）には前田河広一郎の戯曲「奈落」が掲載され、七月には金子洋文、中西伊之助によって『文芸戦線同人集』が編まれ、三号には戯曲「脱走兵とその妻」（佐野袈裟美）、評論「人類的立場と階級的立場」（青野季吉）、五号には前述の「牢獄の半日」、七号には前田河の評論「行動の思想」が発表され、なんとか八号までは出したが、赤字つづきでとうとう出資者である田村太郎も投げ出さざるをえなくなり、休刊のやむなきにいたる。「休刊の号になった一九二五年一月号は、佐々木孝丸の編集当番のときで、私がその補助者だった。かさなる借金に、印刷所の神田表猿楽町の三誠社では、途中で仕事をなげようとしたので、いくらか工面した金を直接工場にわたし、労働者たちになんとか雑誌をつくってもらった。それは一九二四年の年の暮れのことでその次の号からの見通しはまったくなかった。『残念だな、〝文芸時代〟がのしてきているのに』と神田小川町の今半という牛鍋屋で、佐々木が、私を相手にくやしがったのを、今もありありとおぼえている」と、当時のことを山田清三郎は回想している。

このころ、『文芸時代』に拠った新感覚派の勢いは天をつくものがあったというから、『文芸戦線』と『文芸時代』は、前者はプロレタリア文学、後者は新感覚派文学の雑誌としてまったくちがった立場をとりながらも、ともに既成文壇、既成作家に挑戦したという点では、当時の二大勢力であったことはたしかであろう。

五カ月の休刊ののち、一九二五年六月、『文芸戦線』は息を吹きかえす。雑誌発行の資金は前田河が自分からすすんで準備することになった。山田によると、彼は中学時代の同窓である横田直に資金調達を頼みこんだ。横田は弁護士の息子で、国粋主義者であったが、義侠心の強い男であったから立場をこえて資金を出すことになったのであろう。のちに横田は千葉県の市川に住んでいた郭沫若の援助もしていたという。前田河は三回まで雑誌を出せればあとはなんとかなると考え、一回の発行費を二〇〇円として六〇〇円借りたのである。

こうして資金の準備ができると、編集、経営には山田があたることになった。発行のメドがつくと、同人のあいだにこの際誌名を変えようではないかという話が出て、文壇を野次りとばそうというわけで『ココラキョウ』という名前を決めた。この珍妙な誌名の由来は山田によればこうである。雑司が谷の前田河の家に集まった同人たちから新しい誌名についていろいろの案が出されたが意見が分かれてなかなか決定しない。そこで各人の氏名をローマ字で書いて一字ずつそれを切り、その紙片をテーブルの上にならべて、みんなで一息ずつ吹いて残ったものをならべてみると『KOKORAKYO』という文字になったというのだ。山田は「このアホダラキョウまがいの珍妙な誌名ができあがったとき、同人たちは、手を打ってはやしたものだが、もしこの名の雑誌が出されていたらそれこそ天下の物笑いとなり、プロレタリア文学運動の再建と発展をみずから阻むことになったであろう」と反省をこめてのべている（「『文芸戦線』の時代」、蔵原惟人・手塚英孝編「物語・プロレタリア文学運動」上〔新日本出版社〕所収）。

『ココラキョウ』という誌名をいったん決めたことは、そこに悪ふざけもあったろうが、当時の同人たちがなかば絶望的になり、ヤケぎみになっていたことを物語るものでもあるだろう。

ともかくこの誌名は没になり、ふたたび『文芸戦線』で再出発することになった。編集方針の基調は執筆者のわくをひろげることにおかれ、労働者出身の作家新井紀一、内藤辰雄、細井和喜蔵、当時すでに進歩的知識人作家として名をなしていた江馬修、小川未明、藤森成吉、それにまだ無名であった遠地輝武、高群逸枝、岡本潤、平林たい子らにおよんでいる。執筆者が広汎におよんだことは一つの前進であった。復刊第一号には青野季吉が「芸術でない芸術」を、林房雄は「新時代展望」、「種々の言葉」などを書いている。しかし、「片々たる雑文や、ブルジョア文壇、文士を皮肉ったゴシップ記事で埋めたものは当時の『文芸春秋』の模倣であって、これが日本文学における画期的な役割をはたそうとは信じられないほど低俗なものであった」と臼井吉見が「現代日本文学史」（「現代日本文学全集」別巻第一、筑摩書房）の中で批判しているようなものであった。

だがまもなく『文芸戦線』はそのようなふまじめさを払拭し、プロレタリア文学運動のただ一つの拠点としての役割を担う雑誌に脱皮していく。それは体裁も菊判六四ページに衣替えした同年の一〇月号あたりからであった。

5章　農民小説二編

「二銭銅貨」

「独楽が流行っている時分だった」という書き出しで始まる伝治の「二銭銅貨」は『文芸戦線』一九二六年一月号に「銅貨二銭」として発表、のちに改題した一〇枚ほどの小品である。

藤二は、兄の使い古した独楽を探し出してまわそうとするがうまくいかない。その使いこんで黒光りしている独楽を、小半日も上り框の板の上でまわしてみるが、どうしてもうまくまわらなかった。そこで、新しい独楽を買ってくれと母親にねだるのだが、生活に余裕のない彼女は買ってやることができない。

藤二の住んでいる「川添いの小さな部落」の子どもたちは「コッツリコ」という遊びをやっていた。独楽をぶつけ合って相手のを倒すという遊びである。ほかの子どもたちはみんな新しい独楽を持っているのに、藤二のだけが古独楽である。

「こんな黒い古い独楽を持っとる者はウラ（自分）だけじゃがの。独楽も新しいのを買うておくれ」と頼むが「独楽は一ツ有るのに買わいでもえいがな」と、母親は藤二の言うことを聞いてくれない。兄の健吉も「阿呆云え、その独楽の方がえいんじゃがイ！」と言う。兄の言うことは何でも聞く藤二はしぶしぶ納得せざるをえなかった。そのかわり、独楽の緒だけは買ってやろうと母親は藤二をつれて雑貨屋へ行く。何十本もある緒の中に一本だけ短いものがあった。一尺ほどほかのより短いので一〇銭のを八銭にまけてくれるという。一〇銭渡して二銭銅貨を釣り銭にもらった母親は「なんだか二銭儲けたような気がして嬉し」い気分になるのだった。

ある日のこと、隣の部落に田舎廻りの角力がやってくる。藤二もほかの子どもたちのように見物に行きたかったが、稲刈りの最中であったため行くことができない。彼は粉ひきの牛の番をいいつけられる。嫌がる藤二に「そんなら雀を追いに来るか」と母親は言う。雀追いも嫌だという藤二を叱る。「そんなにキママなことを云うてどうするんぞいや！　粉はひかにゃならず、稲にゃ雀がたかりよるのに！」と母親の「けわしい声」がとんできた。藤二が小さい声で「皆角力を見に行くのに！」と言うと「うちらのような貧乏タレにゃ、そんなことはしとれゃせんのじゃ！」と母親の声が追いかけてくる。藤二はだだをこねるように短い独楽の緒を引っぱってのばそうとした。ちょうどそこへ帰ってきた父親に「なにをぐずぐず云いよるんぞ！」と睨みつけられる。そこでしぶしぶ牛の番をすることになった。牛の番をしながら藤二は粉ひき小屋の柱に独楽の緒をかけ、両端をにぎって引っぱった。「コッツリコ」でいつも負けてばかりいるのは自分の独楽の緒が短いためだと思いこんでいたから、それを少しでも長くしようというのだった。牛はそのまわりをまわっていた。

稲刈を終えた父と母、健吉の三人が揃って帰ってくると、なんとなく粉ひき小屋がひっそりしている。「藤二は、どこぞへ遊びに行ったんかいな」と言いながら荷をおろすと、母親は小屋へ行ってみた。彼女がそこに見たのは目を覆うような光景であった。頸がねじれ、頭を血だらけにした幼い藤二が倒れていたのである。無残にも牛に踏み殺されていたのだ。その手には独楽の緒がしっかりと握られていた。父親は「畜生！」と言いながら、藤二を見守るようにして立っている牛をなぐりつづける。

三年の歳月が流れた。だが今も「あの時、角力を見にやったらよかったんじゃ！」、「アンナ短い独楽の緒を買ってやらなんだらよかったに！」と、母親は藤二のことを思い出すたびに涙を流すのだった。

この作品は実際にあったできごとをもとに書いたものであるが、「独楽が流行っている時分だった」、「川添いの小さな部落」と記されているだけで、いつのことか、どこのできごとなのかは書かれていない。特異なできごとが題材になっているが、時と場所が明らかにされていないことがかえって当時の農村ではどこにでも起こりうることだということを示す結果となり、作品に普遍性を与える効果をもたらしているように思う。

この痛ましいできごとが提起しているのは農民の貧しさであり、当時の農村の縮図である。新しい独楽を買ってやるどころか、緒を買う二銭の金さえおしまねばならない母親。二銭をおしんだために起こる息子の圧死という悲劇。また角力見物にも行かせることのできない農民の貧しさ。これらが少しのりきみもなく淡々と描かれる。

独楽が古いうえに緒まで短いために、いつも「コッツリコ」の勝負に負けるのだと思いこんでいる藤二の気持ち、その緒を少しでも長くしようと粉ひき小屋の柱にかけ、牛がまわっているのも忘れて無心に引っ張りつづける藤二の姿、すべての罪を背負うかのように六尺棒で三時間もなぐりつづけられる赤牛、そして牛をなぐりつづけることでしか怒りと悲しみをぶちまけることのできない父親……。

ここには作者の世の中にたいする怒りや叫びもないし、理屈めいたことも書かれてはいない。ただ事実だけが描かれる。それだけになおさら、貧しさが人の命さえ奪うことへの憤りと、貧しさ故に幼い命を落とさなければならなかった藤二への切なる気持ちとが伝わってくる。無言の告発というべきであろう。

「二銭銅貨」は実際にあったできごとだと書いたが、「黒島伝治全集」所収の年譜によると「一九二四年十一月十三日、苗羽村の馬木という部落で粉ひきの手伝いをしていた少年が、牛に踏みつぶされて死亡した。これがのちに『銅貨二銭』のモデルとなった」という。浦西和彦氏によると、小豆島で起こったこの事件は地元の新聞にさえ報道されなかったし、また作品では藤二が六歳に設定されているが、「実際に事故死した少年は小学校五年生であった」とのことだ（「日本プロレタリア文学の研究」桜風社）。小学五年生の子どもを就学前の六歳の幼い子どもにしたところに作者の一つの意図が読みとれよう。

「二銭銅貨」は同じ号に載った葉山嘉樹の「セメント樽の中の手紙」ほど世評にのぼらなかったようだが、青野季吉は「プロレタリア作家論」（『新潮』一九二七年一〇月号に「プロレタリア作家総評」と題して発表。「日本プロレタリア文学評論集3――平林初之輔・青野季吉集」に収録）を書き、平林初之輔、藤森成吉、上司小剣、宮嶋資夫、金子洋文、今野賢三、山田清三郎、葉山嘉樹、村山知義らについて論じた中で、伝治についてこうのべている。

「プロレタリア作家のうちには、葉山、林の両君のように、最初から華々しく文壇に迎えとられる人もないではないが、それよりも黒島伝治君のような長い間不遇な新進作家として存在していて、運動の興隆と相俟って認められる人が多い。（略）黒島君の作品はかなりあるであろうが、その中で『二銭銅貨』『豚群』『橇』などは文壇的に言っても水準をずっと抜いている作品である。彼の客観的把握は確かで、彼の芸術彫琢は出来過ぎているほどである。そして作品のどこか一箇所に、必ず定まって、ぐっと衝込んで止めを刺すところがある」

また、壺井繁治は農民小説についてつぎのように書いている。長くなるが引用しておこう。

「『二銭銅貨』も、彼の文学的長所がいかんなく生かされた作品である。（略）この悲劇を『金銭』を主題として追究しているところに『目新しさ』ではなく、ほんとうの新しさがあり、絵でいえば、一刷けもおろそかにしないような、簡潔な筆致でレアリステックに農村の現実のある断面を描きだしている。それは現実についての作者の何かの主観や観念を語るのではなく、現実そのものに現実を語らせるという彼の方法が見事に示された作品である。この作品がたんなる『貧乏小説』とちがうところは、金銭や貧乏についての抒情が一切排除され、徹頭徹尾、『金銭』そのものがひきおこす悲劇性を、農村の現実の冷酷・非情を通じて浮き彫りにしている点にある。

黒島の農民小説は総じて暗く、そこに登場する多くの人物（主として抑圧された貧農）は、封鎖された自己の暗い環境を、何らかのかたちの闘争によって打ち破り、新しい道を切りひらくような積極的タイプとしては形象化されていない。この点で、彼は小林多喜二などと可なり対照的な作家であるが、彼にとっては封建的に抑圧され、封鎖された世界のなかに呻く農民たちの暗さを描ききることなしに、なにかそこに明るい出口を設定することは、どうしても文学的に空疎な感じがしたのであろう。（略）彼にとっては、まず暗さを自分の観察の眼で見きわめ、その暗さを暗さとして照らしだすことこそが、そういう暗さのなかにとじこめられている者たちに、自らの立っている位置を知らしめ、その位置を自覚させることが、出口を求める契機となるというふうに考えていたのであろう。このように見るとき、彼の農民小説を覆っている壁のようにぶあつい暗さが、かえって芸術的ボリュウムとして読者に強く働きかけてくるのであろう」（「渦巻ける烏の群」解説、岩波文庫）

「二銭銅貨」をはじめ、伝治の農民小説の多くに見られる「暗さ」の意味をこれほど的確にとらえた文章はほかにないのではなかろうか。

「豚群」とユーモア

「二銭銅貨」を発表した一九二六年に伝治は「虫ばまれた娘」、「神と仏」、「村の網元」、「盂蘭盆前後」、「老夫婦」、二七年には「反物」、「半鐘」、「ある収入役」など多くの作品を『地方』という雑誌に発表している。浜賀知彦氏はこの雑誌について、高橋春雄「黒島伝治と雑誌『地方』のこと」（『文学的立場』3号、一九七〇年二月）によりながら、「帝国地方行政学会から発行されていた『地方行政』という地方行政の専門誌があって、この雑誌が、大正十四年（一九二五）十月号から『地方』と誌名を改め、昭和二年（一九二七）五月号までつづいて、六月号から元の誌名に戻ったとある。この間に発行された二〇冊の雑誌は内容、執筆者の顔ぶれからみて農民文学雑誌のようである。現在（引用者注・一九七五年）民主主義文学同盟に属して仕事を続けている、山田清三郎、佐々木一夫、壺井繁治、藤森成吉等諸氏の氏名もみえる」として、なぜ伝治が『地方』に多くの作品を発表したのかについて、そのかかわりをつぎのようにのべている（「黒島伝治の軌跡」青磁社）。「高橋春雄は伝治が『地方』の編集者ではなかったかという仮説をたて、これを渋谷定輔の文章や川合仁から渋谷にあてた手紙などを示して立証している」。その一つは「当時の『地方』の編集者は、黒島伝治であった。黒島は川合がかつて編集していた『潮流』に短編処女作『電報』を発表し、その直後『文芸戦線』に『二銭銅貨』を発表して文壇の注目をひいた」という渋谷が書いた文章であり、もう一つは、渋谷の「農民哀史」に収められている「『地方』十二月号に『解放』へ書いた『土の記録』のようなものを、十五枚ほど書くことを、黒島伝治君が承諾してくれた。今月末までに是非原稿を僕のところへ送って欲しい」という川合の手紙をあげている。そして、「これらのことから推すと、黒島伝治が『地方』の編集責任者であったかどうかは別としても、編集の仕事をしていたのは事実ということになる」。ともかく、伝治は『地方』二〇冊のうちに九編の作品を発表したのであり、この雑誌が伝治にとって主要な作品発表の舞台であったことはたしかであろう。

そして、これまでの農民小説の「暗さ」から一転してユーモラスな農民のたたかいを描いた「豚群」（『文芸戦線』一九二六年一一月号）を発表する。

小作料の交渉で地主側と意見の一致をみない農民たちは、去年の秋の収穫以来、田畑の耕作を放棄していた。サボタージュである。田んぼは稲の切り株が残ったままになっており、雑草が生えるままに放っておかれたりしていた。争議が解決するまでに一年かかるか二年かかるかわからないので、農民たちはそのあいだの生計をたてるために豚を飼っていた。健二もそのひとりである。豚の飼育もばかにならなかった。「三十貫の豚が一匹あればツブシに売って、一家が一カ月食っていく糧が出る」からだ。

小作料を納めない農民にたいして地主側は豚を差し押えるという対抗策をとってきた。健二たちは、どうせ差し押えられるのなら豚を放してしまうことによって対抗しようと考える。しかしこの作戦には反対する者もいた。その中心人物が宇一である。彼は小作農兼自作農で、豚を放されて自分の田んぼが荒らされるのがこわかったのである。健二の親爺にしても、子を孕んだ牝豚を放して死なせてしまうことを考えると息子たちのやり方に賛成しかねていた。健二は「そんなこた、そりゃ我慢するんじゃ」と説明する。

健二が親爺と二人で豚小屋の掃除をしているところへ宇一がやってきて、「健二の視線を浴びるのをさけ」ながら呟いた。「お上に手むかいしちゃ、却ってこっちの為になるまい」。宇一のことばには、みんなで決めたことに従わないという気持ちが表われていた。彼はいま穂をつけている麦畑を持っているだけでなく、よく太った品種のよい豚を二〇頭も飼っていたから、その豚によその牡豚の悪い種が混じることも心配だったのである。また小金もため、一割五分もの利息を取って村の者に貸し付けていて、小作料が少々高くても生活に困ることはなかったからだ。

ところで去年の夏のこと、百姓だけではくらしのたたない村の若者たちは、傭い主が地主でもある醤油屋へ稼ぎに行っていたが、突然賃金不払いを言い渡される。健二も事務所へ呼ばれ「都合で主人から暇が出た」ことを告げられる。仔細ありげな様子に、理由をたずねると、その杜氏は、小作料のことでごたごたしとるようだが、「お主の賃金もその話が片づいてから渡すものは渡すそうじゃ、まあ、ざいへ去んで休んどって貰えやええ」と言う。小作争議が解決するまで賃金も払わないし、仕事もとりあげるというのだ。いくらでも金を稼ぎたい宇一も醤油屋に働きにきていたひとりだったが、彼も賃金不払いを言い渡される。その怒りは傭い主には向けられず、「誰が争議なんどやらかしたんかな」と百姓たちへのうらみとなるのだった。

妻と子どもを村に残して働きにきている留吉も、母親ひとりをおいてきている一六歳の京吉も解雇された仲間であった。ほかにも六、七人の小作人たちが追い出されていた。宇一は「誰が争議なんかおっぱじめやがったんかな、どうせ取られる地子は取られるんだ」、「こんなことをしちゃ却って、皆がひまつぶしして損だ。じっとおとなしくしておりゃええんだ」と不満のことばを吐きつづけた。

ある朝、豚を差し押えに三人の執達吏が村へやってくる。「豚小屋に封印をつけて、豚を柵から出して、百姓が勝手に売買することを許さなくするため」であった。健二たちは小屋から豚を追い出したが、宇一とその仲間たちは豚を出さないでいる。それは村の半数にのぼった。これほど多くの裏切り者が出ては効果がない。全員が一致した行動をとってこそ地主や執達吏の鼻をあかすことができるのにと、健二たちはくやしがったが、ぐずぐずしているわけにはいかず、できるだけの小屋から豚を追い出した。

執達吏は悪臭に顔をそむけながら豚のいる小屋にはいった。豚は突然の闖入者に驚いて騒ぎ出し、柵を突き倒して外へ走り出す。あとを追うが、追えば追うほど豚は逃げる。そのうちに豚の群れは鼻先で土を掘り返したり、あばれまわり出したりした。やがて執達吏たちにも豚が放たれた理由がわかった。小屋に封印させないためだったのだ。

ひとりの年とった執達吏を除いて二人の悪戦苦闘がつづく。二人は泥まみれになりながら、一日がかりでやっと二つか三つの豚小屋を差し押えることができただけであった。しかも皮肉なことに彼らが封印したのは、地主に協力して豚を放たなかった者の小屋であった。

それから二週間ほどたったある日、健二が残飯桶を担いで宇一の豚小屋の近くを通ると、その中から二〇頭ばかりのやせこけた豚が「割れるような呻き声」を出して餌をほしがっている。どうせ地主に取られるならというわけで、宇一は自分の豚に餌をやっていなかったのだ。それから一週間ほどわめきつづけていた豚もやがて声をあげなくなってしまった。死に絶えてしまったのである。一方、野に放たれた豚たちはいま柵の中で餌を食っている。こうして健二たちの作戦は見事に図に当たったのだった。「彼等は、やっただけ、やり得だったのである」。

この作品についての前田河広一郎と伊藤永之介の批評を、「日本プロレタリア文学集9——黒島伝治集」の小林茂夫氏の解説から孫引きしておこう。

「彼のリアリズムは、よい意味での平明さと均衡を保って静かに、秩序的に、社会の各層に渡って重圧に苦しみ倒れている惨めな犠牲者の半屍体――屍体を吾々の前に展開して見せる。若し彼の小説に、小児病的な狂燥と、鬼面人を嚇かすような構成がないという点で、一概に彼を自然主義作家というならば、それは彼のリアリズムの中に浸徹した深いイデオロギーの流れを見ないものである。若し彼の作風の薄暗さをもって、直ちに世紀末的な病弊とするならば、それは明らかに偽善的な楽天主義から来る誤謬で、吾々の当面の社会に見出される大衆の悩み、悶絶、悲鳴を知らぬ者の言葉である。どの作物に就いても殆んど感情のない冷静さをもって搾取や虐殺の事実を取扱っている点に於て、吾々は、遙かにこの新進の同志的作家に教わるべきものの多い事を感ずる」

（前田河広一郎「『豚群』を評す」）

「黒島伝治氏の『豚群』はリアリスティックなものだが、別段深刻がりもせず、急所々々をちゃんと捕らえながらサラサラと描写していく手際は中々堂に入って居る。豚の群を野原に放して仕舞えば、役人が来てもどれが何処の豚だか見分けが付かないと言うところや、役人の前を豚がゾロゾロ素通りして行く情景など、農村らしいユウモラスな感じがよく出ている。豚の群が盛んに活躍する場面は非常にユウモラスであり且つ意味深い。強いて難を言えば可也入念に地主との争議を描いて居りながら事件及び人物の影が希薄である。豚は前に突き出されているが人間は遙か後方に退いて居る。もっと端的に豚群を描いた方が効果的ではなかったかと思う。がそれはこの作の価値を根本から覆すに足る欠点ではない。そうした欠点があるにしても『豚群』は佳品である」

（伊藤永之介）

これらの評にたいして片上伸の批判は辛辣であった。「黒島伝治君の『豚群』その他」（『中央公論』一九二八年一月「文芸時評」、「日本プロレタリア文学評論集2――片上伸集」に所収）の中でつぎのようにのべている。

「評判になった『豚群』は、プロレタリヤートの反抗としては、児戯に類したようなところもあるし、ここに描かれた生活に終りまで同感して行くことができない。プロレタリヤートの反抗意識が、この程度の一時の痛快さで充たされるとすれば寂しい。村中の豚を一度に野に放って所有者の識別が出来ないようにすることによって差押えを不可能ならしめるというのは、一寸思いつきで、一時的の痛快さはないでもないが、それを痛快がるのは寂しい気がする。結局どうせそんなことで本当にすむものだとは思えないからである。その痛快さは全く一時的な遊びのようなところがあって、客観的の現実は、容易にその一時の痛快な心持ちなどを蹴飛ばして肉迫して来るであろうと思われるからである。プロレタリヤートの反抗は、勿論こういう程度や範囲に於ても表現せられていけないという理くつはない。しかしその反抗が、とにかく及ばぬまでも敵の急所を衝いて止めを刺そうとするほどの意気込みで行われているのでなく、寧ろ一時のからかいにおわるようなものである場合には、乾いたさびしい感じしか与えられないというのである。一つのプロレタリヤ的笑話としてはみとめられるが、そしてそういう種類のものが林房雄君の作中に相当多いようであるが、プロレタリヤ文学が、もしかりにこういう種類の笑話を痛快がって数多く生産するようにでもなったとしたら、それはプロレタリヤ文学の自慰的自殺だとも言いたいくらいである。プロレタリヤ文学は陰気で惨澹たる生活のみ表現せよというのでもなければ、陽気な明るさはそれの本質に反くというのでもない。しかし、そんなことで安心していられるわけでもないくせに、小説に書かれた範囲だけで一寸一時痛快にやっつけて、やっつけただけ得だったというくらいのところで堰き止めておくなどというのは、切言すればあまりにおめでたい。小説に書かれただけで世の中はおしまいにならないのだから、そのならないところを、一々書き現わしてこそはしなくとも、肚にすえていなくてはなるまいというのである。それが肚にあるかぎり、そう安価痛快がってはいられないだろうというのである。

『豚群』に対するこの批評は、少し馬鹿丁寧になり過ぎたようであるが、この考えは、この作の出た当時、ある機会に青野季吉君や藤森成吉君にも簡単に述べて同意を得ることの出来なかったものである。『豚群』という一小品は、さほど力瘤を入れて論ずるほどのこともなかろうと言う人があるかも知れない。しかしこの作に対する上記の批評の正否は、単に文学上の問題ばかりに止まらないように思うので、少し七くどく書いたのである」

片上の「豚群」評はなんとも手厳しい。健二たちの抵抗は「児戯に類したようなところもあ」り、「終りまで同感して行くことができない」し、「プロレタリヤートの反抗意識が、この程度の一時の痛快さで充たされるとすれば寂しい」、「その痛快さは全く一時的な遊びのようなところがあ」る。現実は「一時の痛快な心持ちなどを蹴飛ばして肉迫して来る」ほどきびしいものだ。「切言すればあまりにおめでたい」とまでのべている。まさに酷評である。一理なしとはしないまでも、このように斬り捨てていいものかどうか。

農民たちが豚を小屋から放って対抗するという戦術がまんまと図に当たって成功する話が「おめでたい」「プロレタリヤ的笑話」なのだろうか。相手の姑息な作戦にたいしては策を弄しないほうが逆に成功するものであり、決して「非現実的」ではあるまい。あるいは、一種の戯画化とみてもよいのである。片上の批評にはその余裕がみられない。

ともかくこの作品には農民の楽天性とユーモアが満ちている。これは、失うものを持たない者のみが有する強さなのであろう。一方、宇一のような、農民の中にはささやかな幸せを失いたくないために、あるいは目先の利益のために仲間を裏切る者(これはしっぺ返しをくうことになるのだが)もいる。この対照もおもしろい。執達吏が、小屋から逃げ出した豚の群を必死で追いまわし、自分のかたきででもあるかのように棒で殴りつける姿は喜劇でもあり悲劇でもある。ここに作者の権力への揶揄と痛罵があると私はこの作品を読みたいし、価値を見出したいと思う。

小作人として、醤油屋で働かなければ食っていけない労働者として、二重の搾取を受けてきた農民たちのしたたかさと楽天性には小気味よささえ覚える作品である。

ところで、小田切秀雄は「青野季吉による画期的な評論『自然生長と目的意識』の発表、等々という時期で、黒島がこれをどのように自分の内的な世界の問題として受けとめていたかは『二銭銅貨』の文体や表現といくらかちがう闘争的なユーモアが『豚群』のなかに躍動していることのなかに一つの現われをもっている。『豚群』は、青野の右の評論に刺激を受けたという」とのべている（「黒島伝治全集」第一巻・解説、筑摩書房）。

6章　青野季吉の「目的意識論」とその前後

「目的意識論」と「豚群」

プロレタリア・リアリズムの提唱者蔵原惟人が「わがプロレタリア文学界に於て現実の客観的描写ということが提唱されたのは決してこれ（引用者注・蔵原自身の『プロレタリア・リアリズムの道』のこと）が初めてではない。一九二五年に青野季吉は『調べた芸術』を主張した。これは、それまでの日本のプロレタリア作家たちが単なる『印象のつづり合せ』や『単なる興奮』とに満足しているのに不満を感じて、もっと社会の諸現象を解剖し研究しあって、その限りに於てわが国プロレタリア文学の発達に貢献したものである」（「プロレタリア芸術批評界の展望」〔『中央公論』一九二九年一一月号〕、「蔵原惟人評論集」第一巻〔新日本出版社〕所収）と評価した青野季吉の「『調べた』芸術」が発表されたのは一九二五年六月、復刊第二号の『文芸戦線』誌上であった。

「なんと言ったって、これまでの日本の小説は、作者の生活のうちに、意識的に乃至はその大部分無意識的に得られたところの印象のつづり合わせである。短篇はほとんどすべてそれであると言って間違いないが、長篇にしたところで真に長篇としての構成的な特徴を発揮しているようなものは見当たらない。いずれも短篇の一連といった種類のものである」と書き出し、「作家の二三のもの」には「印象だけでなく、尋求的努力」の結果得られた事実なり、それによって裏づけられた思想なりが不十分ながら認められるが、全体としてみると印象小説、印象芸術の域を出ていないといい、なぜ日本の小説がそうなったかについて、それは自然主義的伝統――「現実」、「生活」、「自己」にたいする「誤った、浅薄な解釈」の弊害である、と指摘する。

青野はきびしいことばで日本の小説の現状を批判しながら、そこから抜け出すためには「現実を意力的に、尋求的に『調べて』行くいき方、それから来た思想なりがいまの文壇を救う一つの大きな道ではないか」と提起したのである。つまり「調査」を土台としながら、そのうえに小説を構築しなければならないというのであった。彼はアプトン・シンクレアの小説「石炭王」を引きながら、この作品がすぐれた読み物となっているのは、鉱山経営、鉱山労働、労働組合運動などの実相が「氷のような調査」をもとに書かれているからであるという。

青野の「『調べた』芸術」が書かれた半年後に同じシンクレアの「ジャングル」が前田河広一郎の訳で紹介された。「雇用人の数三万人、それによって直接生活している人々は約三千万人」というシカゴを舞台として、ひとりの移民労働者の歴史を描いたといわれるこの作品が出たのを機会に再度「『調べた』芸術」論を書く。ここでは、プロレタリアは生産機関をにぎっている階級であり、社会を「運転している」階級であるから、プロレタリアの世界こそブルジョア文学の「窮知を許さない我々の世界」であるとのべている。そして、日本の社会の心臓部であるこの世界を「解剖し、描写すること」はプロレタリアのみがもつ特権であると強調し、細井和喜蔵の「工場」、「女工哀史」をその先駆的作品であると賞賛しながら、日本のプロレタリア作家がこの世界に目を向け、描き出してくれるであろうとの期待を示したのであった。

青野のこの二つの提案はどちらもまとまった論文ではなく、七枚ほどの小論にすぎなかったが、当時の既成文壇はもちろん、プロレタリア文学界の弱点をもきびしく指摘し、科学的、客観的調査にもとづく小説世界構築の方向をさし示したものとしての意義は決して小さいものではなかったといえる。青野はのちに高見順との対談の中でつぎのように語っている。

「自分の経験さえ書けばプロレタリア文学になる、職場文学というものになる、というんだね。ぼくは自然発生的文学という言葉で言い現わしたんだ。事実そういう作品がたくさん書かれていた。『種蒔く人』の末期や『文戦』の初めの時分を見ると、労働者私小説、そこに若干の社会主義的意識を持っているというような作品が多いんだよ。これじゃいかんと考えたわけなんだ。それで書いたのが『調べた芸術』（略）（このことはブルジョア文学に対しても言ったんだ。君らの書いたものはちっとも面白くない。もう少し探求しなきゃと言ったんだ。これはアプトン・シンクレアの影響だったんだけどね。ただ、ぼくはあの当時、あんな短いものが、文壇であんなに反響を得るはずはないと思ってた。原稿用紙でわずか七枚くらいのものでしょう。ところが実に反響があった。これはぼくの理論が正しいということより、みんなああいうことを考えとったんだな」（「対談現代文壇史」中央公論社。カッコ内は引用者）

つづいて青野は『文芸戦線』一〇月号に「文芸批評の一発展型」を発表し、文芸批評のあり方について提起する。それによると、文芸批評には二つの方法があり、一つは内在的批評、もう一つはそれと対応する外在的批評である。内在的批評というのは、批評家が作品の内部に立ち入って作品の構成要素の分解・結合の具合や調和の問題、内容と技巧の関係を調べ、批評するやり方であり、別の呼び方をすれば説明的批評ないしは文学史的批評ということになる。これにたいして外在的批評というのは、与えられた芸術作品を一個の社会現象、芸術家を社会的存在として、その現象、その存在の社会的意義を決定しようとする批評のあり方であるとし、これを文化史的批評といってもよいとのべる。

この二つの批評の方法は根本的に対立するものではなく、いや対立どころか、内在的な説明がなければ外在的な意義の決定はできないとしながら、しかしやはり二つの批評方法は対立すると青野はいう。なぜなら「単に説明と観賞でけりがついてしまう批評と、それでけりをつけないで、その存在の社会的意義を決定しなければやまぬ批評である。言いかえると、説明と観賞のためにする批評と、その先へぬけ出て行くために説明と観賞を通過する批評とがある。その意味ではその二つの批評の形態意義は、一を内在的批評として、他を外在的批評として対立的である」からである、と。

なぜこの「極く新しい文壇的現象である」ところの外在的批評が現われてきたのか。それは、作品を解釈したり観賞したりすることにとどめるようなこれまでの内在的批評では作品を科学的に批評できないという不満があったからである。また、作品が「平明通俗」になり、説明や解釈をあまり必要としなくなったこと、そして「生活の関心が強くなって」その観点から文学作品をみなければ満足できなくなってきたこともその理由と考えられる。

この外在的批評論は理論的にまとまったものではないが、文学作品を単なる「作品」としてだけ見る従来の批評態度、方法を時代の要請に合わないものだと批判し、「一個の社会現象として、社会に照らして」作品を評価していかなければならないと提言したところに大きな意義があったというべきだろう。

片上伸は『新潮』(一九二六年一月号)に「内在批評以上のもの」(『日本プロレタリア文学評論集2――片上伸集』所収)を書き、「日本の文学批評は多くの場合内在的批評の範囲をでていない。……この内在的批評が、文学批評の基礎条件を成すことはいうまでもないのだが、それだけでは批評は完了しているとはいえない。批評が文学の社会的成立を是認するところから出立しているものである限り、批評は更に一つの社会現象としての文学を取扱わなければならない。勿論この部分は、批評の恐らくは最も困難な仕事に属するであろう。しかしながら、この部面の批評なくしては、批評はその中心意志を表現するところまで至らずして止まるであろう」とのべている。

つづいて青野は「外在的批評への一寄与」(『文芸戦線』一九二五年五月号)を書き、外在的批評を社会主義の立場から明らかにしようとする。レーニンの「トルストイ論」から「ロシアの合法新聞はトルストイの八十歳までの誕生日に論文や書翰や覚書の類を満載しているが、ロシア革命の性質及び推進力という見地から彼の著作を分析しているものはない」という部分を引用しながら、レーニンは、トルストイをその芸術的内在価値の見地や人生的見地からみようとするものでも、また道徳的見地から批評するものでもなく、「ロシア革命の性質及び推進力という見地」からみようとするものである、とした。このようなレーニンの文学に対する考え方――外在批評的立場が重要であることを強調したのである。

また、レーニンの「トルストイ論」を、トルストイのもつ正と負を、すなわち矛盾を抉り出したものだとしてつぎのように紹介する。

トルストイは天才的な芸術家で、ロシアにおける「ブルジョア革命の爆発の時代」にロシア農民の思想や気持ちを表現しているという限りにおいて偉大である。レーニンもこのことは十分に認めている。しかし、レーニンがブルジョアジー批評家とちがうところは、トルストイの全所産の中に「莫大な矛盾」を見逃していないところである。トルストイのもつ「莫大な矛盾」とは何か。

トルストイは「ロシア生活の無比の形象」を描き出した天才的な芸術家であるが、一方では貴族で、大地主であり、しかも「キリスト教信者の痴人」である。彼はロシア社会の虚偽と無恥にたいしてきびしい抗議をしている反面、気力喪失した「ヒステリー的泣虫」ロシア・インテリゲンチャのひとりではないか。また、一方では資本主義的搾取を「忌憚なく批評し、政府の暴行や行政の喜劇の仮面」を剥ぎ取り、労働者の貧困と苦痛のよってきたる原因を分析、暴露しているが、他方では悪に抵抗するに暴力をもってするなかれという「愚劣な説教」をしている。つまり「醒めた現実主義」をもってロシア社会のあらゆる仮面を剥ぎ取っているが、一面では「世界中で最も卑しい事柄」である宗教の説教者になりさがっている、と。

レーニンはこのようにトルストイのもつ矛盾を見事にとらえているのだと青野はいう。そして、「一方には誠実な芸術家、激しい抗議者、深刻な暴露者及び徹底した現実主義者としてのトルストイがあり、他方には裕福な地主で、キリスト信者、頽廃した泣虫のインテリゲンチャ、無気力な無抵抗者、及び空幻な宗教者としてのトルストイがある」と結論する。つまりレーニンによると、トルストイは一面ではロシア革命に大きな貢献をするが、他方では大きな障害を与えたというわけだ。

このような文学・芸術にたいするレーニン的批評の方法こそ、青野は自分のいう「外在的批評」だといっているように思われる。レーニンの「トルストイ論」を分析、紹介することによってレーニン的文芸批評の道をはじめて示したことは「一寄与」どころか「大きな寄与」であったといえよう。

翌一九二六年二月、彼はレーニンの「なにをなすべきか」の翻訳を世に問う。これは最初の日本語訳であった。中野重治によれば「あれの出たのは一九二六年はじめで、フランス訳からの重訳でめちゃめちゃな伏字ででたのだったが、私などは詩を読むような調子で読んだのを思い出す。それにあれは、多分、訳者自身燃えながら訳したのだろうと思わせるものを持っていた」という（吉田精一「青野季吉」、『国文学解釈と鑑賞』一九七七年九月号）。

この翻訳は短いものだが、青野の代表的評論「自然生長と目的意識」（『文芸戦線』一九二六年一〇月号）を書く基礎となる。ことに「なにをなすべきか」の中の論文「大衆の自然生長性と社会民主主義の目的意識性」にその着想を得たといわれる。

レーニンはこの中でつぎのように述べる。一八九六年のペテルブルグ労働者のストライキこそ自然発生的なものであった。しかし六〇年代や七〇年代の自然発生的な機械の破壊などをおこなった一揆にくらべると九〇年代のストライキは「意識的」といってもよいくらいである。この運動の前進が示すものは「自然発生的要素」が「本質上、意識性の萌芽的形態にほかならないということである。それに、原始的な一揆にしても、すでに意識性がある程度めざめたことをあらわすものであった。つまり、労働者は、自分らを圧迫している制度が確固不動のものであるという古くからの信仰を失って、集団的反抗の必要を（略）理解しはじめたとは言わないが（略）感じはじめ、上長への奴隷的柔順をきっぱりと捨てさったのである。だが、それでもやはり、それは、闘争であるよりも、はるかに多く絶望と復讐心との現われであった」し、また、「九〇年代のストライキは、『一揆』にくらべれば非常な進歩であったにもかかわらず、やはり純然たる自然発生的な運動の範囲を出なかったのである」。「労働者階級が、まったくの独力では、組合主義的意識、すなわち、組合に団結し、雇い主と闘争をおこない、労働者に必要なあれこれの法律を政府に交付させるためにつとめる等々のことが必要だという確信しかつくりあげえなかったことは、すべての国の歴史の立証するところである」。これにたいして「社会主義の学説は、有産階級の教養ある代表者であるインテリゲンツィアによって仕上げられた哲学、歴史学、経済学の諸理論から、成長してきたものである。近代の科学的社会主義の創始者であるマルクスとエンゲルス自身、その社会的地位からすれば、ブルジョア・インテリゲンツィアに属していた。ロシアでもそれとまったく同様に、社会民主主義の理論的学説は、労働運動の自然発生的成長とは全く独立に生まれてきた」。

レーニンは、自然発生的な労働者の運動と理論的に裏づけられた意識的な労働運動とを区別しなければならないといっているのである。もっといえば、運動にとっての指導的理論の必要性を説いているのだ。これを基礎に青野は、プロレタリア文学にとっても重要なものはプロレタリア文学運動であり、運動理論であることを強調したのであった。

プロレタリア文学は「極く一般的には、プロレタリア階級の生長と共に、その表現慾が生成した」ために起こったのであるが、その発生とプロレタリア文学運動の発生とは決して時を同じくしたものではなかった。「プロレタリアの生活、要求を表現した文学は、ずっと旧くからあ」り、また農民文学にしても「土の芸術」の理論が起こる前に、たとえば一九一〇年には長塚節の「土」が書かれている。ところが「プロレタリア文学運動が起こって来たのは、この四五年のことである。プロレタリア文学の最初の示現があってから、ずっとずっと後のことである」。

「プロレタリア階級は自然に生長する」、「表現慾も自然に生成する」、「プロレタリアの立場に立ったインテリゲンチャが出る。詩をつくる労働者が出る。戯曲が工場のなかから生産される。小説が農民の手で書かれる」。これらは自然に成長してくるものであって、まだ運動ではない。それが文学運動となるためには目的意識が必要である。では目的意識とは何か。それは、プロレタリア階級としての闘争目的を自覚することであり、それによってはじめて階級の芸術となる。ただプロレタリアが表現意欲を持つだけでは完全な階級的行為とはいえない。「階級意識によって導かれて始めて」階級のための芸術となるのだ。だから、プロレタリア文学にたいして「目的意識を植えつける運動」が必要である。

運動がなくてもプロレタリア文学は自然に発生し、成長する。しかしそれはあくまで自然成長の段階であって、目的意識にまで質的に変化するためには、それを「導き、引上げる力」がなければならない。それがプロレタリア文学運動である。「目的を自覚したプロレタリア芸術家が、自然生長的なプロレタリアの芸術家を、目的意識にまで、社会主義意識にまで、引上げる集団的活動であ」り、「そこに運動の意義があり、そこに運動の必然がある」というのだ。

青野はさらに一九二七年一月に「自然生長と目的意識再論」(『文芸戦線』)を書き、プロレタリア文学に社会主義的階級闘争の自覚という理論的な背骨を通し、イデオロギーの純化をめざそうとしたのである(青野の諸論文は「日本プロレタリア文学評論集3——平林初之輔・青野季吉集」に所収)。

ところで、小田切が「黒島伝治全集」第一巻の解説でのべ、伝治自身も『豚群』は当時の、青野氏の『目的意識論』に影響せられるところが多かった」(「僕の文学的経歴」、「黒島伝治全集」第三巻所収)と書いているが、それが作品にどう現われているのだろうか。

小作料の問題(具体的に書かれてはいないが)で地主側と対立した農民たちは田畑を放棄、生活を維持するために豚を飼うことにする。ところが地主側はその豚を差し押え、醤油屋で働く健二たちを解雇してしまう。この理不尽なやり方に彼らは豚を小屋から放して対抗したのである。その結果、勝利する。これは忍従する農民ではなく、明らかにたたかいに立ち上がった農民である。「電報」にも「二銭銅貨」にも描かれなかった、農民の権力に立ち向かう新しい姿であった。たたかいのためには一定の犠牲をともなうことも会話の中で示される。湯地朝雄はその一例としてつぎの部分をあげている（「ナップ以前のプロレタリア文学運動」）。

親爺は、宇一にさほど反感を持っていないらしかった。むしろ、彼も放さない方がいい、と思っているようだった。

「あいつの言うことを聞く者がだいぶありそうかな？」

「さあ、それゃ中にゃあるわい。やっぱりええ豚がよその痩せこつと変ったりすると自分が損じゃせに。」

「そんな、しかし一寸した慾にとらわれていちゃ仕様がない。（略）それじゃ初めっから争議なんどやらなきゃええ。」健二はひとりで憤慨する口吻になった。

親爺は、間を置いて、

「われ、その仔はらみも放すつもりか？」

と、眼をしょぼしょぼさしながらきいた。

「うむ。」

「池か溝へ落ちこんだら、折角これだけにしたのに、親も仔も殺してしまうが……。」

「そんなこと、そりゃ我慢するんじゃ。」

健二は親爺にばかりでなく、自分にも言い聞かせるようにそう言った。

また、つぎの場面もその一つであろう。

同じ村から来ている二三の連中が、暫らくして、狐につままれたように、間の抜けた顔をして這入って来た。

「おい、お主等、このままおとなしく引き上げるつもりかい！　馬鹿馬鹿しい！」

村に妻と子供とを置いてある留吉が言った。

「皆な揃うて大将のとこへ押しかけてやろうぜ。こんな不意打ちを食わせるなんて、どこにあるもんか！」

彼らは、腹癒せに戸棚に下駄を投げつけたり、障子の桟を無骨な手でへし折ったりした。


このように、伝治が、たとえ「児戯に類した」との批判はあるにしても、「豚群」において農民の抵抗を描こうとしたことは主題の積極性を示すものであり、評価すべきだろう。対照的な作品であるが、「豚群」は「二銭銅貨」とともにプロレタリア文学の原点を示すものであると私には思われる。

「目的意識論」前後

青野の「目的意識論」によるプロレタリア文学の方向づけは画期的なものであると同時に、理論的な不十分さもあり、混乱をまねく原因にもなった。

文学理論のうえでは「体験的、部分的リアリズム」の克服、プロレタリア・イデオロギーの重要性を強く前面に押し出し、組織論としてはサンジカリズム、アナーキズム的要素の清算に向かっていった。このことはプロレタリア文学とその運動の純化を意味するが、一方では「無産階級解放運動に於ける各個人の思想及び行動は自由である」という文芸戦線社綱領の原則のもとにたたかってきた共同戦線が崩れていくことにもなり、非コミュニストであった中西伊之助、村松正俊らは『文芸戦線』を脱退。やがて「分離・結合」の理論を掲げる福本イズムの文学運動への流入を招くことにもなったのである。それはなぜか。

青野の「目的意識論」が「レーニンの政治理論の文芸運動への機械的適用」に終わったことが混乱の原因だとして、蔵原惟人はつぎのように指摘する。

「まず第一に筆者は、芸術運動の目的意識については語ったが、芸術作品そのものの目的意識、およびそれとこれとの相互関係についてはほとんど触れていない。だから、それは単なる政治運動であって、まだ芸術理論とも、したがって本当の意味における芸術運動理論ともなり得なかった。芸術における真の目的意識論は、ただに運動全体の方向のみでなく、さらにそれぞれの作家が具体的に何をいかに描くべきかということを明かにしてのみ、初めて完成されるのである（略）この時代はまだ政治理論の芸術運動への機械的な適用で満足しなければならなかった。しかもこの政治理論を真実な芸術運動として、また芸術運動理論として受け入れたところに混乱の原因があったのである。（略）だから『目的意識』がこれらの人々によって芸術作品に応用されるや、それはいわゆる『政治的暴露』や『進軍ラッパ』の理論となり、そしてついには芸術の条件とその機能とを無視することによって、事実上芸術の否定にまで到達したのである。

しかしその過誤はいかなるものであろうとも、青野によって提唱され、幾多のプロレタリア文芸理論家によって論戦された『目的意識』の理論は、わが国のプロレタリア作家に共産主義的なイデオロギーと政治闘争への積極的な関心を呼び起こしたということによって、実に忘るべからざる歴史的役割を果たしたのである」

（「プロレタリア文芸批評界の展望」、「蔵原惟人評論集」第一巻所収）

青野は、目的意識をうえつけるとはどんなことか、社会主義的意識とは何か、目的意識と文学作品の有機的なつながりを実作者はどう理解すべきか、芸術運動と階級闘争とがどのようにかかわり合うのか、というようなことを具体的に示さなかった。また、芸術運動の目的意識については述べたが、芸術作品そのものの目的意識についてはほとんどふれていない。したがって、それは政治理論にとどまり、それぞれの作家が、何をいかに描くべきかということを明らかにするところまでにはいたっていない。

このように青野の提起には不備な点があり、具体性をも欠いていたため、誤解、曲解され、また福本イズムに乗ぜられる原因をつくることにもなったのである。しかし、蔵原の評価や、「青野季吉の理論的活動が、第二の闘争期におけるプロレタリア文学運動前進の指標におかれたことはあきらかであって、その意味で、この時期におけるかれの指導的役割は、プロレタリア文学運動成立期における平林初之輔のそれとともに、歴史的な意義をもったものである」（『プロレタリア文学史』下巻）という山田清三郎の指摘は妥当である。

青野の「目的意識論」が書かれた一九二六年の前年には治安維持法が公布され、一方では戦闘的労働組合の全国組織である日本労働組合評議会が結成されていた。この二五年の七月には『文芸時代』を脱退した今東光が、村山知義、飯田豊二、金子洋文、サトー・ハチローを中心に、赤松月船、野川隆、山田清三郎、佐藤春夫、富田常雄らを同人、寄稿家に加え、反権威主義的立場から『文党』を創刊したが一一号で廃刊。今東光は、その後社会主義に接近し、一九二九年に「プロレタリア作家同盟」に加入している。

一九二五年九月には「プロレタリア文芸連盟」（「プロ連」）結成の動きが起こり、つぎのような宣言、綱領を発表した。

宣言

現代の資本主義社会に於いては、文化もまた必然にブルジョアによって生み出され、支持されている。（略）ブルジョア文化もまた殆ど完全に現代を征服して、余すところ無からしめようとする形勢にある。（略）無産階級は徐々に身を起こし、そして解放に向かって溌溂たる運動を継続しつつある。（略）文化をして真に「我々のもの」たらしめようとする運動と闘争とはすでに早くから始まっている。然し、彼等の誠実と勇敢にも関わらず、何と云っても少数たるを免れない。しかも彼等は小さい集団、もしくは孤立の中で闘っているばかりで、まだ全体として組織だった団結の力とはなっていない。そしてこの団結の力こそ、我々の闘争に於いては何よりも必要なものである。我々が今日、日本プロレタリア文芸連盟を起こそうとする所以はここにある。（略）

綱領

一、我々は黎明期に於ける無産階級闘争文化の樹立を期す。
二、我々は団結と相助の威力を以て広く文化戦野に於て支配階級文化及びその支持者と闘争せん事を期す。

行動綱領

一、プロレタリア文化の普及及びそれに必要なる研究調査。
二、プロレタリア文芸家の相互扶助及び運動の統一。
三、プロレタリア芸術に於ける新人の誘導及び紹介。
四、支配階級の文化的圧迫に対する抗争。
五、労働組合及び其他無産者団体に対する文芸方面よりの援助。
六、文化戦野に於ける国際的共同戦線。
七、共同発表機関の設置。

「プロ連」は、出版部、講演部、演劇部、音楽部、美術部、法律部、スポーツ部などの設置を決める。文学団体である「プロ連」は他の分野まで活動を広げるとともに『文芸戦線』をはじめ、『戦闘文芸』、『文芸市場』、『原始』、『解放』、『文党』など既成の文学団体のメンバーに江馬修、林房雄らをふくめた進歩的文学者の大同団結をめざすものであった。この年の一一月には、江口渙、宮嶋資夫、新居格を中心に『文芸批評』、橋爪健、富田常雄による『文芸思潮』が創刊されている。

一九二六年一月に六〇日間におよぶ共同印刷の争議が起こった（このとき指導的メンバーとして活躍した徳永直は二九年、『戦旗』にこの争議を描いた「太陽のない街」を連載することになる）。また、「プロ連」の演劇部として佐々木孝丸、八田元夫らは「トランク劇場」をつくり争議の応援出演をおこなっている。

二月、東大新人会系のメンバーによってつくられていた「文芸の社会的研究」を目的とするサークル、「社会文芸研究会」の中野重治、鹿地亘、林房雄、久板栄二郎、川口浩、亀井勝一郎らによって「マルクス主義芸術研究会」（「マル芸」）が結成され、福本イズムの影響のもとに運動を始めた。東大の学生のほかに、千田是也、柳瀬正夢、山田清三郎、佐々木孝丸、葉山嘉樹らも参加している。

四月には葉山嘉樹、林房雄、里村欣三が『文芸戦線』の同人となる。中野重治、窪川鶴次郎、西沢隆二、堀辰雄、宮本喜久雄らにより『驢馬』が創刊されたのもこの月のことであった。

一一月一四日、第二回大会を開いた「プロ連」は福本イズムの影響下に改組を決定、名称も「日本プロレタリア芸術連盟」（「プロ芸」）に変更し、セクションも文学、演劇、美術、音楽の四つに整理する。委員長・山田清三郎、書記長・小堀甚二、委員は中野重治、佐々木孝丸、久板栄二郎、柳瀬正夢であった。この改組によりアナーキスト系の壺井繁治、秋田雨雀、小川未明、新居格、加藤一夫、宮嶋資夫、中西伊之助らは排除され、文学運動の中に対立を生むことになった。中西、松本弘二、村松正俊らは『文芸戦線』同人をやめ、あらたに千田是也、赤木健介、小堀甚二が同人となる。

コミンテルンの決定を受けて一九二六年一二月四日、「山形県五色温泉（宗川旅館）でおこなわれた日本共産党第三回大会は、党を再建し、政治方針と党規約を採択して佐野文夫、佐野学、徳田球一、市川正一、渡辺政之輔、福本和夫、鍋山貞親からなる党中央委員会を正式に選出し、党のあらたな前進のためのいしずえをおいた。委員長には佐野文夫がえらばれた。しかし、『大会宣言』には福本イズムの誤りが反映していた。翌二七年一月、佐野文夫、渡辺、徳田、福本らがコミンテルンと協議のため日本を出発することになり、以後は、市川正一を責任者とする留守中央部がつくられ、党の指導にあたった。

再建された党は、専制政治の打倒、政治的自由の獲得の旗を高くかかげ、日本人民の民主主義と平和、生活擁護の闘争の先頭にたった」(「日本共産党の七十年」新日本出版社)のである。

7章　「シベリア物」の佳作

「雪のシベリア」

一九二七年、『文芸戦線』（四月号）に伝治は「銃をとって、戦闘に参加した一兵卒の立場」から「戦争について」という小文を発表する（『黒島伝治全集』第三巻所収）。

「初めて敵とむかいあって、射撃を開始した時には、胸が非常にワクワクする」のだが、「敵愾心を感じたり、恐怖を感じたりするのは、むしろ戦闘をしていない時、戦闘が始まる前である」。ともかく、戦いのことを考えると、明日はどうなるかわからない、どうにでもなれという投げやりな気持ちになり快楽を求めるようになってしまう。

なぜ我々はシベリアで何のうらみもないロシア人と殺し合いをしなければならないのか。「だれかの手先に使われて」いるだけだ。日本人が殺されると敵愾心がわいてくるが「人を殺すことはなかなかできるものではな」く、「身体の芯から慄えてきて、着剣している銃をもった手がしびれて力が抜けてしまう」。そのときの様子が脳裏に焼きついて「二三日間、黒い、他人に見えない大きな袋をかむりたいような気」になる。しかし、それははじめだけであり、しだいにその「殺気だった空気とは、兵卒を酔わして半ば無意識状態にさせ」、「彼等は人を殺すことが平気にな」っていくのである。

兵卒たちは闘犬用の犬のようなものだ。「犬は懸命の力を出して闘う。持主は自分の犬が勝つと喜び、負けると悲観する。でも、負けたって犬がやられるだけで自分に怪我はない。利害関係のない者は、面白がって見物している。犬こそいい面の皮だ」といっている。

人間としての理性を失わせ、何のうらみもない相手を殺戮する、いいかえれば、人を殺すことに「身体の芯が慄える」ほどの恐怖を覚えていても、やがてそのことを麻痺させてしまうのが戦争であることを、伝治はその体験から書く。敵と干戈を交える兵卒こそまさに闘犬用の犬であり、持ち主が日本の支配層であることを暗に指摘し、指弾しているのであろう。シベリア出兵の本質をついた文章であるといってよい。小文ながら侵略戦争にたいする伝治の批判を十分に読みとることができる。

「雪のシベリア」が発表されたのは六月であった（執筆したのは三月である）。


シベリアは見渡す限り雪に包まれていた。河は凍って、その上を駄馬に引かれた橇が通っていた。氷に滑らないように、靴の裏にラシャをはりつけた防寒靴をはき、毛布の帽子と外套をつけて、彼等は野外へ出て行った。嘴の白い烏が雪の上に集まって、何か頻りにつついていたりした。雪が消えると、どこまで行っても変化のない枯野が肌を現わして来た。馬や牛の群れが吼えたり、うめいたりしながら徘徊しだした。やがて路傍の草が青い芽を吹きだした。と、向うの草原にも、こちらの丘にも、処々、青い草がちらちらしだした。一週間ほどするうちに、それまで、全く枯野だった草原が、すっかり青くなって、草は萌え、木は枝を伸ばし、鵲や鶩が、そこそこを這い廻りだした。（略）十一月には雪が降り出した。降った雪は解けず、その上へ、雪は降り積もり、降り積もって行った。


この曠野が「雪のシベリア」の舞台である。

三年兵の吉田と小村は、内地へ帰還する同年兵たちを停車場で見送った。二人は、上官にたいして柔順であったためシベリアの陸軍病院勤務として残されることになったのである。まじめな兵隊は使いやすいため、貧乏くじを引かされるのである。一方、「剛胆で殺伐なことが好きで」ロシア人を斬りつけ、「牛や豚を突き殺して、面白がっ」たり、勤務不良を注意した軍医に拳銃をぶっぱなしたりして「一年や二年、シベリアに長くいようがいまいが、長い一生から見りゃ、同じこっちゃないか。大したこっちゃないじゃないか！」とうそぶく屋島や、ロシア語習得のためみずから志願してきた福田、三日間も病院を抜け出しロシア人の家に外泊した兵士などが帰還者名簿に記載されていた。まじめに勤めた吉田と小村がこの雪のシベリアに残される。二人は「だまし討ちにあったような気がして、投げやりに」なっていくのだった。「君等は結局馬鹿なんだよ。早く帰ろうと思えや、俺のようにやれ。誰だって、自分の下に使うのに、おとなしい羊のような人間を置いときたいのはあたりまえじゃないか」といみじくも屋島が言うように、軍規を守り、命令にさからわない兵士こそ上官にとって都合のよい存在だったのである。

二人は帰還兵を見送るために停車場の待合室で淋しい気持ちをいだき、小さくなっていた。だが、いまさら嘆いてもしかたがない。出しゃばりの吉田と内気な小村とはもともと反りが合わなかったが、これからは助け合っていくほかなかった。

汽車が着くと「帰る者たちは、珍しい土産物をつめこんだ背のうを手にさげてわれ先に列車の中へ割込んで行った。そこで彼等は自分の座席を取って、防寒着を脱ぎ、硝子窓の中から顔を見せた。そこには、線路から一段高くなったプラットホームはなかった。二人は、線路の間に立って、大きな列車を見上げた。窓の中から、帰る者がそれぞれ笑って何か云っていた。二人は、それに答えて笑おうとすると、何故か顔がヒン曲がって泣けそうになって来た」。汽車が動き出すと「窓からのぞいていた顔はすぐ引っ込んでしまった。二人は、今まで押し怺えていた泣けそうなものが、一時に顔面に溢れて来るのをどうすることも出来なかった。……」。この停車場の場面は、帰還と残留という明と暗を描いて見事である。

帰還兵を見送った二人は五、六日のあいだ勤務を休んでいたが、吉田は兎狩りに行こうと言い出す。これからは好き勝手なことをやろうという気持ちからだった。彼らは、非常時以外には持ち出すことのできない銃を持って出かけた。おもしろくなった二人は連日雪の中で兎を射ちまくった。「こんなに獲っていちゃ、シベリアの兎の種がつきちまうだろう」と言うほどよく獲れた。

だが、冬が深くなってくると、しだいに兎は獲れなくなっていく。二人は「遠く丘を越え、谷を渡り、山に登り、そうして連隊がつくりつけてある警戒線の鉄条網をくぐり抜けて」まで兎を追いかけるようになる。

ある日のこと、この日も鉄条網をくぐって谷間へ降りて行った。そして山へ登り、また谷間を下って行くと沼があり、その向こうに雪に埋もれた二、三軒の民家が見える。気味が悪くなった小村が帰るようにうながすが、獲物にありつけない吉田は先へすすんで行く。小村はしかたなくあとからついて行った。そのとき兎がとび出したため二人は銃を発射する。同時に命中したらしく兎のからだはちぎれてしまっていた。血のしたたる獲物を手にした吉田が立ち上がろうとしたときである。山の上を見上げると目にとびこんできたのはロシア人の姿であった。パルチザンだ。二人は銃を発射しようとしたが手が震えてどうにもならない。銃を振り上げて近づいてきた彼らを殴りつけようとしたが相手は屈強な若者たちである。銃をもぎとられ、ねじふせられてしまった。

パルチザンのリーダーだろうか、「大きな眼に、すごい輝きをもっている」老人がロシア語でたずねた。二人にはことばがわからなかったが、その目つきと身振りで、駐屯している日本兵の人数を聞いていることは察せられる。吉田は聞き覚えのロシア語で「ネポニマーユ」（分からない）をくり返した。老人は若者たちに二人の衣服を脱がせるように指示する。裸にされ雪の中に立たされた二人は射殺されると思い、「スパシーテ」（助けてくれ）と叫んだが相手には「スパシーボ」（ありがとう）と聞こえたのである。「助けて！」、「助けて！」と叫びながら雪の中を駆け出したが、ロシア人たちには「ありがとう！」、「ありがとう！」としか聞こえなかった。まもなく二発の銃声がひびく。老人たちは、二人から奪った軍服、防寒具、銃、靴などを持って引き揚げていった。

三日後、二個中隊総出で捜索がおこなわれる。吉田と小村は「背に、小指のさき程の傷口があるだけで」、「生きていた時のままの体色で凍っていた」。それを見て、「俺が前以て注意したんだ。――兎狩りにさえ出なけりゃ、こんなことになりゃしなかったんだ！」と言う上等看護長の頭には、俺には彼らが死んだことには責任はない、ただ二人分の衣服を失った理由書をどう書いたらよいかということしかなかった。

勤務良好であったがゆえにシベリアに残される二人の兵士、一方では上官に反抗し軍規を犯す兵が内地へ返される。軍隊の不条理を絵にかいたようなものだ。どんな善良な兵士でもやる気を失うのは当然であろう。それにしても吉田と小村の死は何とも痛ましい。獲物を深追いしたため、パルチザンと遭遇し、衣服を剝ぎ取られたうえ雪の中で射殺される。それもうろ覚えのロシア語「助けて！」が相手には「ありがとう！」と聞こえて殺されていったのである。滑稽に見えるのが余計に哀れをさそう。一方、部下の死にたいして、責任逃れに汲々として、軍服や武器の紛失報告書の方に気をつかう上等看護長。ここに、人命より形式を重んじる日本軍隊の非人間性を見ることができよう。

「橇」

「橇」は『文芸戦線』（一九二七年九月号）に発表され、好評を博した作品である。

ロシア人の農家から下手なロシア語が聞こえてくる。御用商人が日本軍の使う橇の調達にきているのだ。ペーターはなかなかその話に乗ろうとしない。田を荒らされたり豚を徴発されたりしたことのある彼にとって、日本人は「用もないのに、わざわざシベリアへやってきた」厄介者だったのである。だが、いろいろの理由をつけて交渉に応じようとしなかった彼も結局御用商人に承諾させられてしまう。二人の息子が二台の橇を日本軍の連隊に持って行くことになった。御用商人はつぎつぎとロシア人の家をまわり橇を集めていく。もちろんそれは日本軍が戦闘に使うためのものであった。

日本軍の駐屯地では各中隊が出動前の忙しさの中にあった。炊事場では当番兵たちが食事の準備に追われている。「豚だって、鶏だってさ、徴発して来るのは俺たちじゃないか。それでハムやベーコンは誰が食うと思う。みんな将校が占領するんだ」と兵卒の吉原は不平を言った。農家に育った彼は、「徴発されていく家畜を見ながら胸をかき切らぬばかりに苦しむ」ロシア人の姿を見てきていたのだ。また彼は、大隊長の従卒をしていたとき、将校の食うものと兵卒のそれとがあまりにもちがっていたこと、大隊長が外泊するときは靴を磨き、軍服にブラシをかけ、髭まであたってやらねばならなかったことなど、軍隊の中での階級の差をいやというほど味わってきていたのである。

不満をもらす吉原に「おい、そんなことを喋らずに帰ろうぜ。文句を云うたって仕様がないや」と言うのは安部という兵卒だった。そばでは木村が「また殺し合いか――いやだな」と言う。彼は軽い咳をしていた。シベリアへくるまでは健康だったが、酷寒の土地での生活、そして空中にとびまわる馬糞の粉を吸っているうちに咳が出るようになっていたのである。彼はこのシベリアの地でロシア人を殺し、また殺された同年兵の姿を見てきてもいた。木村が殺したロシア人は「唇を曲げて泣き出しそうな顔をしている蒼白い」、「赭いひげが僅かばかり生えていた」青年であった。何のうらみも憎しみも感じないひとりの若者の命を奪わなければならなかったのだ。このとき木村は気づくのだった。戦争は「自分の意志に反して、何者かに促されてやっているのだ」と。兵士たちこそ闘犬用の犬なのだと伝治は言いたかったのであろう。

「数十台の橇が兵士をのせて雪の曠野をはせていた。鈴は馬の背から取りはずされていた。雪は深かった。そして曠野は広くはてしなかった」。ペーターの息子イワンが手綱を取っている橇には大隊長と副官が乗っている。ハムとベーコンを食って肥えふとった大隊長のからだには血液があり余っているようだった。

「近松少佐！」。副官が言った。「大隊長殿、中佐殿がおよびです」。「近松少佐！　あの左手の山の麓に群がって居るのは何かね」。大隊長の近松には何も見えなかった。副官の双眼鏡にはいったのは敵の姿であった。銃声がひびく。縦隊で行進しているのは敵の前に腹をさらしているようなものだった。何とうかつなことか。兵士たちは橇からとび降りた。一時間ほどの銃撃戦ののち敵は逃走したが、日本軍はあとを追って行く。

二人の子どもを連れたリープスキーも逃げたが取り残されてしまう。「パパ、おなかがすいた。……パン」。防寒靴を雪に取られそうになりながら足を引きずって行く弟のほうが言った。リープスキーは黒パンをひと切れ取り出して息子にやった。そのとき、とんできた銃弾がリープスキーに命中し彼は雪の上に倒れる。兄が父親を抱き起こそうとしたとき、二発目の弾がとんできて弟にあたり、流れ出る血が白い雪を染めていった。

兵士たちはそんな殺し合いにいや気がさしてきた。勝ったところで彼らにとって何の利益があるというのか。酷寒の中での戦闘によって彼らは「急行列車のように」急速に体力と気力を消耗していったのである。

兵士たちは父子が倒れている所へやってくる。そこにはつぎのような情景があった。

父子は、一間ほど離れて雪の上に、同じ方向に頭を向けて横たわっていた。爺さんの手のさきには、小さい黒パンがそれを食おうとしているところをやられたもののようにころがっていた。

息子は、左の腕を雪の中に突っこんで、小さい身体をうつむけに横たえていた。その様子が、いかにも可憐だった。雪に接している白い小さい唇が、彼等に何事かを叫びかけそうだった。

二つの死骸を見た兵士たちは殺し合いの非情さに胸を突かれる。戦争をやっているのは俺たちではないか。その俺たちが戦いをやめればこんな悲惨なことは起こらない。戦争をやらせている奴に勲章をやるために、なぜ俺たちが人殺しをしなければならないのか。こんなことはもう沢山だ。兵士たちはそんなことを言いながら、内地でぬくぬくとくらしている者たちのことを思った。そこへ軍刀をひっさげた中隊長がやってきて叫んだ。「進まんか！　敵前で何をしているのだ！」。

一方、大隊長は橇を走らせるようイワンをうながした。疲れ果てた馬にこれ以上橇をひかせるのはしのびない。イワンは、同胞を殺すために自分たちが連れてこられたことをやっと悟った。

イワンの橇が兵士たちが集まっている所へきたときのことである。五、六人の兵士と将校が口論している。将校に向かって口答えしているのは吉原であった。将校から事情を聞いた大隊長が「不軍規な！」と怒鳴ると、勢いをえた将校は吉原を殴りつけた。

イワンはそこを去り、しばらくしてうしろを振り返ってみた。すると、大隊長が浅黒い男のそばに立っていて、そこから十間ほど離れた所にいる将校がその男に銃口を向けているではないか。男から離れた大隊長が合図をすると銃口が火をふき、「丸太を倒すように」男は地面に転がった。つづいて「豆をはぜらすような音」がすると、あの「血痰を喀いている男」が倒れた。吉原と木村の二人である。さらにもうひとりの男が悲鳴を上げながら雪の中を走り出すと、その背中に向けて銃声がひびいた。この光景を見ていたイワンは思った。「日本人って奴は、まるで狂犬だ。馬鹿な奴だ！」。

御用商人にだまされたことを知ったロシア人の馭者たちは兵を橇から降ろすと、馬をとばして射程距離の外にのがれて行った。そして今まで禁じられていた鈴を馬につけた。「さわやかに馬の背でリンリン」と鳴る鈴の音をひびかせながら橇は走って行く。

「雪の曠野は、大洋のようにはてしなかった。山が雪に包まれて遠くに存在している。しかし、行っても行っても、その山は同じ大きさで、同じ位置に据わっていた。少しも近くはならないように見えた。人家もなかった。番人小屋もなかった。嘴の白い烏もとんでいなかった」。この中を大隊は「コンパスとスクリューを失った難破船のように」さまよっていたのだった。

食料もなく、水筒の水も凍ってしまっている。橇が助けにくるはずもない。待っているのは死だった。なぜ俺たちが意味のない戦争のためにこんなところに駆り出されなければならないのか。死を前にした兵士たちにも、まだ怒りや反抗心は残っていた。彼らの銃剣は「知らず知らず、彼等をシベリアへよこした者の手先になって、彼等を無謀に酷使した近松少佐の胸に向かって、奔放に惨酷に集中して行」くのだった。

すぐれた反戦小説である。御用商人にだまされて日本軍に使役されるロシア人の馭者、パルチザンの抵抗、日本軍隊の差別構造が生んだ将校と兵卒との対立と抗争が作品の内容であり、それらを通して、シベリア出兵という大義名分のかけらもない干渉戦争の無意味さ、悲惨さ、そしてむなしさが描き出される。戦争の犠牲になるのはいつも民衆であった。この作品では、それはロシアの農民であり、はるばる酷寒のシベリアへ送られてきた兵士たちである。彼らのあいだに厭戦気分が広がり、怒りは将校への反抗となって現われるのは当然であった。それはつぎのように描かれる。


ある者は雪の上に腰を下ろして休んだ。ある者は、銃口から煙が出ている銃を投げ出して、雪を摑んで食った。のどが乾いているのだ。

「いつまでやったって切りがない。」

「腹がへった。」

「いいかげんで引き上げないかな。」

「俺達がやめなきゃ、いつまでたったってやまるもんか。奴等は、勲章を貰うために、どこまでも俺等をこき使って殺してしまうんだ！　おい、やめよう、やめよう。引き上げよう！」

吉原は喧嘩をするように激していた。

五六人だけは、雪の上に坐ったまま動こうとはしなかった。将校がその五六人に向かって何か云っていた。するとそのうちの、色の浅黒い男振りのいい捷っこそうな一人が立って、激した調子で云い返した。それは吉原だった。将校に云いこめられているようだった。そして、兵卒の方が将校を殴りつけそうなけはいを示していた。

彼らの上官にたいする反抗の代償は吉原や木村の死であったが、やがて兵士たちの銃剣は大隊長へ向けられていく。ここは暗示的に書かれているだけであり、それがかえって余韻を残しているともいえよう。また、「雪の曠野は、大洋のようにはてしなかった。（略）嘴の白い鳥もとんでいなかった」の部分がくり返して書かれているが、兵士たちを待っているものが何であるかをこの光景を通して強調したかったのであろう。「そこを、空腹と、過労と、疲憊の極に達した彼等が、あてもなくふらついていた。靴は重く、寒気は腹の芯にまでしみ通って来た。……」。作品はここで終わるが、このあと彼らがどうなったか、想像するのは容易であろう。

8章 「プロ芸」「労芸」そして「前芸」

プロレタリア芸術連盟の結成

一九二七年四月、日本プロレタリア芸術連盟（「プロ芸」）は「世界が二つに引き裂かれた。そこから一切の人間性は追放された。権力と隷属と、搾取と被搾取と、そして非人間的存在のすべての醜悪性が由来された。しかも彼自身を忘失したその一群は、今やそこから由来する絶対命令によって、人類のすべてをその桎梏の下に抑留すべく益々その凶暴を極めている」との書き出しで、「此の時に当り、従来の夢の如き解放運動の一翼主義を清算し、原始的部分的なる運動の指導精神を、客観的情勢の進展に迫られて結成し来ったあらゆる小市民性を克服し、新しき見地よりする闘争の一歩を踏み出そうとして居る我が日本プロレタリア芸術連盟は、此の首途に際して、満天下に宣言する。

我等は我等の可能とする全手段を挙げて、一切の事物化の根源に肉迫するであろう。

我等は、かかる根源を一掃すべきプロレタリアートの歴史的使命遂行の為に、我等の全力を傾けるであろう。

かかる使命を使命として我が日本プロレタリア芸術連盟は、此の闘争の道を勇気を持って進むであろう」という宣言を出した。

「プロ芸」は福本イズムの影響のもとに、マルクス主義と相いれぬものを分離し、プロレタリア文学運動における政治的課題を前面に押し出したため、芸術的な面は軽視されることとなった。政治主義に傾斜していったのである。山田清三郎は「この再組織の主導力となったものが『マル芸』であったことも注目されなければならない。それは、新役員のほとんど全員（小林源太郎と小堀甚二を除いて）が、『マル芸』に参加していたものによっていることにあらわれている」（『プロレタリア文学史』下巻）といっている。また、平野謙は「重要なことは、それらの改組によって、文学運動がマルクス主義的な礎石をきずきあげ、プロ芸と『文芸戦線』とは表裏一体となって、対ブルジョア・イデオロギーとの闘争に邁進するという方向にたちむかわなかったことである。青野の提唱によって、運動全体をマルクス主義的に改組したことは、かえってその内部闘争を激成する結果になった」、「文学運動に流入したわかき福本イストらは、その尖鋭な『理論闘争』を武器として、文学運動全体の強力な異質分子を構成しはじめたのである。すなわち、かつての社会文芸研究会のメンバアたる中野重治、鹿地亘、谷一、久板栄二郎らは、はじめは遠慮ぶかく次第に傍若無人に運動全体の指導権を掌握せんとふるまったのである」（『日本プロレタリア文学大系』第二巻・解説、三一書房）とまでのべている。

福本イズムは「プロ芸」に強い影響を与える。その口火を切ったのが、『文芸戦線』（一九二七年二月号）掲載の林房雄執筆の社説「社会主義文芸運動」にたいする、福本イストであった鹿地亘の論文「所謂社会主義文芸を克服せよ」（『無産者新聞』一九二七年二月五日号）であった（二人の論文は「日本プロレタリア文学大系」第二巻に所収）。

林は「社説」でつぎのように論じる。

社会主義の作家は常に意識的でなければならない。なぜなら、無意識的に芸術行動をとったらいつのまにか資本主義的イデオロギーの下に屈服してしまう。「無意識的な（自然発生的な）芸術行動は社会主義的なる何物でもない。見よ！　社会主義的作家のある部分が、無意識的に『芸術の神』に奉仕することによって、期せずして『黄金の神』『資本の神』の前に額づきつつある事実を！」。さらに、意識性、計画性をもたないために社会主義的作家のある部分が「小ブルジョア的混乱の泥沼」におちいり、みずからの墓穴を掘っている事実を見なければならない。我々は常に意識的で、そして計画的でなければならない。また芸術における集団性は我々の指導原理である。新しい芸術は「社会主義的集団性の緑野の上に、その輝ける花を咲き展げるであろう」。また「自然生長性と目的意識性」についてつぎのようにいう。

無産者運動における大衆の行動が無意識的であり、自然成長的であるのにたいして、前衛の行動は意識的であり、目的的である。すなわち大衆とは政治的意識（社会主義的意識）をもたない集団であるのにたいして、前衛とは社会主義的政治意識、プロレタリアートの階級意識をもった集団である。したがって、大衆の行動は前衛によって意識的、社会主義的に指導されてはじめて階級意識をもった集団となることができるのだ。社会主義的芸術運動は、作家が真の社会主義的認識、真のプロレタリア的政治意識をもつことによって始まる。それなしには、社会主義的文学、プロレタリア文学はありえない。したがって「吾々社会主義作家は、その創作活動において常に意識的でなければならぬ。無産大衆の自然成長的行動」も、「工場も、農村も、株式市場も、貧民窟もダンスホールも、ストライキも投獄も、恋も死も、愛も憎悪も、戦争も革命も、政治も文学も、道徳も宗教も」、すなわち「資本主義的機構の全局面」を社会主義的世界観にもとづいて作家は描き出さなければならない。

さらに「社会主義文学と芸術価値」の中では「吾々は芸術家である前に社会主義者でなければならぬ。社会主義文学は何よりもまず芸術でなければならぬ」。これは矛盾するようであるがそうではない。なぜなら、社会主義的世界観の中には芸術観を含んでおり、しかも社会主義的芸術観は最高のものである。

現代の社会には二つの誤った芸術観がある。一つは「純粋美」を幻想し、美と芸術は「社会的関心」の上に超然と存在するものであるとする芸術至上主義であり、もう一つは超階級的、抽象的な「人生」を幻想して、美と芸術はこの「人生」のために存在するものだとし、そのためには芸術は美的要素を放棄して奉仕すべきであるという芸術実用主義である。前者は「サロンの中の生活者、自己隔離に陥った有閑階級の芸術論であり、後者は芸術実用論者──床次竹二郎、吉田奈良丸、内務省宣伝映画、勧業銀行、その他算盤玉を通してのみ芸術をみる小商人、俗吏階級の芸術論にすぎぬ」ものであり、社会主義者の芸術論はそのどちらでもない。では社会主義の芸術論とはどんなものか。それはつぎのようなものである。

芸術は、感情、意志、観念を社会化する力をそれ自体としてもっているものである。芸術作品を通じて表現されるところのイデオロギーは人々を階級的に組織する力をもっている。したがって、「作品が芸術的にすぐれていればいるほど、この力は強い」。また社会主義文学と芸術的価値とは矛盾しないものであり、社会主義文学は芸術的完成を追求する。だがそれは芸術至上主義ではない。「社会主義文学は、その社会的効果、その『宣伝的』作用を公言する」。しかしそれは「商人的、俗吏的」な「芸術実用主義」ではない。

社会主義文学は芸術的価値を追求する。なぜなら、「そうすることによってのみ階級戦線に於て強力なる役割を演じうる」からだ。ただし「われわれの追求する美は、社会主義、無産階級的美である」。

これにたいしてきびしく批判したのが、『無産者新聞』編集部の是枝恭二が、鹿地亘を説得して書かせた」（飛鳥井雅道「日本プロレタリア文学史論」八木書店）という「所謂社会主義文芸を克服せよ」である。

冒頭から鹿地は「最近に至っていみじくも又簡単に方向転換を為し遂げた。（略）その一事は、只に其の方向転換が如何なるものかを暴露したに止まらず、全面的に進出すべき現段階に於て其の一領野としての文芸運動の正確なる認識を要求されている今日、将に我々が葬り去らねばならぬものが何者であるかを具体的に提供してくれた意味に於て、注目すべき性質のものである」と皮肉をこめた言い方でつぎのような批判を展開する。

林房雄ののべているところによれば、芸術を全無産階級的立場からいかに役立たせるかということではなく、いかに社会主義的芸術を製作するかが問題になっている。また、文壇における「存在権の闘争」に終始することをもってその階級的使命を果たしたかのように考え、しかも運動の現段階が要求する役割から逃避するために「自らの行為を正当化し、理由づけるためにあらゆる口実を設けることにみじめな努力をする」。それは

「逃避であり、哀れな自慰行為に過ぎ」ない。

また林は「目的意識性」を骨抜きにしてしまった。彼は「社会主義教化運動をもって前衛の任務なり」と規定しているが、前衛の任務は決してそんなものではない。それは「決定的行為への組織運動」でなければならぬ。林が「自らを前衛なりということは恋とダンスホールとを社会主義的に取り扱ったこと」、そして今後もそうなるであろうことの自己弁護である。これは「目的意識性」を「蒸し殺す」ものであり、その論旨は革命的行為から逃避を企てながら、「自らを社会主義者であるかのように装う所の、哀れなプチブル意識」を表現したものにほかならない。

それでは、我々は芸術をどう考え、その役割をどう規定するのか。芸術は、現状が規定する「全面的闘争、即ち決定的行為」の組織化への契機となるべき政治的暴露をなしうるのか。また政治的暴露が果たして芸術の役割であるのか。答えは「否」である。芸術の役割は、政治的暴露によって組織されていく大衆にたいして芸術のもつ「特殊な感動的性質」を生かしての「進軍ラッパ」となることであり、「決定的行為への鼓舞者」となることである。要するに芸術は、政治的暴露そのものをやるのではなく、大衆を組織するための政治的暴露を助けるという、いわば副次的なものにすぎない。そしてそれは、政治的闘争の指導者である前衛の役割ではないのだ。我々は芸術的行為を過大評価してはならない。政治的暴露を芸術によっておこなおうとすることは、その「暴露を間接的にし、弱々しいものにするのみならず、芸術の特殊な感動的性質をすら全く奪い去るもの」といわなければならない。芸術の任務はその感動性にこそあるのであり、同時に、そこにまた限界もある。

ところで、林の説くところの「探偵趣味や恋と死と宗教等々」を社会主義的世界観で描かなければならない、などということではとうてい「進軍ラッパ」になることはできないのだ。芸術家たるものは、林が社説でのべている「指導理論なるものを徹底的に克服し」、それを「綺麗に分離し去る」ことに努めなければならない。林の「イデオロギーと徹底的に闘争し、分離することなくしては、芸術運動と無産階級運動との合流はあり得ないであろう」と鹿地は結論づける。これはまさに福本イズムの芸術運動への適用であり、「芸術をアジビラに代用させようとするもので、うたがいもなく文学・芸術の全般的な否定にちかかった」（山田清三郎「プロレタリア文学史」下巻）といえるだろう。

この鹿地の批判を契機に、旧「マル芸」出身者の中野重治、鹿地らと林、青野季吉ら『文芸戦線』同人とのはげしい理論闘争がおこなわれる。その舞台となったのが『文芸戦線』に設けられた「相互批判」の欄であり、中野重治「結晶しつつある小市民性」、森矢久治「目的意識把握に対する異論」、蔵原惟人「プロレタリア文学と『目的意識』」、山田清三郎「公式適用的芸術論」などがそこに掲載された。

中野は「結晶しつつある小市民性——『文芸戦線』一九二七年二月号所載テーゼの批判」（同誌三月号、一九五九年版「中野重治全集」第六巻〔筑摩書房〕や「現代日本文学論争史」上巻〔未来社〕に所収）で林の社説（テーゼ）をきびしく批判した。

彼はいう。

「問題は簡単なのである。『肝要なことは世界を変革すること』であり、現実に変革してゆくことなのである。社会の構成過程に対する認識も、社会の変革過程に対する認識も、我々が我々自身を社会変革の実践にまで移さない限りは嘘なのである」

「我々の前に横たわる戦線はただ一すじ全無産階級的政治あるのみなのである。そこに、その中に、特に芸術戦線なるものはありえないのである」

「いかに進出が叫ばれようとも、いかに方向転換が叫ばれようとも、いかに政治的暴露が高調されようとも、それが文学運動に関する限り、それはいささかの進出（質的）でもありえない」

「『意識的に資本主義的イデオロギーより独立し、計画的に社会主義イデオロギーの展開を企図』することによって、『新しき芸術』が『社会主義的集団性の緑野の上に、その輝ける花を咲き展げるであろう』と考えることは、終に一片の小市民的空想であり、文句でしかないのである」

「我々の芸術は今何をなすべきか？　それは簡単ではないか？　彼は全人民を、全人民の感情を、一定の方向へと激成してゆくためにこそその全身を献げなければならないということだ」

「テーゼ作成の根拠並びにテーゼそのものは、一群の作家集団の自己弁護であり、かかる一団の中間派的観点を安固ならしめようとする意識的の『邪悪な意図』の表れであり、中間派への明らかな屈服であり、かかるものとして結晶しつつあることによってまさに反動的である」

これらの批判にたいして林もきびしく反論する。「鹿地君に答へる」として『文芸戦線』（一九二七年三月号）に「テーゼに関する誤解について」を発表した。要点を抜き書きしておこう。

『文芸戦線』が二月号に発表したテーゼ（社説）は、各方面に多大の反響をひき起こした。あるものは、自分はひごろから文芸運動に関心を向けていたが、最近の陣営の混乱で方向を失ったのを、あのテーゼでとり戻したと言った。ある人は、あのテーゼで、一年分の勉強をしたと言った。あるものは、あのテーゼを読みたさに雑誌を買ったと言った。またある同志は、詳細に欠点を指摘して来た。あるものは修正案を送って来た。あるものは、激しい駁論を送って来た。かうした反響は、種々の意味に於て、吾々の運動の進展を予示する。先ず、発表の徒労でなかったことを喜ぶ」と前置きしてつぎのように激しいことばで反論する。

「テーゼに対する駁論の重なるものは、無産者新聞二月五日号に載った鹿地亘君の『所謂社会主義文芸を克服せよ』と、本誌の本号に載る筈の中野重治君の『結晶しつつある小市民性』とである。両君とも、僕と同じく、東京帝大社会主義研究会の会員であり、一緒に文芸運動に入ってきた親しい同志である。（略）これらの同志からの忌憚のない批判は、あらゆる意味で歓迎すべきことである」

「原稿で見ると中野君は、あのテーゼを『むしろ反動的である』と断じ、鹿地君は『芸術家たるものは、かかるテーゼの製作者林房雄氏の指導理論を克服し、それより綺麗に分離し去ることに努力しなければならぬ』

と主張している」

「鹿地君の理論は、徹頭徹尾、無茶な誤解のうえに立てられている。いくら、僕の言葉が不備だったとはいへ、よくあんな誤解が出来たものと思う」

「全無産階級的立場より芸術を如何に役立たしめるかを問題とするからこそ、社会主義的芸術を如何に製作するかが問題となってくるのだ。この簡単な論理がわからぬか。吾々の運動は、すでに、如何にして社会主義的芸術を製作すべきか、即ち技術と様式との問題にまで展開しているのだ」

「誰が一体、文壇内の闘争、文壇的存在権のみをもって、階級的使命の行使だと言った。逆に吾々は、常にさうであってはならないことを主張して来たのではないか」

「芸術家運動を無産階級運動の一翼にまで進出せしめることを企図し始めたのが『文芸戦線』及び『プロレタリア芸術連盟』の最近の発展、アナーキストとの分離、文学と政治とを切り離さんとするあらゆる試みに対する闘争——その必要から生じたあのテーゼをもって、逃避の口実であり、哀れなる自慰的行為と見るのか」

「『芸術に於ける集団性』を強調することが何故観念論なのだ。現在に於てはプロレタリアートの集団性が存在しないというのか。労働組合はどうだ。党はどうだ。それから連盟の美術の活動や、前衛座の演出方針や、文芸戦線のテーゼそのものはどうだ。あれが集団性でなくて何んだ。集団性とは社会主義の社会になってから、天からでも降って来るのだと鹿地君は考えているのか。それこそ観念論だ」

「『自然成長性とは無意識性のことであり、目的意識性の目的といふ文句には特殊な意味はない』、この言葉を持って、鹿地君は『目的意識性』よりその歴史的範疇を骨抜きにすることであると言ふ。吾々の運動から、社会主義的目的をはふり出さうとする試みであると言ふ。冗談を言ふな」

「吾々は『進軍ラッパ』だなどと景気のいい言葉は伴ってないが書くべきことを書いている積もりだ。文壇的闘争を認めている点などは、鹿地君のお気に召さないかもしれないが、さうなれば見解の相違だ。どこまでも論争して、指導理念の展開に資しようではないか」

「言葉の端へとらはれ、しひてあらを探し運動の実際と現段階を無視し、誤解の上に誤解を重ねることによっては、決して真の発展は期し難い。先ず、誤解を誤解として認めよ。然る後に君の新しい提案を示せ。如何にそれが困難であろうとも、決して吾々はそれを回避しようとは思っていないのだ」

（「現代日本文学論争史」上巻所収）

『文芸戦線』社説をめぐる論争によって鹿地、中野ら旧「マル芸」出身者と林、青野ら『文芸戦線』同人との対立は決定的なものとなった。

「プロ芸」脱退者、労農芸術家連盟結成へ

三月二五日、「プロ芸」は臨時総会を開き役員選挙をおこなったが、『文芸戦線』派は佐々木孝丸、小堀甚二を除き残りの全員が役員を辞任、反『文芸戦線』派の村雲毅一が委員長に、中野、鹿地、木部正行、小林源太郎、久板栄二郎が委員に選出された。「プロ芸」は事実上、反『文芸戦線』派によって占められることになり、『文芸戦線』同人、一六名を除外、彼らは「プロ芸」を脱退した。「プロ芸」をはなれた青野、林、山田、蔵原、村山知義、佐々木、葉山嘉樹、前田河広一郎らはあらたに「労農芸術家連盟」（「労芸」）を結成し、『文芸戦線』をその機関誌とする。黒島伝治もその中のひとりであった。一方、中野、鹿地、久板、谷一ら残留組は七月、『プロレタリア芸術』を発刊、こうしてプロレタリア芸術運動は分裂したのである。

「労芸」はただちに声明を発表（『文芸戦線』七月号に掲載）、つぎのようにのべる。

「日本プロレタリア芸術連盟の指導精神を否定し之を積極的に排撃しなければならない段階に到達した」

「かの連盟幹部によって案出された公式的、理論拘泥主義的、小児病的即ち反動的指導理念の危険性を認識

し、これが克服に努力し来った我々は、今やここに、強固なる組織を以て彼等に対立し、以て徹底的にこれが撲滅を期さねばならぬ、運動の内的必然に迫られた」

「彼等の指導理念の正体は、その根底に於て純然たる芸術至上主義なるにもかかわらず、全無産者階級的政治的闘争主義の密輸入によって之に左翼的外装を施し、厚顔にも我プロレタリア芸術運動を指導し支配し来れるが故に、事毎に現実の運動を邪道に導き在って無きに等しき無力なる芸術運動たらしめ、今や収拾すべからざる混乱！　遂に一大頓挫！　を生むに至らしめて了ったからである」

「彼等は芸術に対する無産階級的、マルクス主義的認識を持っていない。彼等の芸術観は骨の髄までブルジョア芸術観である。然かも彼等はマルクス主義的政治闘争理論の公式的、小児病的把持者であるが故に、その芸術観の上に機械的に、奇妙な、粗雑な政治闘争主義を結合し、徒らなる左翼的外装の下に、観念的に運動を『指導』している輩にすぎないからである」

「今我無産階級運動が、ブルジョア民主主義の獲得に当面の闘争目的を集中し、全勢力を挙げて闘争しなければならない時に当り、かかる無力なる、かかる誤れる指導理論による芸術運動の存在は、一刻も早く撲滅し、無産階級運動の闘争目的に、最も有効且最も適応的な、而して汎ゆる左翼的運動に合流し得る、真に階級的な、戦闘的な、鉄の如き而して柔軟性に富む組織及び指導理論の下に結成されたる芸術運動の猛起を図らなければならない」

「日本プロレタリア芸術連盟の指導精神は、この目的の為には、明らかに一大障害物と化し去った」

「故に我々は以上の見地に立って、ここに新たなる芸術運動の主体を確立し、最も果敢にして、最も戦闘的なる運動を開始せんとするものである」

これにたいして「プロ芸」も「雑誌『文芸戦線』を撲滅する」を『プロレタリア芸術』（一九二七年七月号）に発表する。

「かってわがプロレタリア芸術運動方向転換の出発にあたり問題を正当に問題となし得なかった文芸戦線は、その後の対立闘争を通じて我らと鋭く対立して来た」

「彼らは芸術の特殊性を強調することにより、芸術の特殊性の強調を方向転換の唯一の決定的条件であるかに叫び続けることにより、芸術の特殊性の強調より芸術論確立の必要を引き出すことにより、しかもそのことを、運動の進行を顧慮しつつ、より巧妙に、より洗練された形に於いて提出することにより、より悪むべき反動的結成を形成して来たのである」

「方向転換の決定的条件として『左翼文芸家意識』を持ち出し、左翼小児病を克服するためと称して党と大衆との関係の公式（しかもレーニンよりの）を持ち出す時、我々は単にそれらの無意味性を曝露するに止まってはならない」

「裏切者は我らに取って敵よりも悪くむべきである。（略）雑誌文芸戦線は階級を裏切った。我らは彼を滅ぼすであろう」という激越なものであった（双方の声明は「日本プロレタリア文学集」別巻「プロレタリア文学資料集・年表」所収）。

「プロ芸」分裂の口火を切った鹿地はのちに「自伝的な文学史」（三一書房、一九五九年刊）の中で、当時の状況をこのように書いている。

「ちょうどその時分、ふみ出してまもない日本の階級闘争は、何が一つの階級的な力の結集のための正しい政治的立場かということで、対立し分裂して争う思想闘争の段階にあった。党は福本和夫のセクト的で機械的な理論にわざわいされながら、また解党的な労農派と対立し、多くの分裂をひきおこし、一九二七年のコムミンテルンの批判を経て、ようやく一つの方向に落ちつくという時期に重なっていた。

プロ芸の分裂は一般に福本主義のせいのようにいわれている。けれども、それはかならずしも充分または妥当な説明ではない。というのは、分裂は福本主義か労農派かという政治思想の争いが直接の動機ではなくて、福本主義の原則に導かれていた党、直接には無産者新聞（一九二五年九月、当時地下にあった日本共産党の合法機関紙として創刊された大衆的政治新聞。一九二九年八月、二三八号をもって終刊）編集部の文芸政策の立案者たちが、彼ら流に文芸を政治に従属させようとしたことから、文学（芸術）活動家たちの間に大きい抵抗をひきおこしたことにあったのだから。このばあい政治の側の文学（芸術）についての無理解と、福本主義の思想に影響されていたことはかならずしも関係はない。だから福本主義が清算された一九二七テーゼ以後であったとしても、政治の側のこの無理解が正されないかぎり、分裂がおこらなかったかどうかは、確かにはいいきれない」

「プロ芸の分裂は、そんな歴史のあがきをあらわしている。きわめて性急に問題の解決が要求された。その性急さには政治にたずさわっているものと文学にたずさわるものの双方とも、わかくて未熟だったということもある。ことに『政治の要請』しか眼中にない前者における文学（芸術）への無理解があった。だが、後者についてみても、たやすくそれにひきまわされた私たちや、それに反発してすぐ問題を分裂にもっていった側にも、責任はまぬがれなかった。だが、未熟やまずさは別として、その根本に、前記のようなときのあわただしさがあったのである」

「事実についてそれをみると——一九二七年二月五日に私の『所謂社会主義文芸を克服せよ』が出たのは、はなはだだしぬけの感をまぬがれなかった。だが、そのようにして、ことははじまったのである。その直後、無新編集部では、すぐ文芸戦線側とマル芸側の主だった関係者を集めて、これを中心に討論会を催した。出席者は主催者側から是枝恭二、井之口政雄、関根悦郎、文戦からは山田清三郎、葉山嘉樹、里村欣三、小堀甚二、林房雄、などが見えた。マル芸側からは、佐野碩、久板栄二郎、中野重治や私など。主催者たちの意図はいうまでもなく、これを機に『文芸運動の方向転換』、つまり、これを当時の政治運動の要請に添わせるような動きをおこすことである」

「私たち、ことに論文の筆者である私にしてみれば、文戦にうらみがあるわけではない。『政治』に要請されて、避けがたい必要に迫られたきもちで、私情には目をつぶったというところだった。だから山田や林の顔をみたとき、さすがに気おくれした。彼らからは口々に不満をきかされ、『意見があったのなら、なぜ新聞に発表するまえにいってくれなかったか？』『文芸戦線になぜ発表してくれなかったか？』『まえもって、なぜなかまのあいだで討議するようにしなかったか？』など非難されるのには一言もなかった」

つまるところ、この分裂は平野謙が指摘するように、「一見芸術運動の特殊性をみとめず、狭義の政治闘争のなかに解消させようとする意見と、芸術運動の特殊性を強調することで前者の性急な意見に反発した見解と、二つの正面衝突」（「日本プロレタリア文学大系」第二巻・解説）と見るべきであろう。

「労芸」は一九二七年六月一九日の創立大会における「決議」で「我等は、理論拘泥主義的或は日和見主義的幹部によって指導されつつある芸術団体、即ち日本プロレタリア芸術連盟及び日本無産派芸術連盟の非階級的反動理論を徹底的に排撃し、之が撲滅を期す」とのべ、「プロ芸」と日本無産派芸術連盟にたいして〝宣戦〟を布告した。日本無産派芸術連盟は同年五月、江口渙、小川未明、村松正俊、松本淳三らアナーキストによって結成され、『解放』を機関誌とした団体であった。その「宣言」はつぎのようにいう。

「資本主義的文学は、芸術を超階級的なものであると見做して、文芸至上主義の迷夢の中に彷徨し（略）一方無産階級文学はまた、政治と文学を混同し、宣伝を以て芸術の本質を誤認し、功利主義の一面観に堕し、其れが反って資本主義的芸術観であることを自覚していない。（略）芸術を手段化し、また粗悪化することは、資本主義的功利主義以外の何ものでもない」

「今や文学芸術は、有閑階級の玩具ではなくして、無産階級文化にとって欠く可からざる一要素を為している。それは実行上の役に立たないの故を以て徒らに排斥し去られるものではない」

「何故に（連盟が）結成せざるべからざるのであるか。他なし。現在の情勢に於て、一面には有閑階級の意志感情を代表する文芸が蔓っていると共に一面には厚顔にも、自ら無産階級文芸であると僭する党派文芸が、正しい無産階級的文芸の妨げをしているからである。一は無産階級に関せずして空高く高揚し去り、一は無産階級を踏台として自己の野心を満足せしめんとするものである」

「蓋し、文芸は文芸であって、政治でもなければ経済でもない。宗教でもなければ道徳でもない。（略）政治が道徳の奴隷と成る必要もないが如く、文芸も経済に隷属する理由もない」

「我等は文芸が、無産階級にとって欠く可からざる文化要素の一つであることを信ずる。其の故に益々文芸の正当なる意識の下に、無産階級文化の創造発展に努力する。そうして徒に閑暇の具なるブルジョア文学を排撃すると共に、無産階級の名を僭して自己の野心を満足せしめんとする徒を滅却し、誤れる文芸観の上に立って、無産階級文芸を歪めんとする芸術を除去し、無産階級文芸を自己の党派の宣伝たらしめんとするものと闘わんと欲する」

このようなアナーキスト側からの批判とは別に、「プロ芸」と「労芸」の対立は決定的なものとなっていった。しかし、おたがいに「撲滅」や「追放」を叫んでもそうはいかなかった。山田清三郎のことばを借りれば、『労芸』には『種蒔く人』以来の実力あるプロレタリア芸術家たちが集まっていたし、一方『プロ芸』のほうは経験は浅くとも情熱にあふれた若い理論家、作家たちでかためられていたからである」（「プロレタリア文学史」下巻）。どちらの組織もはげしい理論闘争ぐらいでつぶれてしまうほど弱体ではなかったといってよかろう。

ところが一九二七年一〇月号の『文芸戦線』に蔵原惟人訳による「コミンテルンに於ける日本無産階級運動の批判」が掲載され、これが組織を大きくゆり動かすことになる。これは、一九二七年八月一九日付けの『プラウダ』に発表された「五月総会後に於けるコミンテルン執行委員会の活動の概要」の中の「日本の問題」の部分を訳載したものであった。

「共産党には二つの傾向が存在していた。一つの傾向は、労働運動における共産党の役割を過小評価し、共産党を労働者・農民組織に解消させ、左翼労働組合または労働農民党をもってそれに代行させようとする志望に帰着するものであった。この『経済主義的』、追随主義的、解党主義的傾向は、コミンテルン執行委員会において断固たる批判をこうむった」

「しかし、もう一つの傾向も、これにおとらず危険である。それは、とくに危険である。それは、大衆から切り離されていて、比較的に多数のインテリゲンチャを上部に持つ日本共産党にあっては、とくに危険である。この傾向の主要な罪過は、党のセクト主義的な性格を説き、『結合・分離（分離結合）』の理論（この理論によれば、党の統一は幾多の分裂をつうじてはじめてつくりだすことができるのである）を説いている点にある。（略）日本の一部の共産主義者は、日本の労働運動の現在の細分状態を打破するためにたたかおうとせず、労働者統一戦線、統一的な大衆諸組織のためにたたかおうとせずに、『結合・分離』の抽象的な理論を説いて、党を大衆から分離させ、労働者諸組織の分裂を説教している」（村田陽一編訳「資料集・コミンテルンと日本」第一巻〔大月書店〕所収）

ここにいわれている「二つの傾向」というのが前者は山川イズムであり、後者が福本イズムをさしていることはいうまでもない。

山川均から『文芸戦線』に宛てて「或る同志への書簡」が送られてきたのはこのようなときであった。山川への依頼原稿は四、五枚の随筆をということであったが、届いたのは、すこし前におこなわれた地方選挙の結果を「労農党の勝利」とした『無産者新聞』の総括にたいして、「凱歌をブルジョアジーに向かって掲げないで、労働者と農民とをその背後に有する民衆党と日労党と農民党に向かって掲げた」とし、『無産者新聞』のメンバーを「自称マルクス主義者」であって「最も明白な階級的良心の麻痺である」ときびしく批判する文章であった。

この山川の論文の掲載をめぐって「労芸」内の意見は真っ向から対立した。掲載を主張する青野季吉、葉山嘉樹、小堀甚二らにたいして山田清三郎、林房雄、蔵原惟人らが「労芸は山川イズムの団体ではない」として強硬に反対したのである。結局、『文芸戦線』編集責任者である山田の決断によって掲載は見送られることになった。そこで緊急の会合がもたれることになり、林、小川信一、小牧近江、前田河広一郎、里村欣三、山田、葉山、鶴田知也らは会場となった小堀の家に集まった。このときの模様を、はらてつしは「作家煉獄――小説葉山嘉樹」（オリジン出版センター）の中でこのように書いている。


「揃ったようだな」

ざっと顔ぶれを見まわしたあとで、葉山はいった。

「山田、お前はここで、山川さんの原稿をボツにした責任をとってもらおう」

はじめから気まずい空気の中で、葉山の声は威圧するように響いた。

「あれは文戦には載せられないよ」

気圧されたように、ぼそぼそと山田がこたえたすぐあと、葉山の巨体が立ち上がったのと、足元で横にはじかれた山田が横腹を押さえてその場にうずくまってしまったのと、殆んど一瞬の光景であった。

しばらくは息もできぬ苦しさに山田は呻いたが、見かねた小牧が山田のからだを抱えて横にするのを林がたすけ、小川は、山田の口に水をふくませた。

一度だけの制裁をくわえたあと、葉山はあぐらをかいて座ると、まだ怒りのおさまらぬ表情で腕組みをした。


これが葉山の制裁事件である。

「労芸」の分裂と「前芸」の結成

「労芸」の分裂はこの事件から数日後の一九二七年一一月一一日のことであった。演劇部の村山知義、佐々木孝丸以下三二名、美術部は全員、文芸部は山田、蔵原、藤森成吉、田口憲一、林、中野正夫、川口浩ら一四名、あわせて六〇名近くが「労芸」を脱退し、あらたに前衛芸術家連盟(「前芸」)を結成。残留組は、葉山、青野、前田河、金子洋文、今野、小牧、小堀、里村、平林たい子、鶴田、岩藤雪夫、黒島ら十数名である。「労芸」結成からまだ五カ月しかたっていなかった。

「労芸」の分裂によってプロレタリア文学運動は「プロ芸」、「労芸」、「前芸」の三派鼎立の時代を向かえることになった。三団体の声明を抜粋しておこう。

「労芸」は一一月一一日、いち早く声明を出し『文芸戦線』一二月号に掲載する。

「プロレタリア芸術連盟との分裂当時の我々の陣営内に、尚少数のプロレタリア芸術的小ブルジョア分子の残存していたことは、当時としては又止むを得ないことであった。然るに、その後それらの分子は次第に成長してわが連盟創立当時の中心的スローガン――無産者階級芸術運動内における小ブルジョア革命主義――の排撃を無視するのみか却って彼等自身が小ブルジョア革命主義的要素となり終った。(略)彼等は形式的には絶対多数派であった。なぜかならば、連盟を構成する各部の中で最も多数の部員を擁する演劇部に彼等は根を下ろしていたからであった。(略)多数を擁する彼等は総会に於て多数決によって一挙に分裂を決行せんとした。我々は少数派としてあらゆる隠忍と犠牲を忍んで、彼等の分裂政策に反対して来た。然るに本日彼等は突如脱退を通告して来たのである。(略)彼等はどこへゆくのか? かつては、否、十日前迄は犬猿の如く罵り合っていたプロレタリア芸術連盟と何等かの形式と方法とにより合同せざるをえないことは、これはわがプロレタリア芸術運動の発展が余儀なくする必然であろう。我等は労農芸術連盟創立当時の精神と決意に、あらたなる勇気を加え彼等を排撃してゆくであろう。而して我等の運動の実際は、我々の光輝ある機関誌（文芸戦線）に於て展開されるであろう」

一方、「前芸」は一一月一二日に創立大会を開き、その声明の中でこのようにのべる。

青野季吉を筆頭とする「労芸」の折衷主義者たちは「口にプロレタリア芸術を称えつつ本質的には小ブルジョア作家と堕し去っていた」とし、「反政治主義的芸術家」として前田河広一郎、葉山嘉樹を名指しで批判し、さらに金子洋文、今野賢三、小牧近江らは連盟を折衷主義者の指導下におくための反動的ブロックをつくりあげたとする。

その「陰謀遂行の第一策として、先ず折衷主義者の頭目山川均の論文（その内容は、悉く、左翼に対する中傷、慢罵、虚構の羅列である）を持ち出して、編集会議に奇襲を試み、一種のクーデターによって、該論文を連盟の機関誌『文芸戦線』誌上に掲載させようとした」。我々はこの論文を撤回させたが、これをきっかけに両派の対立は表面化することになり、衝突をひきおこした。なんとか分裂を避けようと努めたにもかかわらず、彼らは「左翼分子への威嚇、切り崩し、個人的中傷、左翼運動全般に対する誹謗慢罵」をおこない、暴力までふるうようになった。こうなった以上、「芸術運動に頭をもたげた折衷主義者最後の藻掻きを徹底的に打破する唯一の道は、連盟の実質的指導分子及び、構成要素であった左翼分子及びその支持者が、総脱退を決行する」ほかに方法がなくなったのである。折衷主義者とたもとを分かった我々は直ちに「前衛芸術家連盟」を結成し、機関誌『前衛』を創刊する。

「前芸」の成立は真実の無産階級芸術家団体の確立を意味するとし、「声明」はつぎのようなことばで結ばれる。「今や醜き一塊の屑籠となり、一連の折衷主義者、反政治主義芸術家、及び所謂文壇的ブルジョア作家共の、陰謀奸策の策源地と化し去り、彼等が相寄って怪しげな民衆欺瞞の呪文を称える伏魔殿となり果てた『労芸』及び『文戦』を、無産階級運動の戦列より、徹底的に駆逐する為、一切の力を挙げて、彼等と飽くまで闘争すること、これ、我が同盟に課せられた当面の最も重大な任務の一つである。全国の同志諸君、来たりて我等を支持し、我等の戦いとして最後まで戦い抜かしめよ！」。

「プロ芸」は一一月一四日、「労農芸術家連盟の分裂に関して我等の態度を表明する」を『プロレタリア芸術』一二月号に発表、「前芸」支持を明らかにした。

「その内部に幾多の矛盾と対立を孕んで来た労農芸術家連盟は終に分裂した。（略）本年六月、青野季吉一派の意識的折衷主義者がわが日本プロレタリア芸術連盟から駆逐されて労農芸術家連盟を結成させた時、それはその結成の機械的なあわただしさの故に雑多な要素を夾雑物として内包した。労農芸術家連盟及び雑誌文芸戦線はかかる要素を内包しつつわが無産階級の政治的台頭を阻む山川均、北浦千太郎等一握りとの緊密な連絡の上に、全無産者運動への参加を拒否し続け、ここに自らの中に、意識的折衷主義の一屯営を設定しようとするに至った。文芸戦線十一月編集会議への青野一派による山川均論文の持ち込みの如きは、彼等意識的折衷主義者の陰謀の一露呈に過ぎない。（略）労農芸術家連盟を左右する青野一派の意識と共にこの対立は決定的となった。今回の労農芸術家連盟の分裂、前衛芸術家同盟の成立は、かくて組織体労農芸術家連盟を介してわが無産階級の政治的戦列を攪乱しようとする意識的折衷主義者の積極的進出に対して、そこに必然に生産されて来た反発的要素の奮起であったのである。今回の分裂の必然性がここにあり、それの階級的意識がここにある。（略）前衛芸術家同盟は意識的折衷主義に向かってますます進撃せよ！　我等の全戦列より意識的折衷主義を駆逐するべき現在の瞬間に於ける最も重要なこの闘争に於いて、わが日本プロレタリア芸術連盟は前衛芸術家同盟を支持するであろう」

（これらの声明は、「日本プロレタリア文学集」別巻「プロレタリア文学資料集・年表」に所収）

このように「前芸」とそれを支持する「プロ芸」は「労芸」の折衷主義をきびしく批判した。ここには、山川均らの労農派の影響下にあった「労芸」と「二七テーゼ」を認め、それにもとづく運動を展開しようとする「プロ芸」および「前芸」との政治的立場のちがいが明確に示されている。分裂後、「労芸」は『文芸戦線』一二月号に山川均の「ある同志への書簡」とともに、同じ労農派、猪俣津南雄の論文も掲載したのであった。

ちなみに、三団体の機関誌の発行部数は、山田清三郎によると、『プロレタリア芸術』三〇〇〇部、『前衛』六〇〇〇部、『文芸戦線』は八〇〇〇部であったという。

9章　「シベリア物」の名作と「穴」

「渦巻ける烏の群」

「労芸」の分裂に際して黒島伝治は少数派である残留組のひとりであった。なぜ留まったのか。このことについて文献的に明らかでないとしながら、浜賀知彦氏はつぎの点をあげている。作品の執筆がすすんでいたこと（この年の一〇月には初めての作品衆「豚群」が出版され、「渦巻ける烏の群」を書き終えたころである）、「プロ芸」の分裂から半年しかたっておらず気持ちの整理がつかなかったのではないか、用心深い性格のため、組織的に自分を決するより、しばらく様子を見たい、今は『文芸戦線』紙上に作品を発表していくことに重点をおきたいと考えたのではないか（「黒島伝治の軌跡」）。

ちなみに、稲垣達郎が『多喜二と百合子』第三号の座談会「プロレタリア文学運動にたおれた人びと(2)」（「日本文学研究資料叢書・プロレタリア文学」〔有精堂出版〕所収）の中で伝治の性格についてのべた中野重治と間宮茂輔のことばを紹介しているので引用しておこう。

「中野――（略）作家同盟に入ってからも、文戦にいた時でも、ちょっと違っていたね。どう違ったというのかな……つまり、大学やなんかに行った連中とは無論違う。それから労働者として工場で働いた経験をもって、組織運動をバリバリやってきた人たちとも違う。つまり、葉山や小堀甚二なんかとも違うし、僕らなんかともまた違うのだ。そして非常におとなしいんだね。しかし皮肉なところもあったんだね。口には出さんけれども、人の動きなんかは甚だリアリスティックに見てる。しかし悪党ではないからちょっとユーモラスなところがあった。人とちょっと違ってたな。

間宮――（略）人と違っていた。その違い方が、中野にもうまく言えないようだが、僕にもいえない。まあ、一種の大人……百姓でも富農か小地主的な味のある大人かね。無口でちょっと暗い感じだが、そうでもない。立場もね、ちょっと孤立、ともちがうが、独自だった」

この地味な性格や地道な生き方から見て、「労芸」を出て新しい組織である「前芸」で積極的に活動したいという気持ちもこの段階ではなかったのかもしれない。いずれにしてもその理由については推測するほかあるまい。

「労芸」に残った伝治は一九二八年の『改造』二月号に「渦巻ける烏の群」を発表する。この作品は「子供達は青い目を持っていた。そして、毛のすり切れてしまった破れ外套にくるまって、頭を襟の中に埋めるようにすくんでいた。娘もいた。少年もいた。靴が破れていた。そこへ、針のような雪がはみこんでいる」という、日本軍兵舎に残飯をもらいにくる子どもたちの描写で始まる。シベリアの寒さと貧しい子どもたちの姿が数行に凝縮された簡潔で見事な書き出しである。

彼らは、日本軍の駐屯地の近くに点在するロシア人の家からやってくるのだ。子どもたちと親しくなった松木、武石、吉永たち兵士は上官の目を盗んで彼らの家に遊びに行くようになる。「はてしない雪の曠野と、四角ばったレンガの兵営と、撃ち合いばかり」の単調な生活のため、シベリアにきて二年しかならないのに一〇年にも感じられる兵士たちにとって、貧しいながらもそれは家庭の暖かさを味わえるひとときであった。

松木はロシア人の娘ガーリャと親しくなり、この日も食べ物を手土産に彼女の家に行ったのだが、がっかりして兵舎に戻ってくる。ガーリャがどうしても家に入れてくれなかったのだ。

やがて「丘の家々は、石のように雪の下に埋もれてい」った。兵士たちは酷寒の中、パルチザンの襲撃にそなえ、歩哨に立たなければならない。飢えた狼が群れをなして襲ってくることもある。兵士たちは寒さとパルチザン、それに狼ともたたかわねばならなかったのである。そんな毎日を送る彼らにとっての楽しみは女と会うことだけであった。

吉永の所属する中隊にイイシへの出動命令が下る。鉄道と軍用列車をパルチザンの襲撃から守るためであった。吉永は「俺が一人死ぬことは、誰も屁とも思っていないのだ。ただ自分のことを心配してくれるのは、村で薪出しをしているおふくろだけだ」と投げやりな気持ちになる。

酒保から砂糖や煙草を買いこんだ松木は深夜、先日は入れてくれなかったガーリャの家を訪れる。「今晩は、――ガーリャ！」。窓の外で叫んでいるとき雪がとんできた。投げたのは武石だった。彼は「誰かさきに、ここへ来たものがあるんだ」と言いながら家の中を指さす。先客がいたのだ。二人は耳をすました。サーベルの音が聞こえる。しばらくして窓のそばにガーリャが現われ、大隊長の少佐がきていたことを告げる。彼は勝手口から出て行ったが、兵士たちがここにきていることを知り、「屈辱と憤怒に背が焦げそう」になる。帰りかけた大隊長はまた戻ってきて窓からのぞきこむ。中では二人の兵士がテーブルに向かい合って座っており、ガーリャの顔は上気し「薄荷のようにヒリヒリする唇が微笑している」ではないか。その光景を見た少佐は嫉妬のため怒鳴りつけようとしたが、やっとのことでこらえると連隊へ戻って行った。そしていきなり副官に不時点呼を命じ、もしおくれる者がいたら、その中隊を第一中隊の代わりにイイシの守備に行かせることをつけ加えた。

イイシへ向かう中隊の様子はつぎのように描かれる。

一隊の兵士が雪の中を黙々として歩いて行った。疲れて元気がなかった。雪に落ちこむ大きな防寒靴が、如何にも重く、邪魔物のように感じられた。

雪は、時々、彼等の脛にまで達した。すべての者が憂鬱と不安に襲われていた。中隊長の顔には、焦慮の色が表れている。

草原も、道も悉く雪に蔽われていた。

枝に雪をいただいて、それが丁度、枝に雪がなっているように見える枯木が、五六本ずつ所々に散見する外、あたりには何物も見えなかった。どこもかしこも、すべて、まぶしく光っている白い雪ばかりだった。そして、何等の音も、何等の叫びも聞こえなかった。ばりばり雪を踏み砕いて歩く兵士の靴音は、空に呑まれるように消えて行った。

彼等は、早朝から雪の曠野を歩いているのであった。彼等は、昼に、パンと乾麵麭をかじり、雪を食ってのどを湿した。


斥候に出ていた松木は、道がわからなくなったことを中隊長に告げる。彼は武石とともにロシア人の女の家に行った報復として斥候という危険な任務につかされていたのだった。道に迷ったことに気づいた中隊長は、案内役のロシア人を疑ったり、イイシ行きを命じられたのは松木たちのせいだと八ツ当たりする。方向がわからないまま中隊は「丘の上を蟻のように遅々としてやって来ていた。それは、広い、はてしのない雪の曠野で、実に、二三匹の蟻にも比すべき微々たるものであった」。

「白い夕暮」が迫ってくる。このまま歩きつづけたら全員凍死してしまうだろう。何のためにシベリアに来たのか、だれがそうしたのか、という疑問さえわいてこない。そんなことを考える気力さえなかったのだ。ただ、死にたくない、早くこの雪の中からのがれたいということしか頭になかった。だが行けども行けども雪のじゅうたんが広がっているだけだった。斥候に出され疲れ果てていた松木と武石が倒れた。松木は「眠るように、意識を失」い、その「四肢は凍った」。そして、やがて、からだ全体が固く棒のように硬ばって動かなくなってしまった。その情景はつぎのように描かれる。


……雪が降った。

白い曠野に、散り散りに横たわっている黄色の肉体は、埋められて行った。雪は降った上に降り積もった。倒れた兵士は、雪に蔽われ、暫らくするうちに、背嚢も、靴も、軍帽も、すべて雪の下にかくれて、彼等が横たわっている痕跡は、すっかり分からなくなってしまった。

雪は、なお、降りつづいていた。……


春が来た。

太陽は雲間からにこにこかがやきだした。枯れ木にかかっていた雪はいつのまにか落ちてしまった。雀の群が潅木の間をにぎやかに囀り、嬉々としてとびまわった。

鉄橋を渡って行く軍用列車の轟きまでが、のびのびとしてきたようだ。

積もっていた雪は解け、雨垂れが、絶えず、快い音をたてて樋を流れる。


こうしてシベリアにも、降りつもった雪がとけ春がくる。だが、あの中隊はどこへ行ったのかわからない。ある日のこと、村の警備に出ていた兵士が、銃の先に背嚢をひっかけ肩にかついでいるロシア人に出会う。銃も背嚢も日本兵のものではないか。どこで手に入れたのかたずねると、「あっちだ。あっちの雪の中に沢山落ちとるんだ。……兵タイも沢山死んどるだ」。

翌日、中隊が「烏が渦巻いている空の下へ出かけて行」くと、「雪の上に群がって、貪欲な嘴で、そこをかきさがしつついていた」。兵士たちが近づくと、烏は「雲のように空をまい上がった」。そこにはつぎのような光景があったのである。

半ばむさぼり啄かれた兵士達の屍が散り散りに横たわっていた。顔面はさんざんに傷われて見るかげもなくなっていた。

雪は半ば解けかけていた。水が靴にしみ通ってきた。

やかましく鳴き叫びながら、空に群がっている烏は、やがて、一町ほど向うの雪の上へおりて行った。

兵士たちは、烏がつついている場所を目当てに死体をさがしつづける。烏ははるか「一里も二里も向うの方まで、雪の上におりながら逃げて行」く。

なんと切なく、残酷な結末であろう。まるで映画のラスト・シーンを見るようである。兵士たちを無残な死に追いたてた戦争の苛酷さと帝国軍隊の非情さを象徴するような光景である。文字通り「渦巻ける烏の群」によって食いちぎられる屍……地獄絵を見るようだ。その烏を追い払う兵士たちへの作者の思いが切々と伝わってくる。この場面を描くために伝治はこの作品を書いたのではないかとさえ思いたくなる。厭戦小説の域をはるかにこえた反戦小説の一つの到達点を示す秀作といっても決して過言ではない。「雪のシベリア」や「橇」をしのぐ作品である。

「電報」、「二銭銅貨」、「豚群」を「初期の黒島の代表作であるばかりでなく、初期プロレタリア文学全体の代表作として、今日なお新鮮さを失わぬもの」（岩波文庫「渦巻ける烏の群・他三篇」解説）と評価した壺井繁治は「彼の数多い反戦小説のなかでも（略）とくに『渦巻ける烏の群』は彼の反戦小説として第一等の傑作であるばかりでなく、恐らく戦前までの日本の反戦小説中でも第一位に推すにあたいするものではないかと思われる」としてつぎのように指摘している。

「第一に作品そのものの構成がしっかりしていて、いささかのくるいもないこと、打つべきところにちゃんと鋲が打ちこまれて、すこしのゆるみもないこと、第二にここに描きだされている現実をみつめる作者の眼が、浮ついたところがなく、冷徹に澄みきっていること。しかもその眼の底には怒りが燃えていること、要するに作者がこの題材とテーマとを完全に支配しきっているということである。しかも題材とテーマとのレアリスティックな追究のなかに、自然と人間との姿を読者がじかにそれにふれたと同じようにいきいきした形象性をもって浮き彫りにしているとともに、題材とテーマの執拗な追究のなかから自然に広がってゆく叙事詩的なスケールの大きさと立体性が、読者に忘れがたいほどの重量感をあたえる。彼の筆はすこしの誇張もなしに、広大な雪のシベリアへひっぱりだされた兵卒の胸の中まで深くはいりこんでいる。雪に閉じ込められたシベリアの曠野の兵営生活のやりきれぬような退屈さのなかで、遠く故国のことや家庭のことを思い、人間的情感に焦がれて胸をうずかせる炊事係の一等兵吉永、松木、武石たちに注がれる作者の愛情は、文学的表現を通じての魅力をもって読者をとらえるに充分である」（同解説）

また小田切秀雄は「結末などの無造作でいて無駄のないリアリスティックな自然描写は、ともすれば抒情的な誇張に走ってしまう危うさも孕みながら、きわめて着実なたしかさで迫っていって作品そのもののスケールを大きくするまでにいたっているのである」と作品の結末の描写を評価している（「黒島伝治小論」、『新日本文学』一九四九年九月号）。

中村光夫は「日本の現代小説」（岩波新書）の中で、「始めて『文芸戦線』にのせた短篇『銅貨二銭』は農村を扱ったものですが、志賀直哉の筆致を学びながら、貧農の子の事故死を描いて、貧しさの悲劇をあざやかに読者に感じさせ、独歩に比肩し得る短篇技術を示しています」と伝治の農民小説を評価しながら、「シベリアを舞台とした『渦巻ける烏の群』、済南事件を題材とした『武装せる市街』の二つは彼の代表作でしょう。いずれも反戦小説ですが、筆致の荒々しさが、題材のどぎつさとよく調和して、独自の効果をだしています」と書いている。

最後に文体についてふれておきたい。

冒頭の部分もそうであるが、そのたたみかけるような過去形をつかった簡潔で力強い文体は印象的である。終章の部分から引用しておこう。


丘の左側には汽車が通っていた。

河があった。そこには、まだ氷が張っていた。牛が、ほがほがその上を歩いていた。

右側には、はてしない曠野があった。

枯木が立っていた。解けかけた雪があった。黒い烏が、空中に渦巻いていた。

「穴」

奇妙な題名の作品「穴」(『文芸戦線』一九二八年五月号)は戦地での偽札事件を題材にしたものである。ウスリイ鉄道沿線の陸軍病院に勤務する兵卒の栗島は憲兵伍長に呼び出される。彼が出した五円札が偽札だったというのである。この病院では、五円六〇銭の月給の中から一円ずつ強制的に貯金させられることになっていた。栗島はもらった給料の五円札を小使に頼んで野戦郵便局に持って行ってもらい、四円のつり銭をもらったのだったが、そのときの五円札が偽札であることを郵便局員が発見したのである。それはきわめて精巧につくられており、栗島などがつくれるようなものではなかったが、所持していたため嫌疑がかけられることになったのだ。

この小使は、「過去に暗い経歴を持っている。そのために内地にいられなくて、前科者の集まる西伯利亜へやってきたような男だった」。郵便局に持参したことで疑われることを心配した彼は大きな声で弁解がましく言った。「この札は、栗島という一等看護卒が出したやつなんだ。俺はちゃんと覚えとる。五円札を出したんは、あいつだけなんだから……」。局長が出てきて「だれが出した札なんだって？」と言うと、小使を見た。自分が疑われては困ると思って「平生からはっきりとしない点がある」男だと栗島のことを話す。それは、いかにも犯人が栗島であるかのように聞こえた。このことがすぐ病院へ伝わり、憲兵がやってくることになったのである。

病院の事務室で憲兵の訊問が始まった。「この札は、君が出したやつだろう」と詰問する憲兵伍長に、どうだったか覚えていない、と言うと、憲兵上等兵の監視のもと、事務室に閉じこめられてしまった。机の上では、栗島の持っていた「町の女の写真が大きな目を開けて笑っていた」。上等兵は、自分も街へ遊びに行っているくせに、写真を見ながら冷笑しているのだ。この写真をポケットから出したとき、あの伍長は言ったものだった。「こいつにもなかなか金を入れとるだろう。……偽札でもこしらえなけりゃ追っつかんや」。まるで偽札の犯人はおまえだと言わんばかりだ。栗島は反論しなかった。いつかは真犯人がわかると思ったからである。とはいえ、この憲兵が性病にかかって内緒で病院にきたときは「頭を下げ、笑顔を作って、看護卒の気嫌を取るようなことを言」ったことを思い出すと、手のひらを返したような今の横柄な態度に腹が立った。

憲兵たちにとって偽札が何百枚流通していようと、それは問題ではなかった。問題なのは、それがたとえ一枚であっても発見されたことである。何枚流通していようと、発見されなければ事件にはならないが、一枚でも見つかった以上、放っておくわけにはいかない。放っておけば進級に影響するからである。軍隊内では正邪善悪より、自分の進級や栄転にかかわるかどうかが重大なことであったのだ。また、憲兵たちにとって、真犯人がわからなくても「犯人らしき者」を挙げれば任務を遂行したことになるのだった。ここに軍隊の形式主義と出世主義、さらにそれがもたらす退廃への作者の痛烈な批判があると私は読みたい。

一週間ほどたったころ、栗島は憲兵隊へ連行された。連れこまれた部屋にはいってきた曹長は向かい合って腰をかけた。この若い曹長は栗島に、ロシア語はどのくらい話せるか、除隊したらどんな仕事をしたいか、この村に知り合いがいるかなどと事件に関係のないことをたずねたり、自分は普通文官試験を受けようと思っていることなどをしゃべったりした。そこへ通訳がひとりの朝鮮人を連れてはいってくる。顔の平べったい、鮪髭をはやしたこの老人は、垢で汚れ阿片の臭いをさせている。老人が椅子にかけると曹長も通訳も出て行き、部屋には二人が残された。栗島はロシア語で話しかけたが通じない。老人は「不可解げに頸をひねって、哀しげな、また疑うような眼で、いつまでもおずおず彼を見ていた。彼も、じっと老人を見た」。

栗島はなぜ連れてこられたかわからないまま兵舎に帰された。同年兵の松木によると、犯人は朝鮮人で、それを見つけたのが月三〇円で雇われた同じ朝鮮人の密偵だったという。栗島には、憲兵隊に連行されたあの老人が犯人ではないかと思われた。

その穴は「谷間の白樺のかげに」掘られている。まだショベルを持ったままの兵卒たち一〇人ほどがそのそばにいた。そこをひとりの将校が軍刀の柄に手をかけながら歩きまわっていた。そこへ憲兵に追い立てられながら朝鮮人がやってきた。やはり、あの老人ではないか。その「表情は、次第に黒くなった。目尻の下がった、平べったい顔。陋屋と阿片の臭い。彼は、今にも凋んだ唇を曲げて、黄色い歯糞のついた歯を露出して泣きだしそうだった」。

「伍長殿」、栗島は皮肉をこめて言った。「どっか僕が偽札をこしらえた証拠が見つかりましたか?」、「このヨボが僕に札を渡したって言っていましたか」。伍長は「犯人はこいつにきまったんだ。何も言うこたないじゃないか」と答えるが、上等兵は「なあに、こんな百姓爺さんが偽札なんぞようこしらえるもんか! 何かの間違いだ」と否定した。伍長にとって真犯人でなくともだれかを犯人に仕立て上げればよかったのだ。

白樺の木の下に掘られた穴の前に立たされた老人の眼は「俺は殺されたくない。いつ、そんな殺されるような悪いことをしたんだ！」、「朝鮮人だって、生きる権利は持っている筈だ！」と言っているようだった。だが、容赦なく軍刀は光った。

軍刀が引きぬかれ、老人の背後で高く振りかざされた。形而上的なものを追おうとしていた眼と、強そうな両手は、注意力を老人の背後の一点に集中した。

老人はぴくぴく動いた。

氷のような悪寒が、電流のように速やかに、兵卒達の全身に走った。（略）

老人は、切断された蜥蜴の尻尾のように穴の中ではねまわった。彼は大きい、汚れた手で土を無茶くちゃに引き掻いた。そして、穴から外へ盲目的に這い上がろうとした。「俺は死にたくない！」彼は全身でそう言った。

這い上がってくる老人を伍長は穴の中へ蹴落とした。肩を一尺ばかり斬られ、血だらけになった老人は穴の中で跳ねまわった。将校は試し斬りのためにやったのだがあまり斬れなかったのである。テレかくしに苦笑しながら彼は、このまま埋めてしまえと命じる。土はまだ生きている老人の上になだれ落ちていき、小山のように盛り上げられた。

シベリアではこのようなできごとは「ほんの些細な、小事件」であり、パルチザンの出没や鉄道の破壊、部隊の移動など多忙な中でいつしか忘れられていく。

やがて給料日がきた。五円なにがしかの金を受け取った兵士たちは街に遊びに行けると思っていたが、彼らの手に渡ったのはすべて偽札だったのである。この偽札は「西伯利亜の曠野を際限なく流れ広まっていった」のだった。

「穴」はなんとも残酷なできごとを題材にした作品である。だが、それはシベリアの戦場では「ほんの些細な、小事件」でしかなかった。日本の軍隊にとって朝鮮人の虐殺など「いつしか忘れられてしまう」程度のことでしかなかったのである。精巧な偽札などつくれるはずのない老人だとわかっていてもだれかを犯人に仕立て上げなければならない。憲兵にとってそれができなければ職務怠慢となり、昇進にさしつかえることになる。阿片中毒の老人がその生贄になったのだ。軍隊の形式主義と軍人の保身の犠牲にされたのである。

老人が生殺しのまま埋められる場面は凄絶である。この様子を見ながら「いつまでも太股がブルブル慄えるのを止めることができな」い栗島たちと、平気で土をかけることを命じる将校との対照も、日本軍隊の本質の一端を示したものといえよう。

犯人であるはずのない老人が殺されたあと、兵隊がもらった五円札がすべて偽札であるとは何と皮肉なことであろうか。その札がシベリアの曠野に広がっていく。日本軍の攪乱を狙った抵抗と読むこともできるだろう。「橇」や「渦巻ける烏の群」のようなスケールの大きさや広がりを持つ作品ではないが、偽札事件という特異なできごとを通して、軍隊の形式主義とそれがもたらす非人間性をきびしく告発した反軍小説である。

10章　蔵原惟人の統一戦線提唱から「ナップ」へ

統一戦線結成の呼びかけ

「労芸」と、そこから脱退し、「二七テーゼ」の示す方向をめざす「前芸」およびそれを基本的に支持する「プロ芸」との対立状態にあったプロレタリア芸術運動の統一戦線結成を呼びかけたのが蔵原惟人の論文「無産階級芸術運動の新段階」（一九二八年一月『前衛』創刊号）であった。

蔵原はすでに一九二七年六月号の『改造』誌上で「プロレタリア文芸運動なるものは最近に至って甚だしい混乱状態に陥った」として、その原因を「日本無産者文芸連盟」に代表されるアナーキズムの傾向と、文芸運動を狭義の政治的行動に極限しようとする「観念的左翼の進出」にあると批判し（「いわゆるプロレタリア文学運動の『混乱』について」）、また一九二七年九月号の『文芸戦線』誌上でも「マルクス主義批評の基準」と題してプロレタリア文学運動の「正しい発展」を説いていた。

「芸術の大衆化と全左翼芸術家の統一戦線へ」という副題のついた「無産階級芸術運動の新段階」で蔵原は「一九二六年の末から二七年の末にかけてのわが国無産階級芸術運動は、まことにあわただしい分裂を通して展開してきた。すなわち、一九二六年の末に日本プロレタリア文芸連盟からのアナーキストの分裂があり、翌年五月には労農芸術家連盟が日本プロレタリア芸術連盟から分裂対立し、さらに同年十一月には労農芸術家連盟内の過半数が同連盟を脱退して、ここに新たな前衛芸術家同盟が組織された。かくして今我々の前には自らを無産階級的と名づけつつあるところの五つの基本的芸術団体――日本無産派文芸連盟、労農芸術家連盟、プロレタリア芸術連盟、社会芸術家連盟および前衛芸術家同盟が存在している」という書き出しで統一戦線結成を呼びかけた。彼は無産階級芸術運動が当面している二つの任務についてつぎのようにのべる。

「我々は決して我々の芸術を大衆に押し売りする権利を有しない。大衆もまた我々の芸術を読みまた見る義務はないのだ」。しかし一方において我々の運動は前衛の運動から大衆の運動へと広がりつつある。したがって芸術運動も少数の「意識的分子」を相手にしたものから大衆を相手にするものにならなければならない時期にきている。そのためにはどんな芸術をつくり出さなければならないか。それについてレーニンはつぎのような明快な回答をあたえている。

一、大衆に理解されること

二、大衆に愛されること

三、大衆の感情と思想を結合し、これを高めること

この三点である。

では、このような作品をつくり出すためにはどうしなければならないのか。それにはまず「生きた大衆の姿」を描くことである。ここで大衆というのは抽象的な概念のそれではなく、また大衆「全体」でもない。労働者、農民、小市民、兵士等はそれぞれ特殊な感情と習慣と思想を持つ階級、階層、さらにその階層の中の小さい層、そしてそれぞれ異なった個性を有する個人から構成されている。だから我々は「異なった層に属し、異なった個性を有する人間としての大衆」を描かなければならない。この「個々」を描くことによってはじめて大衆を描くことになるのである。

しかし現状を見ると大いに不満を抱かざるをえない。生きた個々の大衆のかわりに「現段階の一般的規定からの論理的結論としての大衆」、つまり「かくあるべし」という大衆しか描いていない。これは、芸術家とし

ての態度でも、またマルクス主義者の姿勢でもない。もしこのような道を歩みつづけていくなら、大衆はわが無産階級芸術からはなれてしまうだろう。

我々は、プロレタリア的階級意識につらぬかれた、しかも大衆がそれぞれの「特殊性に適応した」芸術を創造しなければならない。いいかえれば、イデオロギーをしっかり持ちながらも、あらゆる「自然発生的、労働者的、農民的、小市民的芸術的形象」を拒否してはならない。

つぎに重要なことはブルジョア芸術との闘争である。これまでの無産階級芸術運動の中において、ブルジョア芸術との闘争が組織的、統一的におこなわれなかったのはなぜか。それには二つの理由がある。一つは我々の陣営の力量不足であり、もう一つはブルジョア芸術との闘争を軽視する傾向があったことである。このため、我々の主体的条件がととのわなかった。しかし今や徹底的にブルジョア芸術との闘争を展開しなければならないときにきているのだ。そのためには、まずブルジョア芸術理論を克服しなければならない。ブルジョア芸術家たちは「芸術は芸術であって、それより他の目的のために行使さるべきものではない」という。この理論は我々の芸術論と対立するだけでなく、革命期のブルジョア芸術理論とも異なっている。したがって我々は「後者を彼等の意見と対立させることによってもその理論を克服することができる」のだ。

つぎに、ブルジョア芸術理論のもう一つの特徴であるところの「超階級性」であるが、これもマルクス主義芸術理論でもって打ち破ることができる。しかしここでだいじなことは、ブルジョア芸術を十把ひとからげにしてはいけないということだ。今日のブルジョア芸術に「多くの分化」があることを見なければならない。そこには「動揺しつつある小ブルジョア分子」がいることに注目すべきである。彼らはその社会的位置によっては時に革命的傾向さえもつ。我々はこれらの傾向をたすけ、次第に彼らを革命運動の「ポプートチカ」（随伴者）にしていかなければならない。決してこれらの小ブルジョア的分子と反動的芸術家とをいっしょくたにしてはいけないのだ。

ブルジョア芸術との闘争の第三の、しかしもっとも重要な課題はプロレタリア作家が「その完成度においてブルジョア芸術を凌駕するごとき、少なくともそれと匹敵しうるごとき作品」をつくり出すことである。もともとブルジョア芸術の克服ということは、その影響下にある大衆をプロレタリア芸術の下に奪いかえすことであるからだ。そのために「全左翼芸術家の統一戦線」が必要である。

表現の自由獲得と「帝国主義戦争に対する闘争を、最も広範に、最も効果的に実行するために我々は全左翼芸術家の統一戦線の必要に迫られている」。我々はあらゆる困難を排してこれを成しとげなければならない。ではその方法とは何か。真の統一戦線とは何か。さきにあげた三つの基本的芸術団体を機械的に合同させればよいのか。否、である。

異なった組織と運動方針とをもっている団体を合同させることは不可能であるし、かりにそうしても各自の機能を鈍らせることにしかならないだろう。そうではなくて、これらの「芸術団体のすべてを包含し、しかもこれら諸団体の外にあるところの永続的なる左翼芸術団体統一連合の組織」をつくることをめざさなければならない。そのためにつぎの条件を提示する。

一、現在無産階級芸術団体を中心として農民芸術家団体、左翼的小ブルジョア芸術団体のすべてを含む。

二、統一連合に加盟せる各団体はその組織的ならびにイデオロギー的独立を保持する。

蔵原はこのように提案しながら、最後に「我々はこれを提出して現存せる無産階級芸術団体にはかりたいと思う。そしてこれは我々のいずれもが切望しているところの統一戦線を遂行するための最も合理的な方法である」と結んでいる（『蔵原惟人評論集』第一巻〔新日本出版社〕所収）。

日本左翼文芸家総連合の結成

蔵原のこの提唱を契機にプロレタリア芸術運動団体の統一戦線結成は急速にすすんでいった。まずこの提唱を「プロ芸」が受け入れ、さらに「闘争芸術家連盟」（山下一郎、吉永祐、杉井滋夫らが一九二八年一月に創立、二月より『闘争芸術』を発行）が賛意を表明。そのほかにこのころの無産階級芸術団体として、「全国芸術同盟」（村松正俊、金子益太郎、松本淳三らが中心となり一九二七年一一月に創立、機関誌は『第一戦線』）、「左翼芸術同盟」（アナーキズムからマルクス主義に方向転換した壺井繁治、それに三好十郎、上田進、明石鉄也、高見順らが加わって一九二八年二月に結成、機関誌は『左翼芸術』）、「日本無産派文芸連盟」（江口渙、内藤辰雄、越中谷利一、細野孝一郎らがメンバーで、『解放』、『尖鋭』を発行）、それに「農民文芸会」（石川三四郎、犬田卯、和田伝、加藤武雄、中山義秀、黒島伝治、山川亮らが一九二七年秋に創立、機関誌は『農民』）などがあった。

蔵原の提案は、前述のようにこれらの団体が合同して一つの団体になるというのではなく、それぞれの団体とそれに参加している個人の思想的な独立性は保っていくというものである。

五回の準備会が持たれたのち、一九二八年三月一三日に創立大会が開かれた。参加団体は「前芸」、「プロ芸」、「全国芸術同盟」、「左翼芸術同盟」、「闘争芸術家連盟」、「日本無産派文芸連盟」、『辻馬車』（神崎清、長沖一、藤沢桓雄、中川六郎らが一九二五年、大阪で創刊した新感覚派運動の文芸誌。のちに武田麟太郎が加わり、しだいに左翼的色彩を強めていった）のメンバー、さらに個人加盟九名の計五四名が出席した。ちなみに参加者は山田清三郎「プロレタリア文学史」によると、つぎの通りである。

「前芸」川口浩、山田清三郎、蔵原惟人、中野正人、仁木二郎、本庄陸男、早川郁男、星川周太郎、本荘可

宗、石田茂
「プロ芸」窪川鶴次郎、浅利崇郎
「農民文芸会」佐々木俊郎、渋谷栄一、原田吟平
「全国芸術同盟」松本淳三
「闘争芸術家連盟」吉崎鉄五郎、杉井滋夫
「左翼芸術同盟」壺井繁治、明石鉄也、北村詩郎、上田進、西本喬
『辻馬車』武田麟太郎
「日本無産派文芸連盟」江口渙、内藤辰雄、金子益太郎、村井秀雄、柚木甫之、工藤恒、大月隆仗、田中憲二郎、桐本清三、堀江かど江、古川初枝、神山宗勲、越中谷利一、大河原浩、島田美彦、渡辺伍郎、中村次郎、島影盟、光成信男、木村春樹、細野孝二郎
〈個人加盟〉小川未明、山内房吉、大宅壮一、松本正雄、加藤由蔵、橋爪健、高橋誠次郎、秋哲夫（金親清）、森本巌

以上五四名が出席したが、「労芸」は趣旨には賛同し、準備会にも顔を出していたが、創立大会にはひとりも参加しなかった。これが今後のプロレタリア文学運動に大きな障害をもたらすことになる。ともかくここに「労芸」を除く無産階級芸術団体の大同団結が実現したのである。

大会宣言書の全文をあげておこう。

無産階級発展過程に於ける現在の状勢は、文芸の分野も、資本主義的文芸乃至イデオロギーに対する共同的な統率と抗争とを必要とするに至った。

従来吾国に於ける無産派文芸運動は、個々分立の状態にあって甚しくその抗争力を希薄ならしめていた

が、吾等ここに反資本主義文学の作成並にその組織的発表、及び反資本主義文学の上に加えらるる一切の障碍圧迫に対する闘争を開始すべく結成した。

今や世界に於ける資本主義的攻勢は、共同して意識的に全線にわたって吾等プロレタリアートに迫るに当り、吾人はひとり国内に於ける総連合を組織して之れと戦うのみならず、更に広く国際的に、ロシア其他各国無産文芸陣との連絡を企図するものである。

これ日本左翼文芸家総連合を結成する所以である。

右宣言す。

一九二八、三、一三

規約第二条には総連合の目的として、(一) 反資本主義文学の作成並びにその組織的発表、(二) 反資本主義文学の上に加えらるる一切の障碍圧迫との抗争を掲げている。

総連合は五月、「戦争の危機が全世界を蔽ふている。資本主義列強は、一方に軍備縮小を唱へながら他方に於ては戦争の為の熱病的準備に余念がない。(略) その前哨戦は開始された。世界は、欧州大戦の血未だ乾かない中に、再びあの惨澹たる戦渦の中に投ぜんとしつつある。しかも来るべき戦争は、必然に、国内無産大衆に対する狂暴なる搾取と圧迫とをともなひ来るであろう。——我々はあくまでこれと抗争し、一切の戦争に対する準備に反対しなければならない。(略) 我が日本左翼文芸家総連合は、その創立の第一の事業として、ここに創作集『戦争に対する戦争』を刊行する。ここに集められた創作は夫々異なった観点から夫々異なった材料を取扱っている。しかし、帝国主義戦争並びにその準備に対する熱烈なる抗議でありそれとの闘争への招きである点に於て、それは悉くその軌を一にしているものである」(「序に代えて」) として創作集「戦争ニ対スル戦争」を発刊。

これには、江口渙「馬車屋と軍人」、鹿地亘「兵士」、小堀甚二「パルチザン」、黒島伝治「橇」、村山知義「沙漠で」、里村欣三「シベリヤに近く」、島田美彦「兵と兵」、壺井繁治「頭の中の兵士」など一九一七年から二六年までの二〇編の小説が収められている。「序に代えて」でもいっているように「異なった観点から夫々異なった材料」をもとに書かれていて、初出誌も『解放』、『前衛』、『新潮』、『文芸戦線』、『新興文学』、『文芸春秋』、『プロレタリア芸術』などさまざまであるが、「反戦」、「反軍国主義」という一致点のもとに編集された創作集であった。

このころの状況についてかんたんにふれておこう。

一九二七年六月、日本は第一次山東出兵をおこない、七月にはコミンテルンによる「日本問題に関するテーゼ」（二七テーゼ）が出される。二八年には、共産党にたいする大弾圧（三・一五事件）、労働農民党・日本労働組合評議会・全日本無産青年同盟の解散、緊急勅令による治安維持法の改悪（死刑罪、目的遂行罪を追加）、全県にわたっての特高警察の設置など治安対策の強化が図られ、中国にたいしては第二次山東出兵、さらに済南事件（のちに伝治はこの事件を題材に「武装せる市街」を書く）をひき起こし、張作霖を爆殺するといった無法な行動を展開しており、戦争の危機が迫っていたのである。

三・一五事件と「ナップ」の結成

日本左翼文芸家連盟が誕生してプロレタリア芸術運動が統一への一歩をふみ出した二日後のことである。小林多喜二が、「ドカドカッと、靴のまま警官が合同労働組合の二階に、一斉にかけ上った！　組合員は一時間程前に寝たばかりだった。十五日には反動的なサアベル内閣の打倒演説会を開くことに決めていた。（略）ようやく二時になって、一先ず片付いたのだった。そこをやられた。七、八人の組合員は、いきなり掛蒲団を剥ぎとられると、靴で蹴られて跳ね起きた」と小説「一九二八年三月十五日」の中で書き、谷口善太郎がその作品「三・一五事件挿話」の中で「村山は久しぶりに我家に泊まると、赤ん坊の看護よりも疲れが一ぺんに出た。戦線を離れると革命戦士の心の緊張が緩む。彼は、病妻の心尽しに、馴れた自宅の床の中ですこぶる深い眠りに陥ったのだった。

と明け方近く――といっても三時頃かも知れぬ、物すごい音響を家の前方に聞いて目を覚ました。ハッと思って飛び起きた時はすでにおそかった。数人の刑事達は、蹴倒した表戸を踏み越えて泥靴のまま彼等の寝室へ躍り込んでいた。有無はなかった。彼は防衛する暇もなく寝巻のまま とり押さえられてしまった」と書いた三・一五の大弾圧の嵐が吹き荒れたのである。

一九二八年三月一五日未明、田中義一内閣は三一道府県で、共産党、労農党、無産青年同盟などの活動家の一斉検挙をおこない、一五六八名を逮捕し、拷問によって自白を強要、四八四人を治安維持法違反で起訴したのであった。

のちに、山本宣治は国会でこのときの拷問の実態を暴露するが、それによると、取調官は逮捕者の指のあいだに鉛筆をはさんでしめつけたり、床をなめさせるなどの拷問を加えた。また逮捕されたある婦人は、一五歳になる娘の前で目をおおいたくなるようなはずかしめを受けたという。

この一斉検挙によって日本共産党は組織の九割以上が破壊されるという大打撃を蒙った。三・一五事件はプロレタリア文学運動にも大きな衝撃をあたえ、統一戦線的組織をさらにすすめて組織そのものの統一を急速にうながすことになった。この未曾有の弾圧事件が、基本的な路線に大きなちがいのない「プロ芸」と「前芸」の分立を、もはやゆるさなくなったのである。もともと「プロ芸は、労芸から分裂した前芸との合同を推進することの方にむしろ熱心であった。日本左翼文芸家総連合の提唱にも賛成したが、総連合を一つのステップとしても『全無産芸術家連盟の如きものの形成』に向かうことが、プロ芸の当初からの構想であった。それは、総連合のような形態での『芸術運動の統一戦線』よりも、前芸との組織的合同を急ぐものであった」（津田孝「ナップ結成まで」、『民主文学』一九八八年七月号）のである。

三月二五日、「プロ芸」と「前芸」は合同声明を出し、「全日本無産者芸術連盟」（「ナップ」、Nippona Artista Proleta Federacio の頭文字をとってＮＡＰＦと略称）を結成した。この「合同に関する声明」は「密集せよ！汝プロレタリアの諸戦列！」と表紙に書かれた『戦旗』五月創刊号に掲載される。この共同声明の起草者は中野重治（プロ芸）と川口浩（前芸）であった。

我々日本プロレタリア芸術連盟及び前衛芸術家同盟は、ここに合同して一つの新たな組織全日本無産者芸術連盟を結成する。今日以後、永く孤立分散して戦はれたわがプロレタリア芸術運動は、その一切の精鋭を結集して、唯一のこの旗の下に戦はれるであろう。

思うにわがプロレタリア芸術運動は、わが無産者運動の展開に応じて、特殊に且つ目まぐるしく展開して来た。かつて、わが国唯一のプロレタリア芸術団体としての日本プロレタリア芸術連盟は、一九二七年六月、その指導理論に対する見解の相違を契機として日本プロレタリア芸術連盟と労農芸術家連盟とに分裂した。やがて同年十一月、当時急激な変転を見せたわが無産者運動の成長は労農芸術家連盟内に無産者運動そのものに関する政治的意見の対立を生み、これを労農芸術家連盟と前衛芸術家連盟とに分裂させた。労農芸術家連盟は最後に、その真実の政治的立場を社会民主主義に置くところの芸術団体として残り、全プロレタリア解放戦に於いて戦闘的マルクス主義の仮面を被る社会民主主義者の一屯営と化した。（略）わが無産階級は、必然にまたプロレタリア芸術戦線の急速な統一を要求し、わが両団体の合同を要求した。（略）第一回合同協議会以来三ケ月、わが労農階級に対して下された「三月の暴圧」の中にこの仕事を完成した。（略）

苦難の道は我等の前にある。この道を行くべき準備は成った。

我々はここに、我々の合同をわが無産者階級の前に新しき喜びと決意とをもって告げるものである。

全日本無産者芸術連盟万歳！　全無産者運動の統一戦線万歳！

一九二八年三月二十五日

「ナップ」は四月二十九日に創立大会を開き、正式に発足することになったが、その前に「左翼芸術同盟」、「闘争芸術家連盟」が合流、のちに「日本無産派文芸連盟」が加入する。ここにプロレタリア文学運動は、マルクス主義の立場に立つ「ナップ」と社会民主主義的立場の「労芸」の対立、いわゆるナップ・文戦並立時代となった。

マルクス主義の立場を明確にした統一組織の成立は、天皇制絶対主義政府の弾圧にたいする芸術運動の面からの抵抗と反撃を意味するとともにプロレタリア芸術運動自体にとっても画期的なことであった。また、機関誌『戦旗』の創刊は運動を飛躍的に盛り上げることになる。この誌名については、『戦列』、『プロレタリア』『前哨』などの案が出されたが、旧「前芸」の詩人、仁木二郎の提案により『戦旗』に決定したという。編集委員には蔵原惟人、中野重治、山田清三郎、鹿地亘、編集長には、当時プロレタリア劇場で照明の仕事をしていた弱冠二三歳の佐藤武夫が選出された。山田清三郎によると「旧団体の対立関係から公正に、超越しうる人であることが望ましく、またそのようにだれでもみとめる人であることから望ましかった」からだとのことである。

『戦旗』創刊号（一五六ページ、七〇〇〇部）には、蔵原惟人の評論「プロレタリア・レアリズムへの道」、立野信之「軍隊病」、森山啓「火」など六編の小説と、ファヂェーエフ「壊滅」（蔵原惟人訳）が並んでおり、「編集後記」では、「労働者農民戦線の統一も、一日と二日とに為され得るものではないであろう。それは、信念と敢為と自己犠牲とのなかにやうやくに築かれて行くのであろう」と決意をのべる。

小林多喜二、森山啓、佐田稲子、西沢隆二、武田麟太郎、本庄陸男、上野壮夫、槇本楠郎、鶴田知也などがプロレタリア作家として登場するのは、この「ナップ」成立の前後のことであると山田清三郎は記している。

11章 「氾濫」と再び「シベリア物」

「氾濫」

伝治の短編小説の中では比較的長い作品である「氾濫」（『文芸戦線』一九二八年七月号）は、つぎのような盆踊りの場面から物語が始まる。人びとは寺の広場へ集まってきた。

八月の夜は、さわやかに、透明に、落ちついて黒ずんで行った。遠く山際で稲妻がきらめいた。寺の広場には赤い提灯が群がり、篝火が燃えていた。火の粉がパチパチ飛んだ。そこの広場の一角だけは、空が赤く火事のように照りはえていた。

啓助がいくえに出会うのは、墓前に線香をあげ、畦道を引き返しているときであった。稲田の夜は静かである。啓助は暗闇の中で、いくえと手をつないで一晩中踊ったときのことを思い出していた。彼は二〇歳、彼女は一六であった。町のメリヤス工場で働いているいくえは盆と正月には村へ帰ってくるのだが、そのたびにやつれていく姿を見ると啓助はつらい思いにかられるのだった。工場で働くようになったのは家の借金のせいである。啓助は「盆がすむと、あくる年の盆が来るのを待った。そして翌年の盆を待」ち、二七歳になってしまったのである。小作料を三年分も滞納している彼には今年の米でも取れなければ到底結婚などできることではなかった。その米もやがて差し押えられてしまうことになる。

広場での踊りはますますにぎやかさを増していく。いくえは、連れてきていた従弟の手を取って踊りの輪の中にとびこんだ。啓助の前を「幾組もの男女が、肩を振り、分かれては、また手をつなぎながら、キリキリ廻って行きすぎ」ていく。輪の中には、町の工場などに働きに行っている多くの若い男女がいた。

そこに、万問屋の息子、喜作の姿を見つけた。女の着物をまとい、よろけながらやってくる。彼は人目もはばからず「薄い浴衣を通して、肉体の温度や、柔らかい皮膚の感触が殆んど直接的に感じられる、発育しきった匂い高い女の腰に抱きついた」。その女は「憐憫を求める捨てられた恋人のように」喜作ともつれ合っている。なんとそれは妹のお清であった。啓助はそれを見ると、妹を引きずり出したくなるほど腹が立った。小作人の娘と結婚する気など毛頭ない喜作に、妹はもて遊ばれているだけではないか。

村の中ほどの二階建ての家が、日用雑貨を売っている万問屋、喜作の父、半次郎の店である。半次郎は、日用品店を営むかたわら、高利貸し、穀物問屋もやり、地主の節目組の手代として小作地の差配も兼ねていた。この店の品物は粗悪なものばかりで、塩水のような醤油、薬品や水を混ぜた酒など平気で売り、値段も高かった。彼の妻、お作は信心深い女で、寺参りには近所の老人たちを誘い、店の駄菓子を振舞ったりしたため、それが半次郎への反感を薄めるのに役立つことにもなった。また、盆には手拭いをやることにしていて、これも村人たちの反抗心をやわらげるのに一役買っていたのである。

やがて「白い爽やかな夜明けが、いつか、灼熱焼くような日中に変って行」き、踊り疲れた人びとは「泥臭い溝の水が煮えかえり、悪臭を放っている稲田へ水を取りに出かけ」るのだった。炎天下の稲田は水が枯れ、亀裂さえできている。啓助は父と二人で水を汲んだ。盆で休んだ分だけ働かなければならない。百姓が休んでも太陽は休んでくれなかった。彼は百姓の仕事がつくづくいやになる。醤油工場で働いていたときには、たとえ労働時間が一〇時間であっても、一五時間働く野良仕事にくらべたらずっと楽だった。もっとも、村の若者たちが町に働きに行くのは、家計の足しにしたり、半次郎への借金の返済や利子の支払いにあてたりするためであったが、それだけでは足りず、食糧にしている麦を払わなければならない村人も少なくなかった。小作料の引き下げを要求したが容れられず、滞納は増えていくばかりである。

九月が過ぎ、一〇月がきて「軟い北風が陸から海へ毎日稲穂をそよがせて通」る季節になったときである。「半次郎から苅入れまでに昨年の地子を納めろちゅうってやって来たが」とだれかが啓助の家の前で言うと、そのまま去って行った。稲刈りの前までに小作料を納めろというのである。それを知ったお鹿婆さんは言う。「苅入れまでに地子を納めろたって、米も籾も有りゃせんが、苅入れてから始めて籾が取れるんじゃないか!」。父親の啓太郎によると、もし地子を納めないときは、お上に頼んで稲刈りを差しとめるというのだ。立毛差押えである。それは彼にとって「何か目に見えない悪霊が家の上から襲いかかってきたよう」に思われた。その声を聞いた妻の千代は言った。「どうしたんぞいの?」。千代は子どもを産んで、まだひと月もたたないのに田植えをしたため、からだをこわして寝ていたのである。お鹿は不平を並べたてていた。

啓助一家は稲刈りを始める。稲はまだ青かった。お鹿は、「青いとてだんない。しゃんしゃん苅れい!」、「逆さにして、なるに掛けときゃ、実は入って来るんじゃ」と言いながら稲刈りをつづけた。彼女には算段があったのである。それは、今日のうちにこの稲田を刈り取り、明日はもう一枚の田を刈り、稲束を家へ運びこむことによって、立毛差押えの前に少しでも多く収穫しておくということであった。千代も病気をおしてそれを手伝った。

そのとき、警官や人夫を連れた執達吏がやってきたのである。彼らは、お鹿や千代に稲刈りをやめさせようとする。「こら、苅るでない。やめろ! 苅っちゃいかん!」、「こら、苅るでない。畦へ出ろ!」。お鹿は「何事が起こったか理解できないような顔をして」言う。「なんでござりますか?」。このやり取りの場面はつぎのように描かれる。

「稲を苅るのが悪いんでござりますか？」
「早く出ろ！　苅っちゃいかんのだ！」
「この稲は、わし等が作ったのでござりますが、それを苅らさんというんでござりますか。」
「早くこっちへ出ろ！」（略）
「この稲を苅って米にせんと、家にゃもう食うものがないんでござりますが。」婆さんは繰りかえした。
「芋がちっとあるばかりで、麦もないし、六人の家内が食うものが無うて饉えにゃならんのでござりますが。」（略）
「苗一本植えるでなし、水一杓汲みこまん者が、こっちの稲を苅らさんやこし、ようも言えたこっちゃ！」お鹿は、髪が乱れ、襟頸からぬげそうになった着物をそのまま、つくらおうともせずに、そこらにいる人間に呪詛をあびせかけた。「お前さん方、誰の作った米を食うてそんなことが出来るんじゃ！　覚えとるがええ、今にそのむくいが来るんじゃ！」

畦へ引きずり出されても彼女はののしりつづけた。執達吏は人夫たちを使って稲田の四隅に杭を打たせ、縄を張りめぐらせてしまった。ほかの稲田でも百姓たちが稲を刈り取っていたが、執達吏たちの姿を見つけると、刈り取った稲束を持って逃げまわっていた。そこへやってきた半次郎は「これで助かった。これで助かった！」と言うと、執達吏たちにペコペコ頭を下げてまわった。こうして百姓たちの稲は立毛のまま差し押えられてしまったのである。それればかりでなく、刈り倒した稲にも手が出せなくなってしまった。秋が深まり、青かった稲がふくらんでも百姓たちはだまって見ているほかはなかった。これまでの苦労が水泡に帰してしまったばかりでなく、餓死せよということにひとしかった。

彼らは集会を開いた。その中で、差し押えたものは競売に付さなければならないことになっている、このきまりを逆手に取ろうということになった。競売をやる日に、その周りを取り囲んで、地主や半次郎が入札にやってきたら追い払い、自分たちが安く落札しようというのである。競売の日がきた。彼らは競売場になっている寺の広場に集まっていたが、いつまで待っても始まる様子は見えない。勝手に延期されていたのだ。

一週間がたった。そのとき、差し押えた田の稲を刈り取るために半次郎が多くの人夫を集めているとの情報がはいる。しかも時価の十分の一で買い取ったというではないか。お上とぐるになってのやり方に村人たちの怒りは一気に高まっていった。半次郎の店がその怒りの標的となる。店のガラスを割り、投石しながら彼らは叫んだ。「半次郎を引っぱり出せ!」。戸をたたき破り、中にはいると、「人々は先を争って、そこらにある煎餅や、南京豆や、椎茸などを手あたり次第に摑み取って、懐へねじこんだ。酒樽の呑口が引きぬかれた。彼等は冷たい酒を貪りのんだ」。彼らにとって、いまこそ日頃のうらみを晴らすときだったのである。「なむあみだぶ。なむあみだぶ」。二階ではお作がおびえながら念仏を唱えている。「喜作はどうした。警察へ走ってくれたかなァ?」。半次郎は押入れの中からふるえ声で聞いた。

集会におくれてきた啓助が「どうするかきまったかな?」とたずねると、「何もせずに、泣き寝入りじゃ!」と言う。隣村から加わった安右衛門が暴力には反対しているからだ、というのがその理由だった。この近郊の村では農民運動の草分けであり、彼の意見に反対するわけにはいかなかったのだ。集会は「激しい討論もなければ、親しみのある空気」にもならず、みんな不満を抱きながら山を下りかけた。そのとき、彼らの「体内に緊張し煮えかえっていた感情は、瞬間に、パッと破れ」、「急に歓喜に燃えるような叫び声」となって一気に山を駆け下りていった。「やれッ! やっちまえ!」と叫びながら呆然と立っている安右衛門の前を走り抜けていく。

数十台の自転車が突進してきた。警官隊がやってきたのだ。自転車部隊はつぎつぎとやってくる。彼らは、半次郎のものとなっている稲を守るために田んぼへやってきたのである。百姓たちは鎌を振りまわし稲を切り、子どもや娘たちも稲を踏みつけた。半次郎が買い取った稲をめちゃめちゃにするのが彼らに残された復讐の手段であった。

警官は「山猫のように」啓助にとびかかってきた。

堅い、氷のような金属が、彼の耳を切らんばかりに打った。頭がくらくらッとした。鼓膜が破れたようだった。と、彼の背後から別の手が、頸を摑み上げた。拳が、サーベルが来た方とは反対側の耳の上へ栄螺殻のようにとんできた。彼は、有りったけの力を搾って四ツの手を振りもごうとした。今度は、つぶてのような拳が、彼の鼻を天に向けてもぎ上げた。彼は目が見えなくなった。粘っこい鼻血がたらたらと落ちだした。

「さあ、こっちへ来い！」四ツの手が彼を引きたてた。

出稼ぎから帰ってきた連中は、プラットホームを出ると村へ急いだ。そこへ応援に向かう青年たちがやってくる。それを、待ち伏せしていた警官隊が出てきて、有無を言わせず検束してしまう。

雨が降り続いていた村では、水が堤防から溢れ、満潮のため逆流した海水は田んぼへ流れこんだ。町へ連行された者は帰ってこない。村は火が消えたようになり、残された女や子どもたちは不安におびえ、寒さにふるえていた。

千代と娘の栄枝が納屋で稲の穂をすごいていると、お鹿の声がした。「おーい、おーい、誰ぞ来て、さすって呉れ。――痛うて辛抱出来ん。おーい」。警官ともみ合ったときにその「枯枝のような手」を折られていたのだった。

外では、警官と人夫を連れた半次郎が家々をまわり、刈り取られたわずかの稲をとりあげていた。千代の家にもはいってきた彼は、納屋の前の藁を見つけると、稲はどうしたんだとたずね、千代が持ってきた籾を一粒残らずとりあげてしまった。それを見ていた千代の胸には半次郎への憎しみが広がり、嗚咽がこみ上げてくる。お鹿は上り框まで這い出してきた。「半次郎とおまわりの声がしよったが、なにしに来たんじゃ?」と聞く彼女に「なんでもない」と答える千代には「再び激しい、のどがつまるような嗚咽がこみあげて」くるのだった。

出稼ぎに行っても貧しさからのがれることのできない農村が作品の舞台である。町に出て働いても、半次郎への借金の支払いにあてなければならない。二合の酒を一合に、団子の砂糖餡を塩餡に、五杯の麦飯を四杯に減らしても何の足しにもならなかった。それも強欲な半次郎のせいであった。若者が町へ出稼ぎに行った村には、長男と老人だけが残され、そこには「飢餓と過労」だけがあった。主人公ともいうべき啓助は過労と栄養不足のためであろう、夜盲症になってしまう。そして警官からサーベルで殴られ、検束される。

半次郎による稲の刈り取り前の地代の納入、立毛差押え、百姓たちをだまし討ちするような落札、籾の取り立て……。あまりにも理不尽なやり方に村人たちの怒りも爆発し、衝突するが、それはむなしい抵抗に終わってしまう。それにしても、半次郎の店を打ちこわす場面は痛快であり、またひとりで警官に抵抗するお鹿の描き方にも迫真性がある。伝治の描写力のたしかさを示す部分であろう。ことに、千代とお鹿とのやりとりの場面には胸を打つものがある。

短編小説としてのまとまりにはやや欠けるところがあるが、農村の窮状と農民のたたかいを積極的にとりあげた作品として評価されるべきであろう。盆踊りの場面は強く印象に残る。

この一九二八年に伝治は「農夫の鞭」(『文芸戦線』一月号)を、前年の九月一六日から二一七日間もたたかわれた野田醤油の争議に関心を持ち、鶴田知也との共同執筆「野田争議の実状」を『文芸戦線』二月号に発表した。さらに「シンクレーアの〝地獄〟」（『文芸戦線』四月号）、「田舎娘」（『新潮』五月号）、「脚の傷」（『文章倶楽部』五月号）、「パルチザン・ウォルコフ」（『文芸戦線』一〇月号）を発表し、一一月には「砂金」、「氷河」を書いている。

この年の二月、伝治は妻トキエと四年足らずの結婚生活ののち協議離婚した。浜賀知彦氏はその事情について「伝治の周辺にも私服刑事がいたことだろう。こういうことの堆積が妻トキエを、神経衰弱にさせていった。周辺のことを含めて、プロレタリア作家の夫の思想的立場を理解して行くことにはなって行かなかった」と「黒島伝治の軌跡」の中でのべている。

また、「黒島伝治の憶出」（「黒島伝治全集」第三巻・月報）の中で、小豆島出身の坂下強は「黒島さんは以前の奥さんとは話し合いの上で別れられたようである」として、トキエの兄、石井計良のつぎのような話を紹介している。

「伝治の東京の家には、いつも私服がうろうろしており、わしが遊びに行った時にも、私服が縁側でお茶を飲んだりしていた。

妹は生活の方の苦労はなく、御飯を炊いておったら、それでよかったんじゃけど、伝治から『わしはいつ監獄へ入らなけりゃいかんかわからん身じゃから』と言い聞かされ、それが案じられて心細うなったんじゃなあ。それで妹は伝治と別れて船乗りの嫁になったんじゃけど、伝治のことを忘れかねて〝前の人（伝治）の方が、よっぽどよかった〟とわしにこぼしよった。

わしも『阿呆が！　いまさらそんなことを言うな』といつも妹に言うて聞かしよったもんじゃ」

離婚した伝治は翌年、杉野コユキと再婚する。

「パルチザン・ウォルコフ」その他

一九二八年八月、伝治は『文芸戦線』に「葉山嘉樹の芸術」を発表、我々文芸戦線一派を「徹底的に撲滅する」として「労芸」を排撃しながらも、その一員である葉山の影響を受けているものが『戦旗』の中にも少なくないとのべ、そのすぐれた点を指摘する。

小説は作者自身が表出されるものであり、頭だけでいかにプロレタリア的な小説を書こうとしても「一年や二年でプロレタリア意識は『戦い取る』ことが出来る程そんな生優しいものではな」く、一〇年、二〇年の蓄積がなければならない。葉山の「淫売婦」や「セメント樽の中の手紙」、「海に生くる人々」、「牢獄の半日」という作品には「十年、二十年の、血の出るようなプロレタリア」としての生活が裏打ちされているのだ。さらに、葉山の小説の特徴として、それは、これまでの「小説作法を踏みにじった」もので「時には庇がなかったり、窓が多すぎたり、梁を通してない場合がある。しかし道具立てが揃っていなくても、必ずそこにヒラメキがある」という。

葉山はドストエフスキーの影響を強く受けていて、ことに「淫売婦」の幻想的なところなどにそれが示されている。彼の作品は「翻然と、抜き身を振り上げて、徹底的に勇敢に斬り込んでいくところ」など、ドストエフスキーとよく似ているとその特徴を指摘し、これに匹敵する作品はあまりないだろうと、その代表作「海に生くる人々」を激賞している。

さらに葉山の表現にふれ、それは「思い切って大胆、奔放であり、殊に形容詞においてすぐれて」おり、「当時まだ余映を残していた新感覚派の表現にもまさる、清新溌溂たる」ものだという。たしかに葉山の作品には、新感覚派を思わせる比喩的表現が多用されており、伝治の指摘は当を得たものといってよい。

同月、伝治は「渦巻ける烏の群」、「橇」、「雪のシベリア」、「農夫の子」、「村の網元」、「二銭銅貨」、「電報」などを収録した単行本「橇」を改造社より出版した。

ここで、「パルチザン・ウォルコフ」(『文芸戦線』一〇月号)について紹介しておこう。

作品の舞台であるユフカ村は、このように描かれる。

牛乳色の靄が山の麓へ流れ集まりだした。

小屋から出た鵝が、があがあ鳴きながら、河ふちへ這って行く。牛の群れは吼えずに、荒々しく丘の道を下った。汚れたプラトークに頭をくるんだ女が鞭を振り上げてあとからそれを追って行く。ユフカ村は、今、ようやく晨《あした》の眠りからさめたばかりだった。

そこへ馬蹄の音をひびかせながら、「羊皮の帽子をかむり、弾丸のケースをさした帯皮を両肩からはすかいに十文字にかけた男」がやってくる。牛追いの女が声をかけた。「ミーチャー」。だが男は「ナターリィ」と叫んで彼女の前を走り抜けていった。

しばらくすると一〇頭ほどの馬が近づいてくる。日本軍に追われたパルチザンであった。遠くの方で「豆をはぜらすような」銃声がひびく。ミーチャーの愛称で呼ばれていたウォルコフは百姓家が建ち並んでいるせまい道へはいっていくと、一軒の家の前で止まり、馬を降りた。扉を叩くと、中から三十過ぎの女が彼を招きいれる。そこへひとりの老人が「どうした、どうした。また日本の犬どもがやって来やがったか」と言いながらやってきた。「ワーシカがやられた」というウォルコフのことばに、「かわいそうに」を連発しながら十字を切った。

ウォルコフは、物置へ行くと身につけたものをぬぎ捨て、百姓服に着替えると銃をかくした。「豆をはぜらすような鉄砲の音」が近くで聞こえるようになると、パルチザンたちはこの村へやってきて家々に散らばっていく。

ユフカ村から四、五露里離れた部落を「カーキ色の外皮を纏った小人のような」日本兵がすすんで行く。草原を転びながら歩いて行く兵士たちの軍服は露で濡れ、それは襦袢の袖まで滲み通っていた。逃げて行くパルチザンの姿は靄のため見えなかったが、彼らはむやみに銃弾を放った。

栗本の一隊は行軍を一時休止した。兵士たちは銃剣を投げ出したり、土の中に突っ込んで錆を落としたりしている。その銃剣は、豚を殺したり、鵞鳥の腹を裂いたりしたものだった。栗本の剣はゆがんでいた。それは、ロシア人を刺し殺したからだ。くの字にゆがんだ剣身はもとに戻らない。休止の時間が終わると、兵士たちはまた腰のあたりまである雑草の中を歩き始めた。そのとき、永井がロシア人の部落を見つける。そこをパルチザンがひそんでいるユフカ村だと思いこんだ兵士たちは射撃を始めたが、小屋の中にはだれもいないことがわかった。数時間前に百姓たちは村を出て行ってしまっていたのだ。

栗本につづいて兵士たちは小屋の中になだれこみ、部屋中を物色し、金目になる物を捜しまわるが、すでに百姓たちがだいじな物は持ち去ったあとで何もない。産みたての卵が残っているだけであった。

「山の麓のさびれた高い鐘楼と教会堂の下に麓から谷間にかけて、五六十戸ばかりの家が所々群が」っている。「静かに、平和に息づいてい」るこの部落がユフカ村だった。兵士たちは射撃をやめ、草叢の中に散らばった。

永井はこの村を見て「略奪心」と、ロシアの女を「引っかける」ことへの欲望に駆られる。「いくら露助だって、生きていかなきゃならんのだぜ。いいものばかりをかっぱられてたまるものか!」という栗本に、「なあに、上官が許していることはやらなけりゃ損だよ」と彼は言い返した。「珍らしい、金目になるものを奪い取り、欲情の饑えを満たすことが出来る、そういう期待は何よりも兵士達を勇敢にする。(略)そこの消息を見抜いている指揮官は表面やかましく言いながら、実は大目に見逃した」のである。内地では許されぬことが、戦地では半ば公然と見逃されることになるのだ。兵士たちはその「詭計に引っかかって」勇敢になるのだった。

丘の中腹に一軒の小屋があった。そこへやってきた百姓に通訳が何かをたずねている。兵士たちが目を向けると、一〇人ばかりの百姓たちが丘へ登ってきた。「中隊長は、軍刀のつばのところへ左手をやって、いかつい目で、集まって来る百姓達を睨めまわしてい」たが、彼らには少しも恐れる様子がない。通訳は、パルチザンがここへ逃げこんできたはずだが、それを知らないかと聞いているのだった。「いくらミリタリストのチャキチャキでも、むちゃくちゃに百姓を殺す訳にゃ行かな」い。

村へ逃げこみ、百姓に化けていればパルチザンであることはわからない。そこにつけこんで彼らは日本軍の様子を探っていたのである。そのことを知っている中隊長も、みんな百姓姿をしていれば見分けがつかないから捕らえるわけにはいかなかった。

百姓たちは何度も日本軍と戦いをまじえた経験をもっていた。襲撃と逃走をくり返していたからである。こうしたゲリラ戦の中で、「日本の犬」にたいする彼らの闘争心はますます強くなっていき、初めは日本兵を招待していた百姓も、やがて銃をとるようになっていった。

ウォルコフの村も「犬ども」によって略奪され、破壊されてしまう。そのときのことを彼はよく覚えていた。ある日の夕方のことである。

一人の日本兵が、斧でだれかに殺された。それで犬どもが怒りだしたのだ。彼は逃げながら、途中、森から振りかえって村を眺めかえした。夏刈って、うず高く積重ねておいた乾草が焼かれて、炎が夕ぐれの空を赤々と焦がしていた。その余映は森まで達して彼の行く道を明るくした。

家が焼ける火を見ると子供達はぶるぶる顫えた。

「あれ……父ちゃんどうなるの……」

「なんでもない、なんでもない、火事ごっこだよ。畜生！」

彼は親爺と妹の身を案じた。

翌朝、村へ帰ると親爺は逃げおくれて、家畜小屋の前で死骸となっていた。胸から背までぐさりと銃剣を突きさされていた。動物が巣にいる幼い子供を可愛がるように、家畜を可愛がっていたあの温しい眼は、今は、白く、何かを睨みつけるように見開かれて動かなかった。異母妹のナターリィは、老人の死骸に打倒れて泣いた。

村中の家々はこうして破壊されていく。日本兵は軍隊というより「略奪隊」と呼ぶべき集団だったのだ。大隊長はじめ将校たちは、村を襲撃する様子を丘の上から眺めていた。カーキ色の軍服を着けた集団に追いまわされ、右往左往する百姓たち。「カーキ色の方は、手当たり次第に、扉を叩き壊し、柱を押し倒した。逃げて行く百姓の背を、うしろから銃床で殴りつける者がある。剣で突く者がある。煮え湯をあびせられたような悲鳴が聞こえ」てくる。この修羅場を大隊長や将校たちはまるで「野球の見物でもするように」眺めていたのである。

パルチザンの巣窟と見られていたユフカ村を「掃除すること」を命じられていた大隊長にとっては、過激派だけではなくそれに類する者も皆殺しにすることが昇進につながることでもあった。だから彼はできるだけ派手な方法をとった。派手というのは「残酷の同義語」である。

やがて、あちこちから日本兵の銃声とちがった音がひびいてきた。百姓たちの射撃が始まったのである。日本軍は狙撃砲を撃ちこみ、村は焼き払われていく。村に攻めこんだ歩兵たちは引き揚げると、村を包囲した。逃げ出すパルチザンを捕らえるためだ。炎に包まれた村には機関銃が「雨のように」撃ちこまれた。逃げ出してくる村人たちが日本兵の銃弾によって「人形をころばすようにそこに倒れ」る。女や子どももその標的になり「セルロイドの人形のように坂の芝生の上にひっくりかえった」。

あまりの悲惨さに栗本は叫んだ。「撃方やめろ！　俺等は誰のためにこんなことをしてるんだい！」、「百姓はいくら殺したってきりが有りやしない。俺達はすきこのんで、あいつ等やっつける身分かい！」。機関銃の狙いを決める役目を受け持っていたその兵士は銃口を上に向けた。弾をそらすためである。「撃てッ、パルチザンが逃げ出して来るじゃないか。撃てッ！」。将校は怒鳴る。兵士たちは銃身が熱くなるほど撃ちまくるが、上を向いた銃口からは弾が「一里もさきの空」へ向かって飛ぶだけだった。機関銃だけでなく、歩兵銃の銃口も空に向けられているのだった。「撃てッ！　撃てッ！」と叫ぶ将校の声がむなしくひびいた。この射撃の場面は、兵士たちの無言の抵抗と、それを知らずに躍起になって射撃を命じる将校の姿が対照的に描かれていておもしろい。いや、「痛烈」といったほうがいいかもしれない。

戦闘が終わると、「今度こそ、金鵄勲章だぞ」と軍曹は言った。中隊長の目の前で三人のパルチザンを刺殺したからである。看護卒も、少尉の傷を手当てしたことで、上層部へよい報告をしてもらえるものと思っていた。彼らは「幸福な気分を味わいながら」駐屯地へ引き揚げていった。また、大隊長はユフカ村のパルチザンを殲滅したとの報告を司令部にたいしておこなうと、勲章をもらい、俸給のほかに三〇〇円か五〇〇円の年金をもらうことになるだろう。しかも中佐に昇進できることも考えた。彼が幸福感に浸っているときである。銃声が聞こえると、一発の銃弾が彼の鼻先をとんでいった。驚いた馬が走り出し、すべり落ちそうになった大隊長は「おォ、おォ、おォ！」と悲しげな声をあげた。山かげからパルチザンが射撃を始めたのである。その銃弾は逃げ出した兵士たちに命中した。「短い脚を、目に見えないくらい早くかわして逃げて行く乱れた隊列の中から、そのたびに一人また一人、草ッ原や、畦の上にころりころり倒れて」いくのだった。

この作品は、シベリアに出兵した凶暴な日本軍と、それに抵抗するパルチザンのたたかいを主題としたものであると同時に、日本兵の中にもいるロシアの農民に同情を抱く兵士たちを描いたものでもある。そのひとりが栗本であった。彼の剣身がまがったのは、ロシア人を刺し殺したためであったのだが、その部分を引用しておこう。

栗本は剣身の歪んだ剣を持っていた。彼は銃に着剣して人間を突き殺したことがある。その時、剣が曲がったのだ。突かれた男は、急所を殴られて一ッぺんに参る犬のようにふらふらッとななめ横にぴりぴり手足を慄わしながら倒れてしまった。突っこんだ剣はすぐ、さっと引きぬかねば生きている肉体と血液が喰いついてぬけなくなることを彼は聞いていた。が、それを思い出したのは、相手が倒れて暫らくしてからだった。彼は、人を一人殺すのは容易に出来ることではないと思っていた。が実際は、何のヘンテツもない土の中へ剣を突きこむのと同じようなことだった。銃のさきについていた剣は一と息に茶色のちぢれたひげを持っている相手の汚れた服地と襦袢を通して胸の中へ這入ってしまった。相手はぶくぶくふくれた大きい手で、剣身を摑んで、それを握りとめようとした。同時に、ちぢれた鬚を持った口元を動かして何か言おうとするような表情をした。しかし、何も言わず、ぶくぶくした手が剣身を握りとめないうちに、剣は、肋骨の間にささって肺臓を突き通し背にまで出てしまった。栗本は夢ではないかと考えた。同時に、取り返しのつかないことをしでかしてしまったことに気づいた。銃を持っている両腕は、急にだらりと、力が抜け去ってしまった。銃は倒れる男の身体について落ちて行った。

この栗本は、つぎつぎと銃弾に倒れていくロシア人を見ながら「撃つな!」と叫び、「こんなことしたって、俺たちにゃ、一文だって得が行きやしないんだ!」と言う。そして農民たちを村から逃してやろうとするのだった。さらに、機関銃の銃口を上に向けさせる上等兵、それに呼応して空に向けて発射する兵士たち。

これと対照的に描かれるのが将校たちである。成績をあげるためにウソの報告までして、年金付きの勲章をもらうことや昇進を思い描き幸福感に浸る大隊長はその典型である。罪もないロシア人を殺戮し、兵士の犠牲のうえに自分だけの栄進を求めるその姿は醜く、卑劣である。正義のない戦争と日本軍隊の腐敗した姿を描き出そうとした作者の意図をここに見ることができよう。

ちなみに、この作品の伏字となっている箇所をあげておこう。「手あたり次第にポケットに摑み取」、「掠奪」、「乱暴狼藉」、「上官」、「指揮官」、「詭計」、「日本人」などがそれである。新日本出版社刊「日本プロレタリア文学集9――黒島伝治集」ではこれらの伏字は起こされているが、筑摩書房「黒島伝治全集」（一九七〇年刊）では××のままである。またこの作品が掲載された『文芸戦線』は発禁、一九三〇年三月に「現代暴露文学全集」の一冊として出された短編集「パルチザン・ウォルコフ」も発禁となった。

伝治はつづいて『文芸戦線』（一一月号）に、平林たい子短編集「施療室にて」についての評を書き、これを高く評価した。

「施療室にて」の最初の部分はこう書かれている。

後れ毛をいらいらして掻き上げながら、恐ろしい憂鬱が額にかぶさっているのを感じた。

半地下室の施療室の階段まで来ると、一寸右足に鈍い疼きが走ったと思う間に、きゅっと引きつって、どうしたはずみか、足をすくわれたように冷たいコンクリの床にべったり倒れてしまった。手を突いて立上がろうとすると、膝が金具のようにがくがくと鳴って、腹の大きい体を支えようとする両手が、あやしくわなわなとふるえる。たよりない戦慄が四肢から体の方へ這い上がって来る。……脚気だ。人に聞く妊娠脚気の症状だ。赤土の埃を多量に含んだ植民地の空気と、水八分に南京米二分の塩からい長い間の悪食で、妊娠脚気にかかったのだ。

伝治は、主人公が、憲兵隊から病院へ帰ってきたときの様子を描いたこの部分を例に、「ここの前後は、非常にいいところである」として、「吾々は、作者のすぐれた感覚描写によって、湿って暗い汚れた廊下や、そこをとんで来る蚊の翅の音や、汚い臭気、それから妊娠して腹が大きくなった、そのために身体が重っ苦しく、自由がききにくくなっている五体、脚気のため、指先まで痺れた感じ――そういうものをはっきりと想像するのである」という。

そして、文章には手で書いたもの、頭で書いた文章、胸で書いた文章、腹で書いたもの、脚で書いた文章があるが、平林たい子は身体で書いている。その「文章の中に平林特有の肉感があると言ってよい」。

彼女の感覚は「きゃしゃな手をしている、風雨にさらされたことのない、ブルジョアの令嬢が持っている、そういう感覚」でもなく、「きれいで、お上品で、すっきりしている」感覚でもない。「汚い、よごれ濁った、醜悪な方面に対して、むしろそれを好むかのよう」な鋭敏な感覚である。そのことが「施療室にて」を読む者に迫ってくる。それは、作者が「よごれ濁ったものに、惑溺しているのではな」く、その醜悪さを批判しようとしているからだ。

彼女の短編集の中では「施療室にて」が傑出しており、「これだけの作家は、そう、やたらにあるものではない。立派なプロレタリア・リアリズムの作家である」。しかもこの作品は、プロレタリア・リアリズムの提唱がなされる前に書かれたもので、平林はすでにそれを実作で示していたのである、とその先駆性を評価している。

また、『新潮』(一二月号)のアンケート「私が本年発表した創作に就いて」に答えて「正直な批評には」という短い文章も書いている。

「今、ようようプロレタリアの未来に対する明るい確信を獲得したような気がしています」が、「本当に役に立つ仕事は」これからである。私に対する批評はさまざまであったが、「正直な批評」には示唆をあたえられる。だが、「悪意と、不純な意識が見えすいている『戦旗』一派の人々の批評は、その動機が不純なだけ、教えられもしなければ、くさされても気になりませんでした」と、「ナップ」をきびしく批判した。

「氷河」と「シベリア物」への批評

一九二九年の『中央公論』(一月号)に発表された「氷河」はシベリアの野戦病院を舞台とした作品である。丘の上の病院では病衣を着た負傷兵たちがベッドに横たわっていた。凍傷により足の指が落ちたため長い間ふろにもはいれず体から異臭を放っている伍長、弾丸に上唇をかすり取られ、冷えた練乳と七分粥をまるで「火でも飲むように」おずおずと食道へ流しこんでいる若い兵士、片耳がちぎれかかりそれをとめるための白い包帯が痛々しい兵士……。

栗本はこれらの負傷兵への同情は消えてしまい、むしろ彼らをうらやましくさえ思っていた。やがて「不快な軍隊の勤務」から解放され、内地への帰還が待っているからである。彼は、内地へ帰れるなら負傷してもいいと思いたくなるほどだった。負傷兵たちにとっても、除隊できることにくらべれば「肉体にむすびつけられた不自由と苦痛にそれほど強い憤激を持つ」ほどの思いはなかった。彼らの頭には内地での生活以外なかったのだ。

福地は、恩給のことなら「百科辞典以上に知りぬいてい」る看護長にたずねた。傷の度合いからみて二一〇円だろうという。福地は大腿の貫通銃創のため片足を切断しなければならない兵士である。片足を失って二二〇円の恩給に甘んじなければならない。「何だい！　跛や、手なしや、片輪ものにせられて、代わりに目くされ金を貰うて何うれしいんだ！」と栗本には思えた。

自分はいつまでこのシベリアにいなければならないのかわからない。パルチザンと撃ち合ったり、捕らえた彼らを白衛軍に引き渡したり、村を焼き払ったりすることに栗本はあきあきしていた。白衛軍の頭領カルムイコフに引き渡されたパルチザンは虐殺されるのである。その惨状はこのように描かれる。

森の中にはカルムイコフが捕虜を殺したあとを分からなくするため血に染まった雪を靴で蹴散らしてあった。その付近には、大きいのや、小さいのや、いろいろな靴のあとが雪の上に無数に入り乱れて印されていた。森をなお、奥の方へ二つの靴が、全力をあげて馳せ逃げたあともあった。だらだら流れた血が所々途絶え、また、所々、点々や、太い線をなして、靴あとに添うて走っていた。恐らく刃を打ちこまれた捕虜が必死に逃げのびたのであろう。足あとは血を引いて、一町ばかり行って、そこで樹木の間を右に折れ、左に曲がり、うねりうねってある白樺の下で全く途絶えていた。そこの雪は、さんざんに蹴散らされ、踏みにじられ汚されていた。（略）森のまた、帰る方の道には、腕関節からはすかいに切り落された手や、足の這入った靴が片足だけ、白い雪の上に不用意に落とされてあった。手や足は、靴と共にかたく、大理石の模型のように白く凍っていた。

このような反革命派の白衛軍による残虐な行為にたいするパルチザンの憎悪は日本軍に向けられた。栗本は、自分たち兵卒をシベリアまで派遣し、侵略戦争の矢面に立たせていながら「内地で懐手をしている資本家や地主」への反抗心が湧き上がってくるのを抑えることができなかった。それは栗本だけではなく、ほかの兵士たちにも共通した怒りであった。彼らは銃口を空に向けて発射したり、「進め！」の号令を無視したり、ときには上官に銃剣を突きつけることでその気持ちを示したのである。

栗本がイイシの警備を命じられたのは、寒暖計が零下二〇度を越える日であった。彼は町はずれの線路警備の歩哨に立つが、警戒所のペチカで暖をとっても、それは「二分も歩かないうちに、黒龍江の下流から吹き上げて来る風に奪われてしま」うのだった。そこへ一台の馬橇が灯火もつけず線路づたいに走ってきた。停止を命じた栗本に「心配すんねぇ！……えらそうに！」という声が返ってくる。若い女を乗せたアメリカ兵だ。栗本は馬の背中に銃をふりおろした。

共同出兵という名目でシベリアへ派遣されているアメリカ兵は、戦争は日本兵にやらせ、自分たちはペチカのある兵営でぬくぬくと午前中を過ごし午後は若いロシア女をあさりに出かけて偽札を湯水のように使っているではないか。パルチザン討伐という危険な仕事を押しつけているアメリカ兵への怒りが爆発したのだ。殴られた馬がとび上がり橇が走り出すと、アメリカ兵は拳銃をぶっ放し、闇の中に消えて行った。

丘の上の病院に負傷兵を乗せた五、六台の橇が着く。三角巾で傷口を縛った兵士たちの顔は「青く憔悴していｌる。栗本もその中のひとりだった。看護卒が彼の服を脱がせると「血で糊づけになっている襦袢が現われた」。病室のあちこちから呻き声や痛みを訴える声が聞こえてくる。大腿骨を折られた兵は「間欠的に割れるような鋭い号泣を発し」ている。隣の病室からも「呻きわめく騒音が上がりだした」。

栗本はベッドに横たわりながら内地のことを思い浮かべていた。「そこは、外には、骨を割るような労働が控えている。が、家の中には、温い囲炉裏、ふかしたての芋、家族の愛情、骨を惜しまない心づかいなどがある。地酒がある」。彼は何のためにシベリアへきたのか、溜息をつくとまた呻き声を出した。看護長は「どいつも、こいつも弱みその露助みたいに呻きやがって！」、「痛いくらいが何だい！　日本の男子じゃないか！　死んどる者じゃってあるんだぞ」と病室を見まわりながら言った。栗本はそれを聞きながら列車が転覆したときのことを思い出す。

遠いはてのない曠野を雪の下から、僅か頭をのぞかした二本のレールが黒い線を引いて走っている。武装を整えた中隊が乗りこんだ大きい列車は、ゆるゆる左右に目をくばりつつ進んで行った。線路に添うて向こうの方まで警戒隊が出されてあった。線路は完全に、どこまでも真直に二本が並んで走っている。町は、間もなく見えなくなり、列車は速力が加わってきた。線路は谷間にかかり、やがてそこを通りぬけて、また曠野へ出た。（略）いつか列車は速力をゆるめた。と、雪をかむった鉄橋が目前に現われてきた。

「異状無ァし！」

鉄橋の警戒隊は列車の窓を見上げて叫んだ。

「よろしい！　前進。」

そして、列車は轟然たる車輪の響きを高めつつ橋にさしかかった。速力は加わったようだった。線路はどこまでも二本が平行して完全だった。ところが、中ほどへ行くと不意にドカンとして機関車は足を踏みはずした挽馬のように、鉄橋から奔放にはね出してしまった。

四角の箱は、それにつづいてねじれながら雪の河をめがけて転覆した。

と、待ちかまえていたパルチザンの小銃と機関銃が谷の上からはげしく鳴りだした。

線路は爆破されたのでも、ことさら破壊されたのでもなかった。パルチザンは枕木の下に油のついた火種を入れておくだけで、それが雪の中で点火され、枕木はくすぶりながらやがて炭になってしまう。雪の中であるため外には火も煙も出なかった。しかも、上から見れば何の故障もない線路としか見えないのである。そこを通りかかった列車はまるで「綿を踏んだように」脱線してしまうのだ。こうして栗本たちの乗った列車は転覆したのである。きわめて巧妙な方法であった。

負傷兵たちには一日も早い内地への送還を願わない日はなかった。病院の窓からは、凍った黒龍江を横切って向こう岸の林へ行く橇が見える。列車転覆とパルチザンの銃弾の犠牲になった兵士たちの死骸が運ばれて行くのだった。それを見ながら栗本は、おれたちは運がよかったと思った。とはいえ、負傷者には不具者としての生活が待っている。それをだれが弁償してくれるのか。だれもしてくれはしない。そう思いながらも、彼らは林へ向かう橇を見てみずから慰めるほかなかった。病室はどの部屋も負傷兵たちで満員だった。

やがて、二〇台ほどの橇が病院の庭に着いた。傷病兵の携帯品が橇に運びこまれる。いよいよ待ちに待った内地送還の日がきたのだ。一台の橇には五、六人が乗りこむ。久しぶりに吸う外の空気は新鮮だった。降る雪まで心地よく感じられる。そこへ伝令の兵士が到着する。彼は一通の封書を看護長に渡した。セミヤノフカへ派遣する兵隊が足りなくて困っているというのだ。それを読んだ軍医が看護長を連れて出てくると叫ぶ。「みんないっぺん病院へ引っかえすんだ」。内地送還が見送られたのでは、と思うと栗本は「脚がブルブル慄えだした」。日本の将校がアメリカ兵と悶着を起こし斬りつけたことからアメリカ側との間が険悪になったため、兵士不足になったのだという。兵士たちはまた病室に戻されてしまった。あの伝令が持ってきた一枚の紙切れが彼らの希望を打ち砕いてしまったのである。

病室へ戻った栗本は、郷里のなつかしい茅葺きの家も、囲炉裏も、地酒も、親爺もおふくろも「自分から背を向けて遠くへ飛び去ってしまった」と思った。ひとりの将校が起こしたトラブルと兵員不足がみんなの運命をかえてしまったのだった。馭者だけが乗った橇が丘を下って行くのが病室の窓から見えた。

「錆のついた銃をかついだ」兵士たちが病院のある丘を下って行く。空は晴れ渡っていたが彼らの顔は「苦りきっていた」。傷病兵たちを待っているのは、セミヤノフカへの派遣か、アメリカ兵に備えるための部隊への編入かのどちらかであった。彼らの中には腰に銃弾がはいったままの兵士もいる。満足に歩くこともできない者まで前線へ引き戻されていったのである。

そこには、パルチザンによる列車転覆、銃撃戦、雪の中の歩哨、それにアメリカ兵との悶着などが待っているのだ。また負傷するか、「黒龍江を渡って橇で林へ連れて行く屍の一ツにな」るか、この二つの道しかなかった。

パルチザンの抵抗によっていつ命を落とすかもしれない酷寒のシベリアへ派遣された兵士たちにとって唯一の希望は一日も早く内地へ帰ることであった。たとえ病気になっても、足一本失ってもよい、そこには貧しさが待っていようとも、故郷の家族のもとに帰ることであったのだ。主人公の栗本もそのひとりであった。

だがその希望はひとりの将校の行為によって無惨にも打ち砕かれてしまう。内地送還の日、橇から病院へ引き戻され、軍医のいいかげんな診断によって前線へ駆り出されることになる。落胆する兵士たち。彼らを待っているのは負傷か死であった。

戦傷者は野戦病院へ運ばれ、そしてまた戦場へ引き戻される。まさに野戦病院は兵士という戦争をするための機械の再生工場であったのだ。そのことを作者は「病院は負傷者を癒すために存在している。負傷者を癒すと弾丸がとんでいるところへ追いかえすのだ。再び負傷すると、またそれを癒して、また追い返すだろう。三回でも、四回でも、五回でも。一つの機械は、役にたたなくなるまで直して使わなければ損だ。それと同じだ」と怒りをこめて書く。しかもこの場合は、直ってもいない機械まで使おうというのである。

「氷河」は、野戦病院を描くことによって日本軍隊の非人間性と、正義のない干渉戦争の実態を暴露した反戦小説の力作といってよい。また、戦争の元凶である資本家と地主にも目を向け、共同出兵の矛盾を突いた点も評価すべきであろう。

すぐれた自然描写とともに、橇に乗せられた戦死者が凍りついた黒龍江を渡り、林の中へ送られていく場面は読む者の胸を打つ。それは、病室の窓から見守る傷病兵たちの明日を暗示しているかのようでもある。いずれにしても、前作「パルチザン・ウォルコフ」を一歩すすめた作品であるといってもまちがいあるまい。

この作品について小林茂夫氏は「日本プロレタリア文学集9——黒島伝治集」の「解説」の中でつぎのような伊藤永之介の評を紹介している。

「この作品に至って作者は易々として数多の個々のそれぞれの具体的な面様を書き分けることに依って、病院内の集団生活の複雑多様な種々を描き上げて居る」と同時に「シベリア駐屯の一支隊と日本軍全体との関連が忘れられて居る。随ってこの作品は剪り離された枝であって、根幹からの栄養を充分に摂取して居ない感じを免れない」（この「解説」は同氏の「プロレタリア文学の作家たち」〔新日本出版社〕にも収められている）

また、池田寿夫は「黒島伝治小論」（『イスクラ』一九二八年七・八月合併号）の中でその反戦小説についてこのようにのべている。

黒島伝治の評価を決定づけるのはいわゆる反軍国主義的作品であり、その特徴は「直接に軍国主義の階級的本質を暴露するのではなくて、如何に軍隊生活が非人間的生活の集約的表現であるかを、例の自然主義的手法で描き出すのである。氏は決して叫ばない。叫ぼうともしない。軍国主義が何ものであり、民衆を駆って戦場に走らしめる者の正体が何であるかを決して理論的談理を以て裏づけようとはせず、ありのままなる軍隊生活の生々しき描写を以てひた押しに押してゆく。ここに卓れたリアリズムのもつ迫真力が、心憎いまでに軍隊生活、従ってその支柱たる軍国主義への反逆を駆り立てる」。

しかし、その「軍国主義への反逆も決して軍国主義そのものへは向けられず、兵卒の端初的憤懣の直接的対象たる上官にのみ全注意が向けられる。このことは反軍国主義を取り扱うに際して最も注意すべきことで上官に対する憤懣を憤懣として留めておくばかりでなく、上官を操る糸をも暗示的になり示すことが必要である」。

池田の批評は一九二八年の段階における伝治の反戦小説の特徴を的確にとらえたものであろう。伝治の反戦文学についてもっと掘り下げて論じたのが同じ池田の「過去の反戦文学の批判と今後の方向」（『プロレタリア文学』一九三二年四月号）である。

彼は、戦争を扱ったものとして林房雄の「鎖」、村山知義の「沙漠で」、細田民樹「或る砲手の死」、里村欣三「シベリアに近く」、小堀甚二の「パルチザン」などをあげ、これらの作品は「偶然戦争反対が入り込んだに過ぎない」のであるが、黒島伝治は「計画的に」反戦作品を数多く書いている。いわゆる「シベリア物」と呼ばれるものだが、それは「プロレタリア文学としての反戦文学の発展を集約的に、典型的に代表」するものといってよいとのべる。

伝治の反戦小説の特徴はそのリアリズムにある。抽象的、観念的な反戦思想を出すのではなく「兵卒の生活を具体的に描き、兵卒を操る者への反感を描き、その悲惨さを強調することによって反戦的効果を狙っている」。このことは、黒島がその階級性をより明確にし、「プロレタリア的観点に近づきつつある証左ではあるが」としながらも、つぎのような点を池田は指摘する。

（一）　シベリア出征の必然的根拠が描かれていない。

（二）　シベリアだけを切り離し、シベリア出征兵士と国内とのつながりを見ていない。特に出征による遺族の生活だけでなく、資本主義そのもの、労働者農民の生活への影響等が些かも考慮の中に入っていない。

（三）　下級の兵卒の反抗が、自分達をシベリアに寄越した日本帝国主義の侵略戦争に向けられずに上官に向けられている。上官への個人的反抗を階級的反抗に昂めるための組織的活動が欠除している。

（四）　パルチザンの生活、その階級性が描かれていない。日本帝国主義の侵略的攻勢に自己自身武装せるソヴェートの農民や赤衛軍の階級的本質を単純な敵にすり換えることは、許し難き誤謬である。（尤も後の「パルチザン・ウォルコフ」では此の点注意して、パルチザンの本質を描くことに努力しているが）こうした諸欠陥は「リャーリャとマルーシャ」の如き非階級的作品を生みだし、「渦巻ける烏の群」「氷河」の如き力作にも見落とすことが出来ない。

池田は伝治の「シベリア物」の限界を批判しながらも、「氷河」のスケールの大きさを評価し、また、「穴」

において朝鮮人虐殺を描いたことについて、「戦争と民族との関係にメスを入れた」として、その作品の広がりに注目している（これらの評論は池田寿夫「日本プロレタリア文学運動の再認識」〔三一書房〕や「日本プロレタリア文学評論集6――後期プロレタリア文学評論集1」に所収）。

12章　長編「武装せる市街」へ

山宣の死と『戦旗』の追悼号

「氷河」が発表された二カ月後、『東京日日新聞』（三月六日付）は紙面トップに「無産党の山本代議士、無残に刺殺さる」との見出しで、山本宣治の死をつぎのように伝えた。

五日午後九時三十分神田区表神保町一〇への六号旅館光栄館に滞在中の無産党代議士（前労農党系）山本宣治氏の許に飛白の着物を着た三十歳前後一見書生風の男が尋ね来り。女中田瀬みよ（三七）が取次ぎに出て氏に通じたところ氏は一度謝絶したが強いて逢いたいとのことに二階六畳間の自室に通した。面談約二十分、同五十分山本氏の部屋で叫び声が聞こえたので平沢館主が玄関そばの部屋を出て見ると、氏は血にまみれ二階の梯子段を件の男と格闘しつつ転び落ち氏は玄関敷台にうつぶせに昏倒し男は血にまみれた短刀を手にしたまま玄関から戸外に飛び出したが間もなく錦町署に自首し出た。急報により錦町署から宮沢署長以下十数名の警官馳せつけ一方付近の吉村医師を招き山本氏に手当を加へたが短刀で頸動脈を切られたうえ左心臓部を深く刺されたため無残の死を遂げたもので医師も手の下しやうがなかった。現場の二階の部屋から廊下、階段、玄関まで鮮血淋漓として惨澹たる光景で山本氏は宿の棒縞の銘仙どてらを着たままであった。（略）犯人は七生義団員黒田保久（三七）というものである。

犯人黒田は山本代議士の部屋に通され少し話した後山本氏に対し美濃紙に毛筆で認めた自決勧告書をつきつけ処決を促したが山本氏が応じないので隠し持った短刀を以て突然踊りかかって頸部を刺したので山本氏も立ち上り大格闘に及び二階の廊下から階段に来た時に心臓を刺され上から二段目からころげ落ち力及ばず絶息したものである。

（松本正雄編「ドキュメント昭和五十年史」第一巻〔汐文社〕所収。この殺害現場の状況は「三月五日夜――巨大な反動の歯車が、ぶきみな軋りを立てて動いた」と書き出された西口克己の小説「山宣」の中に生々しく描かれている）

一九二八年六月、政府は、これまで「最高一〇年以下の懲役ないし禁固」であった治安維持法の罰則を緊急勅令によって「死刑もしくは無期懲役」とする改悪をおこない、翌二九年二月の衆院本会議にその事後承諾案が上程された。山本宣治はその反対のため三月一日、長野県上田市で開かれた農民組合の大会で演説、二日は衆院本会議での賛否討論に深夜まで参加、翌日は京都府福知山市で演説会、四日には大阪の天王寺の全国農民組合の全国大会でつぎのような演説をおこなう。

「いままでわれわれの味方として左翼的言辞を弄していた人まで日に日に退却し、われわれの頼みになると思っていた人まで、われわれの運動から没落していった。……だが、こうした人々に対して、われわれの与える言葉はこうである。〝卑怯者去らば去れ、われらは赤旗守る〟。……明日は、〝死刑法＝治安維持法〟が上程される（引用者注・二日の上程が五日に延期されていた）。私は、その反対のために今夜上京する。反対演説をやるつもりだが、質問打ち切りのためやられなくなるだろう。実に、いまや階級的立場を守るものはただ一人だ。だが、私は淋しくない。山宣ひとり孤塁を守る。しかし、背後には多数の同志が、……」。ここで臨監の警官に「中止」を命じられてしまう（松尾洋「治安維持法」新日本出版社）。

翌五日、国会では山本宣治の発言は封じられ、二四九対一七〇で事後承諾案が可決されたのである。宣治がテロによって悲惨な最期をとげたのはこの夜のことであった。

『戦旗』（一九二九年四月号）は「白色テロル犠牲者追悼特集号として自由の為に倒れた同志を深く追悼する！」と編集後記でのべ、「同志山本の遺骸を前にして」（江馬修）、「山本宣治氏暗殺事件眞相記」（江口渙）、「白色テロルを打倒せよ！」（一労働者）、「青山斎場にて」（山田清三郎）、「葬ひの日」（後藤潔）の五編の追悼文とデスマスクの写真を掲載した。

江馬は追悼文の最後に「僕はやっと山本君の遺骸の側近く寄った。そして白い布をあけて、再び血痕のついた死骸を注視した。しっかりと自分の頭脳と胸に烙きつけて置くために。僕は心の中で云った。『山本君、安んじてくれ。君の死は決して無意味には終らない。ブールジョアに対する深い深い憎悪に燃えている僕たちの胸に、君の死は更に新しい油を注いだのだ。君の死は××のプロレタリアによって必ず××をもって報いられるであろう。僕たちは血腥い××××にも断じて断じて臆するものではない。君たち、倒れた同志の屍をバリケートにして、僕たちは最後まで戦ふことを誓ふ』」と書いた。

江口は宣治殺害の顚末を詳細にのべ、一労働者は「日本プロレタリアートの組織がもう少し進んでいたならば、同志山本の×殺には全国的なストライキとデモストレーションを以て答えられただろう。（略）プロレタリアも決意しなくてはならぬ。自衛団の組織は何よりも急務である。プロレタリアの身体生命を護るものはプロレタリアだけだ」と決意を表明した。山田は葬儀の模様をこのように書く。

「黙禱が終ると、各団体の弔辞弔電。だがそれ等は何れも、片端から中止の連続で、我がナップを代表した同志藤森の弔辞の如きも、ただ『犠牲者の血汐は……』の一語で禁止されるといふ、実に言語に絶した×圧ぶりであった。同志神道氏曰く『……犠牲者の霊に告ぐ。けふ、全国の牢獄にある同志諸君は、一日食を拒絶して、諸君のために心から追悼の意を捧げるとの報告がありました』」

後藤は「葬ひの日」の中でつぎのような詩を書いている。

白色テロルに斃れたる　君　ヤマセンに誓ふ
流されし血潮もて
大胆に××せん
労働者農民は　×旗守りて行かん
労働者農民は　×旗守りて行かん

山本宣治がテロに倒れた翌月には一道三府二四県にわたる大弾圧がおこなわれ、三三九名が起訴されるという四・一六事件が起こる。これらの事件は当然のことながらプロレタリア文学運動に影響を与えずにはおかなかった。

「反戦文学論」

この年（一九二九年）、伝治は杉野コユキと再婚、妹米子を東京に呼び洋裁学校に通わせて二年間彼女の面倒をみる。

「氷河」につづいて「捕虜の足」（『近代感情』一月号）、未完の作品「崖下の家」（『文芸戦線』一月号）、「野田争議の敗戦まで」（同四月号）、「顔を××にした小説」（同五月号）などを発表、そして七月に出版された「プロレタリア芸術教程」第一輯に「反戦文学論」を書きおろした。

伝治は、（一）反戦文学の階級性、（二）プロレタリアートと戦争、（三）反戦文学の恒常性の三つの章立てによって論を展開する。

〈反戦文学の階級性〉においては、「戦争には、いろいろの種類がある」として、侵略的征服戦争、防御のための戦争、民族解放戦争、さらに革命などをあげる。そして戦争反対をテーマにした文学作品は以前からあったが、ブルジョアジーと現代プロレタリアートの戦争反対の文学は「原則的に異なったもの」であるという。

近代文学には戦争反対の意図をもって書かれたものがあるが、戦争による犠牲や悲惨さを一般的な観点から批判したものでしかない。しかしプロレタリアートはそのような一般的な戦争反対を主張するものではなく、場合によっては戦争の「悲惨をも、残酷さも、人類の進歩のために肯定する」こともある。我々が断固として反対するのは帝国主義戦争であり、侵略的、「強盗的戦争」であって戦争一般を否定するものではない。

ブルジョアジーの戦争反対の文学が描くのは戦争による「個々の苦痛、数多の犠牲、悲惨」であり、それにたいする個人的感情や人道的精神でしかないとし、その例として田山花袋の「一兵卒」、与謝野晶子の「君死にたまふことなかれ」、武者小路実篤「或る青年の夢」をとりあげる。

「一兵卒」は従軍した兵士が脚気にかかり入院するが、病院の不潔さと粗食に堪えかねて、そこをのがれてもとの所属部隊に戻ったが、そこで死亡するという話であり、ここでは「戦争に対する嫌悪、恐怖」と、個人を束縛する軍隊生活の残酷さが強調され、戦場は一兵卒にとっては「大いなる牢獄」であることが描かれている。伝治は、ここに「自然主義の消極的世界観」を見ることができるとのべる。

戦争は悪である。なぜならそれは非人間的なものだからだという戦争観は「個人主義的立場からの一般的戦争反対であ」り、「自我に目ざめたブルジョアジーの世界観から来」たものだ。これをもっと明確なものにしたのが「君死にたまふことなかれ」である。ほかの短歌や詩は「恋だとか、何だとかヒネって、技巧を弄し、吾々は一体虫が好かんものである」が、この詩だけは「自分の心のまことを、そのまま吐露したもの」で「真情」があふれている。しかし「生活の中心がすべて個人にあ」るために死をもっとも恐れるという個人主義の立場から戦争に反対した作品である。これが人道主義の立場に立つ戦争になると「五十歩百歩」であるとはいえ、戦争の原因を追求しようという芽が見えてくる。「或る青年の夢」がさしずめそれにあたるだろう。この作品も死の恐怖や戦争の悲惨さを強調しているが、前二作とちがうところは、個人ではなく国家の問題として戦争がとらえられているところである。戦争は個人と個人の問題ではなく、国家と国家の問題であり、それは国家による他国家の侵略という国家の利己主義がもたらすものであるから、戦争をなくすためには人間が国家という立場ではなく人類という利己主義をこえた視点に立って考えなければならない。国家という意識に立つことが人類の意志に背いて戦争をひき起こすことになる。このように見るのが人道主義的戦争観であると伝治はいう。

要するに、ブルジョアジーは「眼前の悲惨や恐怖から戦争に反対はしても、決して徹底的に戦争を絶滅することは考えていない」のであって、たとえ考えていたとしてもそれは「生ぬるい中途半ぱなもの」であり、「反動的な役割」しか果たさない。この「理想主義から現状維持の平和主義」に過ぎない考え方は文学作品にも反映しているときびしく批判する。

伝治はさらに近代ヨーロッパにおける戦争反対の文学作品として「恒久平和の企画」（ルソー）、「黎明」（ヴェルハアレン）、「セバストポール」「戦争と平和」（トルストイ）、「卑怯者」「愚かなイワノフの覚書」「四日間」（ガルシン）、「赤い笑」（アンドレーエフ）などのほか、モーパッサン、ロスニイ、ロマン・ローラン、バーナード・ショウ、ホイットマンなどをあげたうえ、ドイツ表現派の作品「アンティゴオネ」（アゼンクェフェル）、「トロヤの女」（ウェルフェル）、「独逸男ルケルマン」「変転」（トルレル）、「海戦」（ゲエリング）、「士官」「プロシャ王子ルイ・フェルディナント」（ウンルウ）などもとりあげている。表現派については、彼らは戦争に反対し、その暴虐を呪詛しているが、結局それは主観的であり、唯心論的なものであると、その限界を指摘する。

では、プロレタリアートの反戦小説とはいかなるものであり、いかにあるべきか。まずアンリ・バルビュスの「クラルテ」をあげる。バルビュスは戦争の責任者にたいして「嫌悪を投げつけ」、インターナショナリズムを高揚させる。「君たちは祖国の武装を解かなければならないのだ。そして、祖国観念を極度に萎縮放棄して、重大なる社会観念を持たねばならないのだ。……君達自身のために戦争をやるようなことはないのだ。（略）世界平和は、この人生に於て、万人の権利を平等たらしむるための避くべからざる結果なのだ。平等の観念に立脚して進むならば人民のインターナショナルに到達するであろう」と書いているとして、伝治は彼を高く評価するのである。

また、マルセル・マルチネは、第一次大戦を背景に、戦場に向かう兵士たちに呼びかけた詩集「呪われた時」、戦時下における民衆の悲惨な生活を描いた小説「避難舎」、ドイツ革命に暗示を受けて書いた戯曲「夜」を発表しているが、中でも「夜」を「今日もっともすぐれたプロレタリア文学作品である」と称賛している。

資本主義がつづく限り戦争はなくならない。戦争を根絶するためにはプロレタリアートだけでなく、すべての人々が階級制度のくびきから解放されなければならないのだ。そのためには革命戦争を経過しなければならず、我々は帝国主義戦争に反対し、それを根絶するためにこの革命戦争を肯定する。マルチネは「夜」の中で帝国主義戦争を否定し、革命戦争を肯定しているのだ。

さらにアメリカの社会主義作家アプトン・シンクレアの作品「義人ジミー」のあらすじを紹介しながら、これはプロレタリア階級のたたかいを描いたものであるとして、そのインターナショナリズムと帝国主義戦争反対の意図を評価している。

つぎの〈プロレタリアートと戦争〉においても、階級社会からの脱却、すなわち社会主義社会の実現以外に戦争は根絶できないとして、被支配階級と支配階級との闘争には進歩的価値があることを強調する。

ブルジョア平和主義者や無政府主義者は戦争一般に反対するが、戦争に残虐行為や窮乏、苦悩がともなうものであるとしても、反動的な制度を打破するために役立つ戦争であれば人類の進歩のために肯定されなければならない。奴隷と奴隷主との闘争、領主にたいする農奴の闘争、資本家と労働者のたたかいがそれである。たとえば、フランス革命からパリ・コンミューンまでの民衆のたたかいは「ブルジョア的進歩的な国民解放戦争」であった。

この部分はレーニンの「社会主義と戦争」（一九一五年）をもとに書いたものと思われる。レーニンはつぎのようにのべている。

「社会主義者は、諸国民間の戦争を野蛮で残酷なものとして、いつも非難してきた。しかし、戦争にたいするわれわれの態度は、ブルジョア平和主義者や無政府主義者の態度とは原則的にちがっている。われわれとブルジョア平和主義者とのちがいは、戦争が国内での階級闘争と不可避的な関連をもっていること、階級をなくし社会主義をうちたてずには戦争をなくすることはできないことを、われわれが理解していることであり、さらに、内乱、つまり抑圧階級にたいする被抑圧階級の戦争、奴隷主にたいする奴隷の戦争、地主にたいする農奴的農民の戦争、ブルジョアジーにたいする賃金労働者の戦争の正当性、進歩性、必然性を、われわれが完全にみとめていることである。われわれマルクス主義者が平和主義者とも、また無政府主義者ともちがうところは、それぞれの戦争を個別的に歴史的に（マルクスの弁証法的唯物論の見地から）研究する必要を、われわれがみとめることである。どの戦争にもかならず惨禍と残虐行為と災厄と苦痛が結びついているにもかかわらず、歴史には進歩的であった戦争、すなわち、とくに有害で反動的な制度（たとえば専制とか農奴制）やヨーロッパで最も野蛮な専制政治（トルコとロシアの専制政治）を破壊するのをたすけて、人類の発展に貢献した戦争が、いくどかあった」

「フランス大革命は人類の歴史に新しい時代をひらいた。そのときからパリ・コンミューンまで、つまり一七八九年から一八七一年までに、戦争の一つの型として、ブルジョア進歩派の民族解放戦争があった。（略）

それらは進歩的戦争であって、すべてのまじめな、革命的な民主主義者ばかりか、さらには社会主義者もみな、そういう戦争のさいには、封建性、絶対主義、他民族抑圧の最も危険な支柱をくつがえすか、掘りくずすのをたすけた国の勝利に、つねに共感を寄せたのである」（「レーニン10巻選集」第六巻、大月書店）

では、いまわれわれの前に迫りつつある戦争とはいかなるものか。伝治はレーニンの「資本主義の最高の段階としての帝国主義」、いわゆる「帝国主義論」を援用しながらつぎのようにいう。

それは縄張り争いであり、領土の奪い合いであるところの帝国主義戦争である。近代資本主義から独占へと進み、小資本が大資本によって吸収される。そして産業資本と銀行資本の結びつきが始まり金融資本が生まれるのである。独占資本は国内市場の分割からさらに世界市場の獲得へと進み、「国際資本団体は夢中になって、敵手から一切の競争能力を奪わんと腐心し、鉄鋼又は油田等を買収せんと努力している。而して、敵手との闘争に於ける一切の偶発事に対して独占団体の成功を保証するものは、独り殖民地あるのみである」（レーニン）。したがって資本家は「殖民地の征服を熱望」し、「金融資本と、それに相応する国際政策とは、結局世界の経済的政治的分割のための強国間の闘争をもたらすことになる」（同前）。これが帝国主義戦争であり、略奪者と略奪者の戦争である。資本家は国内の労働者から搾取するだけでなく、植民地からも収奪するのだ。

帝国主義戦争は、何ら進歩的役割を持つものでなく、世界の多数の民族を抑圧するとともに、国内ではプロレタリアートをも抑圧するものであるが、「狡猾なるブルジョアジーは、うまい、美しげな大義名分を振りかざ」してそのことをごまかすのである。プロレタリアートはこの縄張り争いの戦争にまきこまれてはならない。そのためには、戦争の本質をつかむことが大切である。

反戦文学は、その戦争の本質を暴露し、「真実を民衆に伝え、民衆をして奮起させるべきである」。資本家どもが資本主義制度維持のためにやっていることの実相を、我々は「白日の下に曝」さなければならない。

我々の文学は「プロレタリアートの全般的な仕事のうちの一分野であ」り、「プロレタリアートの持つ、帝国主義戦争反対の意志、思想を感情にまで融合させ、それを力強く表現することによって、一般の労働者農民への、影響力を広く、確実にしなければならない」。

帝国主義戦争はプロレタリアートによってブルジョアジーにたいする内乱に転化する可能性を持つ。したがって我々の文学は帝国主義戦争に反対するだけでなく、その「最後の目的」のために「全煽動力、宣伝力」を傾注しなければならない。

「最後の目的」がプロレタリア革命であることはいうまでもないが、そのことについては発禁を配慮してのことであろう、「ここで詳しく書く場合ではない」と明言するのを避けている。ともかく、労働者、農民の力と敵国へ向けていた兵士の銃剣を資本家や地主に向けさせるため、文学の持つ宣伝、煽動力の発揮に全力をつくさなければならないことを強調するのである。

〈反戦文学の恒常性〉では、戦争反対の文学は平和な時期においては必要ではないのか、と問い、いや恒常的に必要であるという。なぜなら資本主義が存続している限り戦争はなくならないからである。戦争が終わって平和が戻っても、またつぎの帝国主義戦争が起こる。たとえば、第一次世界大戦が終わって平和がやってきた。だが、今度は中国をめぐって「資本の属領争奪戦」が起きている（三次にわたる山東出兵のことをさしているのであろう）。平時においてもブルジョア政府は戦争の準備に「余念がない」のであって、資本主義的平和はつぎの戦争の準備期間でしかない。資本主義制度がつづく限りプロレタリアートの反戦文学は存在しつづける。

反戦文学は、兵営や軍隊生活だけを対象とするものではない。資本主義は、戦争を準備するためにあらゆるものを利用する。「労働者、農民の若者を営舎に引きずりこんで、誰れ彼れの差別なく同じ軍服を着せ」、人間を一つの型にはめこんでしまう。こうして、労働者や農民たちは「鉄砲をかついで変装行列」をやり出すのだ。そのほか、「学校も、青年訓練所も、在郷軍人会も」、「戦争のための道具」となっていく。また「映画や、演劇までも」戦争や「好戦思想を鼓舞するために」使われるのである。あらゆるものが軍事力強化のために利用されるのだ。彼らは軍国主義によって、現在の制度を維持しようとする。軍事力は外国との戦争のためだけにあるのではなく、プロレタリアートの蜂起にも備えているのである。そこでプロレタリア文学は「軍国主義的実質を暴露し、労働者農民大衆に働きかけ、大衆をして蜂起させる」という任務を持つものであり、反軍国主義文学でもあるのだ。しかしこのことは、作品の内容を固定化したり限定したりするものではない。力点をアンチ・ミリタリズムにおくということである。また、戦時においては「帝国主義戦争を内乱へ！」のスローガンを強調し、反戦文学の主要力点をこのことにおかなければならないが、これも「これだけを独立して取扱うべきものと限ってはいない。ただ、主として力点をそこに置くのである」。

戦争にはさまざまな目的と性格を持つものがあり、十把ひとからげにしてはならないと同時に、戦争を一般化して心情的、観念的に反対論を唱えることは戦争の本質を見ないという誤りをおかすことになる。戦争には帝国主義戦争もあれば民族解放や革命のための戦争もあり、それを峻別することが大切である。前者が否定され後者が肯定されなければならないことはいうまでもない。このように、反戦文学は帝国主義戦争に反対するものであることを伝治は強調したのである。

人道主義や個人主義の立場から戦争一般に反対するのはブルジョア的戦争観であるとして、田山花袋や与謝野晶子、武者小路実篤の作品をとりあげ、たとえそれがヒューマニズムにもとづくものであったとしても真の反戦文学とはいえないことを指摘したのだ。

これにたいして、バルビュスの作品はインターナショナリズムと反軍国主義の立場に立つものだとして高く評価し、マルセル・マルチネ、シンクレア・ルイスも同様であるという。

つぎにレーニンの論文に依拠しながら帝国主義と帝国主義戦争についての定義をおこない、プロレタリア文学はそれに反対しなければならないとしたうえで、戦争を根絶するためには経済制度の変革、すなわち資本主義の打倒と社会主義社会の実現以外にない、そのためにプロレタリア文学は「全煽動力、宣伝力」を集中しなければならないというのである。この「反戦文学論」が、戦時下における戦争反対のための文学の重要性はもちろん、平時においても不断に書かれなければならないと、反戦文学の恒常性を強調している点に注目すべきであろう（「反戦文学論」は「黒島伝治全集」第三巻、「日本プロレタリア文学大系」第四巻、「日本プロレタリア文学評論集6——後期プロレタリア文学評論集1」などに所収）。

この年の一〇月、伝治は『文芸戦線』に「材料について——ただノートとして」（「定本黒島傳治全集」第四巻所収）という、短いが興味ある文章を書いている。

「尖端的な、ストライキや、小作争議を題材として、その中に、闘争せる労働者農民を書き、プロレタリアの希望や、その先鋭なイデオロギーや、亡び行くブルジョアジーの姿や又、蜂起するプロレタリアを弾圧する××や、××、なお、それに反抗して立つ者等を書くことは容易であ」り、「争議を書いてプロレタリア文学とすることはたやすい」との書き出しで、これまで我々のプロレタリア文学は「その一番たやすいこと」をやってきたのではないかと問いかける。

炭坑のストライキを書いたゾラは、自然主義作家といわれてもプロレタリア作家と呼ばれることはない。ハウプトマンもゴルスワージーも反ブルジョアジーの立場の作品を書いているが、プロレタリア作家ではなかった。このようにプロレタリア作家でなくともストライキや農民の争議を書くとなれば、資本家や地主の側に立った扱い方はしないであろう。「戦闘的な題材を扱って、それが戦闘的になる」のは当然のことである。

ところが、ストライキや小作争議という劇的な場面が展開するまでの身辺的なことが描かれるときには「美しい衣がぬげて、素裸体になってしまう」ことが多い。もっとも、日常的な生活の中に「先鋭なイデオロギーを盛ること」は並大抵ではないとはいえ、我々が身辺のことを描く場合、イデオロギーが抜け落ちて小ブルジョア文学と何ら変わらないものになってしまうのは何とも情けないことではないか。「工場でも農村でも、軍隊でも、どこでもよい。そこから、日常生活的な題材を取ってきて、そこに、闘争を見出し、吾々の希望や、又、争議を扱った場合に負けない先鋭なイデオロギーを盛る」ことこそ我々の大事な仕事ではないかと思う。なぜなら、争議は労働者や農民の生活の中の「一部分のうちの一部分」に過ぎないからだ。それまでの「長い間の隠忍や、苦痛や、悲惨や、その他のいろいろのことがそこに存在している」。それを見逃してはならない。「一粒の籾の中にも革命を見よ」。「物の尖端は、たいてい錐のさきのように形が一種か二種にきまってい」るものである。しかしそこへ行くまでの過程は「千変万化」であり、その生きている現実こそ興味あるものであって、いくら追及してもしきれるものではないと伝治はのべる。

たしかに、プロレタリア文学作品には多くの労働争議や小作争議が登場するし、それを労働者や農民の側に立って描くことこそプロレタリア文学のプロレタリア文学たるゆえんである。しかし、伝治が指摘するように、労働者農民の生活の中の「一部分のうちの一部分」であり、「錐のさき」のようなものであって、そこにいたるまでのプロセスを描くことによって作品の厚みも増し、よりリアリティのあるものになることはたしかであろう。この提起は注目すべきものであった。

「反戦文学論」から「武装せる市街」へ

伝治は一九二九年の一〇月から翌月にかけて済南事件の取材のため中国を旅行し、「支那見聞記」（『黒島伝治全集』第三巻所収）の中にそのときの済南についてかんたんに書きとめている。

「支那はどこへ行ってもなかなか乞食が多い。その中でも済南に最も多い。済南の名物は、五・三事件（済南事件）ではなく、乞食である。ゴミ捨て場から、何か食えそうなものを拾い出すのは、犬ではなしに、乞食である。犬よりも乞食の方がそれにかけては敏捷である。萎れた菜葉一枚でも彼等は拾い上げて、それを口に入れるのである」。つぎに多いのが洋車という俥である。洋車に乗っていると乞食がついてきて、金をねだる。「三人も四人もが、歯糞のついた歯をむき出し、息を切らしながらつけて来る」。

済南城は二重の城壁に囲まれており、濼源門には大きな文字で「誓ってこの恥を雪ぐ」、「汝はこれを見よ！」、「汝はこれを覚えておけ！」などという意味の文句が門の左右に掲げられている。この調査と取材によって書かれたのが済南事件を題材とした彼の唯一の長編小説「武装せる市街」であった。

この題名について浜賀知彦氏は、「最初に『黄風』という題名を考えていたようである」が、このことばには「中国の風土的特徴を表現している」ものの「どうしようもないというイメージもある。黒島伝治にとって済南に結集する三軍団と日本帝国主義下の在外資本、民衆との諸関係を描くには、〈黄風〉のイメージでの作品展開はむずかしかったのではないかと思われる。この叙情的な題名から即物的な『武器をもつ市街』になって出版社に渡された。八月四日付の編集部の日付印のある朱筆校正のゲラ刷りでは『武器をもつ市街』を『武装せる市街』に改題している」と書いている（「黒島伝治の軌跡」）。

この作品の題材となった山東出兵、済南事件について略述しておこう。

一九二六年七月、国民党は国民革命軍の編成を決定、蔣介石を総司令として北伐を開始した。北伐が華北や「満州」に波及することを恐れた田中義一内閣は一九二七年五月、日本の居留民保護を名目に旅順駐留の関東軍二〇〇〇名を山東省の青島に派兵。六月から七月にかけて東方会議を開き、権益擁護の立場から対支強硬方針を確認する。七月に二二〇〇名を増派したが、国民政府は北伐を停止し、攻撃の矛先を中国共産党に向けたため、また内外の批判が日本に集中したこともあり、九月にいったん撤兵した（第一次山東出兵）。

一九二八年、国民革命軍が北伐を再開すると、四月再び派兵を決定し、支那駐屯軍から第六師団を派遣、青島、省都済南に進駐。五月三日、国民革命軍と衝突、済南事件を引き起こすことになった（第二次山東出兵）。八日には全面的戦争となり、日本軍は済南城を総攻撃、革命軍を済南から追い出したのである。中国では「五

・三惨案」と呼ばれる済南事件による中国側の死者は軍民あわせて三六〇〇人、負傷者は一四〇〇人にのぼったという。この五月、日本はさらに第三師団を派遣（第三次山東出兵）。この三回にわたる出兵による総数は一万五〇〇〇名に達している。三次に及んだ出兵の名目は在留邦人の保護であったが、軍部の狙いは軍閥の総帥、張作霖を援助し、「満州」における日本の権益を擁護することにあった。これらの度重なる出兵にたいして中国人の反日感情はますます高まっていった。

ちなみに、五月九日、中国共産党は「日本軍の山東占領に反対し全国民衆に訴える」という、かなり長文のアピールを出しているので抜粋しておく。

「日本帝国主義が、ついに中国の南北軍混戦の機会に乗じ、軍隊を派遣して山東省の省政府所在地済南および膠州鉄路の青島に至る間を占領した。（略）五月三日の済南事変の勃発およびその後の事態の発展は、今回の事変が全く日本帝国の予定の計画であったことを明白に証明している。（略）今回の済南事変は、明らかに日本帝国主義の予定の計画である。だが日本は、なに故に、まさにこの時期に中国を武力で侵略する計画を実現したのであろうか。一言でいえば、つまりは国民党の反革命化のためである。（略）今度の日本の出兵は、中国の軍閥混戦から山東の日本人居留民を保護するということを口実にしている。今回の混戦は民衆を犠牲にしてますます激化した軍閥間の地盤争奪戦争であり、いささかの革命的意義もない。（略）張作霖の北京政府は、もとより日本帝国主義の走狗であり、（略）蔣介石の南京政府も、これまで英日米仏の各国帝国主義にそれぞれ別々に屈服し投降し、『親善』関係を結んできたのであった。今度の済南事変は、もとより蔣介石のいわゆる『北伐』にとっては一つの手痛い打撃であり（略）今度の事変の発生は蔣介石の北伐の末日であるとさえいわれているが、しかしわれわれは、最近国民党が宣伝しているように、日本帝国主義が反革命勢力を代表する張作霖を援助し、そして、『革命』勢力を代表する蔣介石に打撃を与えているとは、決して考えてはならない。蔣介石の『北伐』からは、われわれはいささかの革命のにおいも嗅ぎだすことはできないのである。今度、日本が済南事変を起こしたことには、主として、中国の軍閥混戦の機会に乗じて日本に山東の利権を占領させるという動きがあるとともに、付随的には次のような働きがある。（一）田中内閣は、重大な『対支問題』を起こすことによって、反対派の視線をそらせ、国会での不信任をもみ消そうとしている。（二）張作霖は、結局、多年飼いならされた昔からの走狗であり、しょせんは蒋介石よりもずっと駆使しやすいものであり、この事変を起こすことによっても張作霖の部分的政権を保持することができるのである。（三）国民党軍閥をびっくりさせておいて、たとえ国民党が『北伐』に成功したとしても、彼らがやはり日本の在華既得権を承認しなければならないようにさせることである」

（「中国共産党史資料集」第三巻、勁草書房）

貧民窟の掘立小屋の高粱稈の風よけのかげでは、用便をする子供が、孟子も幼年時代には、かくしたであろうと思われるようなしゃがみ方をして、出た糞を細い棒切でいじくっていた。

紙ぎれ、ボロきれ、藁屑、玻璃のかけらなど、――そんなものの堆積がそこらじゅう一面にちらばっていた。纏足の女房は、小盗市場の古びた骨董のようだ。頭のへしゃげた苦力は、塵芥や、南京豆の殻や、西瓜の噛りかすを、ひもじげにかきさがしつつ突ついていた。彼等は人蔘の尻尾でも萎れた葉っぱでも大根の切屑でも、食えそうなものは、なんでも拾い出してそれを喰った。

このように描かれたのが「武装せる市街」の舞台となる済南の貧民窟である。ここを「五、六台の一輪車が追い手に帆をあげ」横切って行った。その方角には北方軍閥張宗昌の兵営がある。反対の方向には「白楊の丸太を喰うマッチ工場の機械鋸が骨を削るようにいがり立て」ている。この福隆火燐公司の工場こそ日本の植民地資本の象徴であった。ここでは黄燐マッチをつくっていて、大人の工人たちにまじって「塵埃と、硫黄と、燐、松脂などの焦げる匂い」の中で「灰黄色の、土のような顔」をした幼年工たちが「歯の根がゆるむような気ぜわしさ」に追いまくられていた。幼年工たちは売られてきたのである。

猪川幹太郎は監督の立場にあったが、すれっからしの日本人より中国人のほうに好意を持つ良心的な青年であった。彼の父親、竹三郎は郷里の四国で村会議員をつとめた男であったが、汚職事件にまきこまれて村にいるのがいやになり中国に出てきた。しかし、いまはヘロインのために身を持ちくずしている。中国へ渡ってきた人びとの中には郷里で食いつめたり、犯罪を犯したりして居づらくなり居留民としてくらしている者も少なくなかったが、中には一旗あげるためにやってきた者もいた。

幹太郎は「汚ない、ややこしい、褌から汁が出るような街」のおやじの家に住んでいた。そこには、彼の両親のほかに、母親のいない子供と、すずと俊という二人の妹がくらしている。彼のつとめるマッチ工場での労働者の状態は苛酷きわまるもので、一日一五時間という長時間労働に加え、有毒の黄燐を使うため骨壊疽になったり、歯ぐきが腐ったりしてからだがボロボロになるまでこき使われるのだった。賃金も安いうえに、逃亡を防ぐため支払いが引き延ばされる。また、職場では鞭と拳銃を持った職長が巡回していた。中国人労働者の搾取のうえにあぐらをかく典型的な植民地工場だったのである。

支配人の内川は「三ツ股かけ」と呼ばれ、マッチ工場の経営者という表向きの仕事のほかに、「硬派」という武器の密輸、「軟派」と称する麻薬の売買という二つの顔を持つ男であった。山崎は、現地の企業をいくつも渡り歩き、中国語もうまく、中国服をいつも身につけている情報屋である。もうひとりの「悪党」が北軍の軍事顧問で、殺人や強姦、強盗を平気でやってきた馬賊あがりの中津であった。

やがて蔣介石の軍隊が済南の市街にはいってくるという噂が広まると、マッチ工場の工人たちは、逃亡を恐れる経営者によって給料も差し押えられ、寄宿舎に閉じこめられてしまう。幹太郎はひとりの工人から給料を支払ってくれるように哀願される。彼の女房は出産してから三日も食事をとっていないというのだ。工人の顔が、反抗もしないのにどうして俺たちが殺されなければならないのかと訴えているように幹太郎には思えた。

何とかしてやりたいと思うのだが、支配人の内川をはじめ、職長の小山、会計係の岩井たちは中国人労働者など人間とは考えていないのだ。小山などは「燐や、塩酸加里、硫黄、松脂などが加熱された釜の中でドロドロにとけている」液体を工人の頭からかけるような男である。幹太郎の工人への給料支払い要求は「君は一体、支配人かね」のひとことで一蹴されてしまう。

蔣介石軍（南軍）による済南への本格的進撃がいよいよ現実のものとなってきた。日本人居留民はパニックに陥る。「家も、安楽椅子も、飾りつきの卓も、蓄音機も、骨董も、金庫も、すべて、ナラズ者の南軍に略奪、蹂躙されてしまうだろう」。そうなればこれまでの苦労も水の泡だ。だが、家財道具より命がだいじである。青島へ避難する人びとで駅はごったがえした。

蔣介石軍の進攻は一方で中国人労働者たちを勇気づけた。工人たちは給料支払いを求めてサボタージュにはいり、これを銃で押さえこもうとする会社側に怒りを爆発させる。彼等は工場を占拠し、暴動を起こしかねない緊迫した雰囲気になった。そこへ日本軍がやってくる。居留民たちにとって「自分たちを窮地から救い出して呉れる」日本兵が到着したのだ。しかし救世主であるはずの日本軍への期待は裏切られた。兵士たちは居留民保護のためでなく、銀行や工場の警備にやってきたのである。出兵を求める嘆願書まで出したのに、居留民の要望は無視されたのだった。

兵士たちによって銀行や工場はまたたく間に鉄条網と土嚢で囲まれてしまった。機関銃が据えつけられ、街のあちこちには歩哨が立ち、済南は「平常着の上へ甲冑をつけたような」姿に一変した。工場は日本兵の宿舎となり、数日のうちに済南は蔣介石の南軍と北軍、それに日本軍という三軍が対峙する「武装せる市街」となったのである。

日本軍の進駐によって勢いづいた小山たちは前にもまして「棍棒の暴力」をふるうようになった。彼は兵士たちの前で、押さえつけられた工人の指先の肉と爪のあいだに木綿針を突き刺し、濡らした革の鞭で殴りつけた。悲鳴があがる。「リンチだ！」という声にひとりの兵士がとび出し、小山の腕をねじあげる。高取という兵士だった。「俺等もブルジョアジーの手先に使われてたまるかい、くらいなこたァ知っているが、ブルジョアジーもまた、俺等の出兵反対に敏感になってる。三月十五日の検挙はやる、四月十日の左翼三団体の解散は喰らわす。それから出兵。何から何まですべてが、ブルジョアジーの方が、はるかに用意周到で組織的じゃないか」、「兵タイって、何て馬鹿な奴だろうね。自分が貧乏な百姓や、労働者出身でありながら、詰襟の服を着るというだけで工人や百姓の反抗を抑えつけているんだ」というほどの、彼は意識の高い兵士だった。

日本軍兵士の多くは、中国人と同じように内地では貧しい農民であり労働者だった。ここではもっとひどいことがおこなわれている。賃金不払い、足止め、そしてリンチ。金で売られてきた幼年工の中には六歳の子どもまでいて、その小さな手でマッチの軸木を箱に詰めている。このような中国人の姿を目の前にした兵士たちのあいだに国境を越えた連帯感が生まれてくるのは当然でもあった。日本軍の兵士も中国の労働者も搾取され、虐げられた人間であることにかわりはなかったからだ。

ところで馬賊あがりの中津は日頃から目をつけていた幹太郎の妹を奪おうと計画を立て、手下を連れて家にやってくるが、それに感づいたすずは姿を消していた。失敗した中津はその腹いせに家財道具をぶち壊し、目ぼしい品物を略奪する。この狼藉ぶりを見た南軍兵士が家を壊してしまう。それを知った日本軍が駆けつけ両軍の撃ち合いが起こり市街戦となる。中津の略奪が両軍衝突の引き金となったのである。

この市街戦を日本の新聞は煽動的に書き立てた。このとき一四人の居留民が殺されたが、それを二八〇人と書き、「婦人を裸体にして云うに忍びざる惨酷なぶり方の後、虐殺した」、「貴重品や被服は勿論、床板、畳、天井板をひっくりかえし、小学生の教科書までかっぱらった」などとの報道によって日本人の敵愾心を煽った。

やがて市街戦が終わる。街には中国人の死体が転がり蠅がたかっている。死体のあいだをうろつく野良犬の群。「黒土のような人間が、その下にころがっている頭蓋から脳味噌をバケツに掻き取ってい」る。これが市街戦の跡の光景であった。

久しぶりに休息を与えられ、やっと戦いの疲れがとれたばかりの兵士たちに出動命令が下る。夜が明けきらぬうちに起こされた彼らが破壊された市街へはいり、大通りへ出たときであった。兵士の隊列に向けて銃弾がとんできた。病院の二階から狙撃されたのである。兵士たちは病院へ突入し、「泥靴でベッドにとびあが」った。壁を背にして銃剣で突かれた子供の胸から血が吹き出し、またベッドに寝たままの若い女も殺された。

いよいよ済南城攻略戦が開始されると、出動する兵士たちはマッチ工場の隅に集合させられた。ところが、彼らのあいだに異様な空気がただよっているではないか。兵士たちの顔には上官にたいする命令拒否の気持ちが現われていたのである。敏感な重藤中尉はその背後に高取がいることに気づく。小山を殴り、工人たちに給料を払わせた高取。人事担当の特務曹長も「支那の共産党員と、何か共謀して事をたくらんでいる」のが彼であると目をつけていた。

中尉は最後に列に加わろうとした高取に向かって言った。「なまけるな!」、「お前は、国のために働くのが嫌いなのか?　そんな奴は謀反人だぞ」。そして殴りつけた。殴られた高取の目は中尉に向かって「突進してくるように燃えてい」る。険悪な空気がただよう。兵士たちは自分が殴られたような気になった。「自分たちが苦しめられるために、働いてやりたくはないんであります」。高取のこのことばには、たとえ上官の命令でも聞けないものはきくわけにはいかないという意思がこめられていた。この場面は作品の一つのヤマ場であり、息づまるような情景が展開する。

済南城にたてこもる南軍は頑強に抵抗し、日本兵は「藁人形のようにバタバタと倒れ」た。城門は固く、城壁は厚かった。南軍の青天白日旗はいつまでも翻っている。攻める日本軍の上官は功をあせり、かえって多くの犠牲者を出した。やがて南軍の射撃がいったん止んだので兵士たちは疲れきったからだで工場の宿舎に帰ってきた。夜中、彼らは首を締めつけられる夢にうなされる。不吉な予感に兵士の柿本は高取をさがすがどこにも見当たらない。負傷者の中にも戦死者の中にもいなかった。兵士たちの赤化を極度に恐れていた上官たちによって消されていたのだ。それを知った兵士たちは口々に卑劣な上官をののしるのだった。その場面はつぎのように描かれる。

高取らの指揮官の、重藤中尉は、ひひ猿に頬ッぺたをなめられたような顔をして、どこからか帰って来た。室の隅の木谷と柿本は、身に疵があるのに、強いてそれをかくして笑うような中尉の笑い方に目をとめた。

木谷の直観は、その笑い方に、ぴたりとかたく結びついた。彼は、中尉の心の状態が手にとれるような気がした。

「どうだい。今日は澡源門の攻撃だぞ……。」

「そうですか。」

木谷は、ご機嫌を取るように近づいてくる相手の疚しげな顔つきに、平気な、そっけない声で答えた。

「今日、お前らが、ウンときばればもう落ちてしまうんだぞ。」

「そうですか。中尉殿！　高取なんぞ、どうしたんでありますか。一昨日から帰らないんであります。どこを探しても見つかりません。」

「なに、それを訊ねてどうするんだ！　木谷！　お前、高取に何の用があるんだい？」

急に、重藤中尉は、険しい眼に角を立てて声を荒だて木谷に詰め寄ってきた。木谷をも、また銃殺しかねない見幕だった。

「用があるさ。戦友がどうなったか気づかうのはあたりまえじゃないか！」傍で、中尉と木谷の応酬を見ていた柿本は、決意と憤怒をまゆの間に現わしながら、ぬッと、銃を握って立ちあがった。

巻脚絆を巻いたり、煙草を吸ったりしていた兵士たちも緊張した。向こうの隅でも銃を取って立ちあがると、ガチッと遊底を鳴らして弾丸をこめる者があった。「こら柿本、そんなことをして何をするんだ？」と中尉は云った。

「何をしようと、云う必要はないだろう。」

重藤中尉は正真正銘の、力と力の対立を見た。中尉は、一個小隊を指揮する力をもっているつもりだった。だが、今、彼は一兵卒の柿本の銃の前に、一個の生物でしかなかった。ちょうど、一昨日、武器を取り上げた高取や、那須や、岡本などが、一個の弱い生物でしかなかったように。そこで、彼はまた、翻然と、狡猾な奥の手を出してきた。彼は、柿本から、五六歩身を引くと、

「さあ、整列！　皆な銃を持って外へ出ろ！」

と叫びながら、寄宿舎から逃げるように駆け出してしまった。

「畜生！　将校の面さげて糞みたいな奴だ！」

兵士たちは、口々に、憤って罵った。

最後の攻略戦がおこなわれ済南城も陥落した。だが、中国人の反日感情はますます強まっていくのだった。

「武装せる市街」には、これまでの伝治の反戦小説にないいくつかの特徴を見ることができる。

第一に、湯地朝雄も「日本資本主義の中国に対する帝国主義的進出と、中国人民に対する植民地的支配・非人道的搾取の実態を具体的に語り、暴露している点で、まず評価さるべき作品である。それらをこのようにドキュメンタルに描き出している作品は、プロレタリア文学の中にも私の知る限りほかにはない」（「プロレタリア文学運動――その理想と現実」晩声社）とのべているように、日本の「資本」が半植民地の労働者をどのような苛酷な手段で搾取したかを、マッチ工場の実態を通してえぐり出していること。第二に、内川、山崎、小

山、中津という植民地タイプともいうべき負の人物像を造型し、彼らも所詮は「資本」におどらされた人間であるということを示したこと。これは作者の資本主義、植民地主義にたいする理解の深さと分析の鋭さの証でもある。第三は、その言動に唐突さと観念的な感じもしなくはないが、高取という反戦兵士を中心とする日本兵たちと中国人労働者との心の通い合いが階級的視点からとらえられていること。第四に、戦争は偶発的に起こるように見えても、それは帝国主義の必然的結果であるという彼自身の「反戦文学論」、ひいてはレーニンの「帝国主義論」の立場を明確に示すとともに、その犠牲を蒙るのは一般民衆であり下級兵士であることを戦闘の具体的場面を通して描出していること。第五に、絶対的な上下関係が貫徹されているはずの「天皇の軍隊」の中にも、少数であっても革命的な反戦兵士が存在しており、「朕の命令」である上官の命令に服しなかったため殺されていくという実態を暴くことによって、日本軍隊の組織悪を告発していること。「橇」の中で「彼等の銃剣は、知らず知らず、彼等をシベリアへよこした者の手先になって、彼等を無謀に酷使した近松少佐の胸に向かって、奔放に惨酷に集中して行った」と、やや暗示的に書かれている上官への抵抗が、この作品ではより高い緊迫度をもって描かれている。最後に、一九三〇年に書かれたこの作品が、翌年に起こる満州事変を予見しており、日本の大陸侵略政策についての洞察がうかがい知れること、などがそれである。

「武装せる市街」の刊行から二年後、さきに「黒島伝治小論」を発表した池田寿夫は「過去の反戦文学の批判と今後の方向」(『プロレタリア文学』一九三二年九月号)を書き、この作品について論じている。

「済南出兵に取材した『武装せる市街』は、黒島にとっても最大の力作長編で注目すべきのみならず、恐く今日迄現れた反戦文学として最高の水準に到達したものと評価すべきだろう」とのべ、「在来の反戦文学に比して、明確に階級的観点を確立し、戦争に対するプロレタリアートの態度を描き得」ているとしてつぎの四つの点をあげている。

一、戦争が偶然に突発するものではなく、深い政治的経済的根拠を有していること。したがって生産、企業とその資本主義的矛盾が抉り出されている。
二、戦争が被支配階級の意志によってではなく、ブルジョアジーの利益を擁護伸長するためになされること（而も軍隊到着と共に工人は一層劣悪な生活に陥れられた。日本軍は日本工場の警備はしたが、在留の貧乏人は保護しなかった）。
三、日本の兵卒と支那の工人との交渉を描き反戦の気運が兵卒の過去の生活から必然することを描いたこと（この見地は人道主義を遙かに越してプロレタリアートの基本的観点に到達していることを示す）。
四、従って反感憎悪の向け所が上官である将校や下士官でなく、自分等を山東に寄こした者に向けられている。この正しい見地を作品の上で生かしたものは従来皆無と云っていい。
池田のこの評価は正鵠を得たものであるということができるだろう。しかし、この高い評価と同時に、作品の不十分な点や欠点をつぎのように指摘している。
一、山東省と日本資本主義とのつながりが充分明瞭に形象化されていない。
二、山東省と日本資本主義発達段階――従ってプロレタリア運動の情勢が描かれていな過ぎる。だから兵卒中の前衛分子の反戦活動が国内の階級運動との有機的連関で捉えられていない。
三、軍隊出動による山東省の騒然たる物情が、特に工人の生活条件の悪化によって描かれているが、国内に於ける出兵の影響が些かも描かれていない。国内に於ける企業への影響が充分考慮さるべきである。
四、工人の蜂起する前後がやや不明瞭で、若干唐突の感を伴わせる。
五、南軍、北軍の階級的性質が些かも描かれていない。衝突の必然性、特に蔣介石軍の北伐を階級的に見る必要がある。
六、幹太郎一家のことが必要以上にとりいれられ過ぎていること、市街戦勃発のキッカケとなる前後はクド過ぎる。

七、最も致命的なことであるが、兵卒の間に於ける反戦活動組織として描かれないこと（尤もこれは、伏字が多いせいもあるが）。

池田のこの批判には首肯できる点もあるが、あまりにも階級的視点にかたより過ぎていて作品のテーマからずれた、ないものねだりと思えるところも少なくない。湯地朝雄は「『山東省と日本資本主義とのつながりが明瞭に形象化されていない』とか『山東出兵前後の日本資本主義の発展段階やプロレタリアート運動の情勢が描かれていない』とか言っているが、それらはこの小説がその本来の性質上包括しうる領域の範囲外のことに属する」（前掲書）とのべているが、妥当な指摘だと思う。

池田の視点は資本主義の発展段階を論じる際には必要であろうが、この小説の題材から見てここでは余計なものになりかねない。また、プロレタリア運動の情勢や国内における出兵の影響を書けというのも無理な要求であるどころか、テーマを拡散することにしかならないだろう。ただ、福隆火燐公司などの植民地的企業と日本の国内資本との関係についてはもっと記述がなされていいのではないか、という気はする。

いずれにしても、「武装せる市街」が植民地的企業と侵略戦争の実態に迫ることによって日本帝国主義の本質を暴露し、民族や国境をこえたプロレタリアートの階級的連帯を描いたことは高く評価しなければならない。それまでの反戦文学の「到達点」を示すものであり、伝治にとっても画期的な作品となったことはたしかである。

「武装せる市街」は一九三〇年一一月に刊行されたが、発禁のため敗戦後まで陽の目を見ることがなかった。敗戦直後、新日本文学会によって刊行の運びになったが、校正刷りの段階でＧＨＱの検閲にひっかかった。反帝国主義的作品であるという理由からである。やっと青木文庫版として刊行が実現したのは一九五三年七月であった（「黒島伝治全集」第三巻、小田切秀雄「解説」。現在この作品は「現代日本文学大系」第五六巻、「日本プロレタリア文学集９――黒島伝治集」、「黒島伝治全集」第三巻、「定本黒島傳治全集」第三巻などに所収）。

13章　「労芸」の分裂から文戦打倒同盟へ

ハリコフ会議

山田清三郎が「プロレタリア文学史」（下巻）の中で「もともと日本のプロレタリア文学運動は、インターナショナルの精神とわかちがたくむすびついておこったものであったが、（それは『種蒔く人』の全運動が証明している）『種蒔く人』いらい一〇年、無産階級文学連盟国際事務局委員からの飛檄にうながされて結成された日本プロレタリア文芸連盟成立いらい五年、日本プロレタリア文学運動はこうして国際的な組織と、じっさい的に結合するとともに、その運動は大会で確認され国際的連帯性のもとに、大きく世界的な注目と期待をあびるにいたったのである」とのべているハリコフ会議（第二回革命作家世界大会）は、一九三〇年一一月に開かれた。

この会議は「日本におけるプロレタリア・革命文学の問題に関する決議」をおこない、「日本プロレタリア作家同盟の基本的な文学・政治方針に全面的に賛同する」として、つぎのような点をあげている。

企業や農村を中心に全国三〇〇以上の『戦旗』支局を創設して、それを中核とした労働者・農民の読者サークルを組織し、「プロレタリア文学のおもな源泉」である労農通信員の記事を同誌に掲載している。このような運動の結果、かなりの数にのぼる労働者・農民出身の「大作家」が出現したのだ。たとえば徳永直の「太陽のない街」は大衆的プロレタリア文学に大きな影響をおよぼしており、また、日本プロレタリア作家同盟第二回大会で提起された「労働者階級の前衛の眼をもって世界を写し見ること」、「プロレタリア文学における党のイデオロギー的影響を強化・拡大すること」というスローガンも創作方針として正しいものだと考える。このスローガンが具体的に現われているのが小林多喜二の「工場細胞」であり、「この中編小説の中では共産党の地下活動、もっとも『順調に行っている企業』の一つにおける異常なまでの苛酷な条件下での活動が見事に描き出されている」。

そして、革命的同伴者作家をプロレタリア作家組織に近づけてその影響下においたことをあげ、片岡鉄兵、勝本清一郎、貴司山治らがプロレタリア文学運動に移ってきたことを例に、日本プロレタリア作家同盟が同伴者作家の問題に積極的に取りくんだ成果だと評価した。「左右の方向に生じた動揺」も克服し、一九二九年一月のナップの再編成はプロレタリア芸術運動の拡大と組織の強化に大きな役割を果したと評価したうえ、つぎのような勧告をおこなった。

(1) 日本プロレタリア作家同盟の国際的革命作家同盟への即時加入。

(2) 労農通信運動を、実践で作られた組織形態で強化しつつ、その運動の発展と拡大にさらに一層の注意をそそぐこと。

(3) 農民が人口の大多数を占め、農業問題がとりわけ尖鋭な形をとっている日本においては、農民文学にプロレタリアの指導を確保することに真剣な注意を払う必要がある。農民文学サークルを組織し、それに適切な指導を保証しなければならない。

(4) 理論および批評面での活動のいっそうの強化に注意をそそぐこと。工場企業の読者サークルにおいてプロレタリア文学の批評家や理論家を養成すること。

(5) 右翼的偏向のみならず左翼的偏向に対しても反撃を加え、文学政策面におけるマルクス・レーニン主義的方針のために、さらにいっそう積極的に闘うこと。

(6) 日本の植民地のプロレタリア文学や日本人移民（アメリカ、朝鮮、中国の）と緊密な関係を確立すること。

(7) 日本と中国の間の言語の類似性、密接な政治・経済関係、両国のプロレタリア・革命文学に芽生えつつある相互関係等に鑑み、日本プロレタリア作家同盟に対し、経験の交換、同志的相互批判の展開、政治的接触のために、この結びつきにより規則的、組織的な性格を付与し、それを強固なものにしていくよう勧告する。

(8) 革命的同伴者を味方に奪い返しつつ、文学における社会民主主義の影響に対する闘いを強化する。

（この「決議」は「資料世界プロレタリア文学運動」第四巻〔三一書房〕に所収。なお、この「決議」を掲載した『ナップ』一九三一年二月号では、(8)が「左翼社会民主主義政党の影響下にある文学団体たる『文芸戦線』一派と徹底的に闘争しなければならぬ」となっている）

これにたいして「労芸」は『文戦』同人一同の名で『文戦』一九三一年六月号に「ハリコフ大会日本委員会への抗議」を掲載、ハリコフ会議の「革命的意義を尊重」し、大会が「全世界のブルジョア文化との闘争」を強化していくことを望むとしながらも、つぎのように批判する。

この大会に二三カ国の代表が参加したことは喜ばしいことであるが、日本から出席したのは「ナガタ」、「マツヤマ」（永田は勝本清一郎、松山は藤森成吉の変名）と称する二人であったのはなぜか。「日本に於ける正統マルクス主義文学運動に従事せる唯一の戦闘組織である我等のプロレタリア作家集団、労農芸術家連盟は、過去十一年の闘争過程に於いて」その二人が何者であるか知らないのである。

我々の推察に誤りがなければこの二人は、「雑誌『ナップ』を中心とせる全日本無産者芸術団体協議会なるものが、独断的に、その主観的選出法によって大会に推薦したものであったに違いない」。この二人は「大会本来の革命的意義に添う適宜な日本の革命的作家集団の代表者であるか？」、「代表者の銓衡方法に誤りはなかったか？」。

日本のプロレタリア文学運動は、一九二一年一二月に創刊された『種蒔く人』によってはじめてブルジョア的文化とのたたかいが開始された。「この機関誌を中心としたプロレタリア作家及び理論家の集団は、一九二四年（略）機関誌『文芸戦線』を発行し、革命作家達の集団的組織としての労農芸術家連盟を持ち、日本に於けるプロレタリア文学運動の主動的前衛として今日に到っている」のである。

この「多難なる十一カ年の闘争史」の中で労農芸術家連盟では、数次におよぶ脱退事件が起こり、「二三十人の脱落者の群を健康なる運動の主体から整理した」のだ。脱落は彼らの極左的傾向によるものであった。この脱落者の一部は「ブルジョア文化の下に於ける寄食者としての左翼日和見主義に陥り」、一九二七年一二月に全日本無産者芸術団体協議会なる組織を結成し、雑誌『戦旗』、『ナップ』を発行、かたちだけのプロレタリア文芸家集団として「日本に於ける労働者農民の政治的経済的闘争の戦線攪乱に従事することをのみ目的とした」のである。しかるに今回、ハリコフ会議に出席した前記の二人は、その「憎むべき代表的サンプル」だったのだ。

我々は、この代表によって報告されたことをもとにつくられた日本にたいする「決議」には断固として反対する。労農芸術家連盟と機関誌『文芸戦線』を改称した『文戦』は、過去一一年間の歴史が示すように「終始一貫、正統マルクス主義の理論に基づく日本唯一のコミュニズム作家の集団及びその機関誌である」。

我々はハリコフ大会の決議を尊重するとともに、そこで決定されたプロレタリア作家としての一般的任務や活動方針にたいしては「満腔の賛意を表する」が、「特に異例を設けて反対する所以」は「誤れる代表者」によって日本にたいする「決議」が作成された点である。なぜ、この世界革命作家大会は、日本のプロレタリア文学運動の「歴史を無視して、その現実の発展性に眼を覆い、誤まれる銓衡方法を以って、かかる日本のプロレタリアートと向背せる代表者を選出せるか？　何故に、故意的に我等の労農芸術家連盟を代表者のリストから抹消したのであるか?」」。「大会は、如何にしてこの過誤を清算せんとするものであるか?」」。

このように「労芸」は、ことに日本代表の選考についてきびしい批判をおこない、「日本の現在に於ける文学運動の客観的情勢に関する正確なる報告、その他に就いて、何時なりと大会の求めに応じ、欣んでこれを参考資料として提出することを怠るものではない」と結んでいる（この「抗議」は「日本プロレタリア文学集」別巻に所収）。

「労芸」の分裂と伝治

このハリコフ会議の「決議」にたいする抗議声明を出す前後に「労芸」は三次にわたる分裂をくり返した。最初の分裂は一九三〇年六月に起きる。その発端となったのが岩藤雪夫の代作問題であった。『文芸戦線』のホープと見られていた岩藤は「工場労働者」を『中央公論』に、つづいて『改造』に「訓令工事」を発表する。ところがこの作品は『文芸戦線』の若い労働者作家、井上健次がその体験を書いて岩藤に渡したもので、それを岩藤が自分の名前で発表したため問題になったのである。

岩藤を文壇に登場させた葉山嘉樹は処置に困り、自宅に「労芸」の理論的指導者である青野季吉や中心的な作家、黒島伝治らとともに当事者である岩藤を呼び、前記の二誌に掲載されたものと井上の原稿を比較検討することにした。このときの事情について江口渙が「たたかいの作家同盟記」下巻の中にくわしく記しているのでそれを要約しておく。

『中央公論』、『改造』に岩藤の名前で発表された作品と井上の原稿をくらべてみると、書き出しの部分と最後の一、二枚がちがっているだけであとはまったく同じである。最初は岩藤をかばっていた葉山も怒り出し、すごい剣幕で怒鳴りつけたので彼は泣き出したという。

岩藤は、ひどい貧乏ぐらしをしていた井上に経済的な援助をして何とかこれ以上問題が大きくならないようにしたが、おさまらないのが葉山と仲が悪かった小堀甚二や平林たい子らで、また問題をむしかえそうとする。それに怒った葉山や前田河広一郎は脱退すると言い出し、青野もそれに同調した。そうなれば「労芸」は崩壊の危機に直面する。ことに『文芸戦線』の看板である青野の脱退は致命的であった。それを心配した金子洋文は何とか脱退を思いとどまらせた。

こうして代作問題はいったんおさまったかに見えたが、再燃することになる。『国民新聞』がこのことをすっぱぬいたのである。そこで、だれが新聞に情報をもらしたかが大問題となり、「『文芸戦線』の内部はさながら蜂の巣をつついたような騒ぎになった」。新聞への「売り込み」の疑いをかけられたのが、『文芸戦線』の経営を担当していて新聞社とも関係のあった伝治であった。そのため、葉山、前田河、青野らからにらまれるようになる。だが「あとで解ったことだが、売り込んだのは黒島伝治ではなかったそうだ。また、井上健次の作を岩藤の作として売り込んだのは前田河広一郎で、岩藤の責任ではない」ともいう。いずれにしてもこれらのできごとが「労芸」内部に亀裂をもたらしたことにかわりはない。

こうした中で平林たい子、今村恒夫、長谷川進の三人が「労芸」を脱退。一九三〇年六月のいわゆる第一次分裂である。このことに関して「労芸臨時総会声明」はつぎのようにのべている。

わが労農芸術家連盟は、同志諸君は勿論、一般支持者諸君も周知のように、これまで如何なる困難に遭遇し、如何なる犠牲を耐え忍んでも、その根本的原則――本連盟存在の階級的意義を守り通して来た。（略）（引用者注・代作問題の）解決に就いても、我々はもとより（略）あくまで階級的に行動し、善処した。

即ち、委員会は文字通りの代作を絶対に不可と認め、岩藤の反省を促すことを決議し、併せて同志間の共同製作については、それがプロレタリア文学の実践において慎重な考慮を要する事象であるが故に、科学的に十分研究する意図を示した。かくて委員会の決議は、決して岩藤の作家的発展を断ちきるような悪意にみちたものではなかったのだ。反対に、同君の新たな発展を約束する同志的友愛にみちたものであった。然るにそれが反対にデマられ、歪曲されて伝えられることによって、一部委員の不信と横暴を難詰めして葉山嘉樹、岩藤雪夫両連盟員の脱退の意思表示となり、前田河広一郎もまた別個の理由から辞表を提出するに到った。

三君の辞表は、連盟員田口運蔵の苦哀によって正式の機関に提出されなかった。（略）然るに平林たい子、長谷川進、今村恒夫の三君は、前記の解決を不満として脱退したのだが、彼等は脱退を表明するにあたり、如何なる非階級的行動をとったか。（略）平林君は「女人芸術講演会」に於て小ブル共の面前で脱退を表明することによって、数年間協同して来た同志に泥を投げつけた。（略）彼等は自らを「文戦」改革に強硬なる主張を持つもののように提言する。が、彼等は嘗て一度もその改革意見なるものを正式の機関を通じて連盟に提案したことがあったか。一度もないのだ。（略）如何に非集団的・非階級的で、デマと悪ゴシップの貯蔵庫であるかは察するに難くない。（略）

要するに彼等の脱退の心理的根拠は、ルンペン的不満と、虚無的消極性、理解と認識とを毫も容れないヒステリー性との混淆であり、その理論的（？）根拠は、彼等が大衆的集団内における少数派運動の意義を全然忘却している事実によって、一見何人にも明らかなように、非マルクス主義的・個人主義的想念だ。この事実は何ものをもっても、覆うことは出来ない。

このように「労芸」は、七月二日の「声明」の中で平林、長谷川、今村三名の連盟脱退をきびしく非難した。同年一一月、伊藤貞助と高野次郎が脱退を通告する。四日のことであった。つづいてその翌日、伝治も今野大力、宗十三郎、山内謙吾らとともに脱退。この第二次分裂について、「労芸」は六日に声明書「六名の除名に就いて」を出し、六名の脱退者を口をきわめて論難する。

「十一月六日、わが労農芸術家連盟は、黒島伝治、伊藤貞助、高野次郎、山内謙吾、今野大力、宗十三郎——以上六名を除名処分に付した」と前置きし、その理由をつぎのようにのべる。

我々は総会の「声明」において極左的、右翼的偏向の清算を明らかにしたが、黒島、伊藤らは「運動をサボタージュし、或は意見化されざる不満を個人的に表明することによって連盟の活動を阻害し、或は陰険陋劣なるデマと策動によって連盟員間の感情の疎隔を計らんとした」。これにたいして連盟は除名を決議したのである。

彼らは「笑止にも政治的意見の相違」によって脱退したものであるかのようにいっているが、これまでもっとも政治的に無関心であったのは自分たちではなかったか。もし連盟の指導的意見が社会民主主義的であるとするならば、組織の内部において自らの反対意見をのべ批判すべきだったはずだ。それが「真のコムミュニスト」としてのとるべき態度である。

ところが彼らは自らの政治的見解を一度も示すことなく「連盟を逃亡し、我々こそは真正のコムミュニストだと叫んでいる！」。だがわれわれは少しも驚きはしない。なぜなら「彼等が単なる極左的ロマンチック乃至は極左的仮面にかくれた文壇的利権屋の一群に過ぎない」ことをあまりにもよく知っているからだ。

彼らは「労芸」がプロフィンテルン（赤色労働組合インターナショナル）にたいして「態度を曖昧にして」いるといっているが、「我々が国際的なプロレタリアの党、及びプロフィンテルンの原則的な方針を否定したことが嘗て一度でもあったか！　ただ我々は、日本におけるプロレタリアの党と称するもの及びその指導下にある諸団体の理論及び実践上の極左的誤謬、並びに単なる党の名のみによって如何なる誤謬にも無批判的に追随する者の坊主主義的傾向と鋭く対立しているに過ぎないのだ」。

つまり、「労芸」はソビエトの党は支持するが、日本のプロレタリアの党である日本共産党とその影響下にある諸団体には反対するというわけだ。

そして「声明」は、階級党の名を利用するという浅薄さを「憎み且つ悲しむ」とともに、黒島らがこの過ちをくり返したことを遺憾であるとして、「腐れ果てたる者よ、行け、ジャーナリズムの旗の下に！　わが連盟は、かかるバチルスを排除することによって、一層活発なる運動を展開し、如何なる困難に遭遇するとも、労働者、農民大衆の心臓の中に、真のプロレタリアートの革命的精神を燃え上がらしめることに鋭意努力することを誓うものである」と結んでいる。

ここで第二次分裂の原因ともなったプロフィンテルン第五回大会についてふれておきたい。

左翼日和見主義の誤りを批判し、日本の労働運動の正しいあり方を示した五回大会は、一九三〇年八月、モスクワで開かれ五六カ国から四〇〇名の代表が参加した。この組織には全協（日本労働組合全国協議会）が加盟しており、紺野与次郎、大井昌、児玉静子、飯塚博、南巌（以上労働者代表）と蔵原惟人、江口渙が参加。極秘のうちの入国であった。五回大会の基本方針は「いくつかの資本主義諸国の労働組合の革命的反対派が独立した革命的労働組合に転化し、これがプロレタリアートの経済闘争を指導しなければならない」というものであった（ソ連科学アカデミー編・国際関係研究所訳「国際労働運動史」第五巻、協同産業出版部）。

一九三一年二月、帰国した蔵原はアジ・プロ部協議会で採択されたテーゼ「プロレタリア文化・教育組織の役割と任務」にもとづき、古川壮一郎の名で『ナップ』六月号に「プロレタリア芸術運動の組織問題」を、さらに八月号には「芸術運動の組織問題再論」（ともに「蔵原惟人評論集」第二巻に所収）を発表し、ナップ所属の芸術団体は、工場に文学、演劇、美術、音楽などのサークルをつくり、これを基礎にした全国的文化団体結成の必要があることを提起したのである。この年の一一月、ナップは解体し、芸術団体に科学同盟が加わり、コップ（日本プロレタリア文化連盟）が結成されることになる。

ところで、なぜこのプロフィンテルン第五回大会のことが「労芸」で問題となったのか。一九三〇年一〇月号の『文芸戦線』に長野兼一郎訳の五回大会の記事が掲載され、これが「労芸」の総会で論議されたのである。江口渙は「たたかいの作家同盟記」（下巻）の中でこのように書いている。


問題にしたのはどうしたわけだか当の翻訳者の長野兼一郎自身である。

「われわれの労芸ではいままでプロフィンテルンには反対の態度をとってきたのに、その機関誌である『文芸戦線』に世界大会の記事の翻訳をのせるのはどうしたことなのだろう。われわれはいったいプロフィンテルンをどう理解すればいいのか、それをこの総会で解決してもらいたい」

と、執行部に問題を投げつけた。虚をつかれた形の青野季吉はおどろいて発言を求め、あわてて長野をおさえにかかる。

「それは重大問題だからいずれ調査委員会でもつくって、慎重に研究した上で決定しよう」

すると黒島伝治が「議長」と叫んで立ち上がる。

「いや、問題が重大だからこそこの総会で解決すべきじゃないか。重大な問題をあとまわしにして、この総会に何の意義があるんだ」「いや重大な問題だからこそ慎重審議する必要があるんだ」「いや重大だからこの総会でやるべきである」……さんざんすったもんだしたあげくのはてに、黒島伝治の提案は多数決でけとばされてしまった。

だが、黒島はそれで引きさがりはしない。というのは彼はそのずっと前から「文芸戦線」一派にあいそをつかしていた。（略）とくに「文芸戦線」一派が支持している社会民主主義合法政党の一部の幹部たちの腐敗にはとてもまともに見てはいられないものがある。それに加えて作家同盟の輝かしい文学作風の影響が大きな力となって「文戦」の中にまで流れこむ。彼はいつのまにか社会民主主義からマルクス・レーニン主義へと思想的に転換しつつ成長していたのである。

こうして「労芸」を脱退し除名された伝治はほかの五名に今村恒夫、長谷川進を加えた八名で一一月、「文戦打倒同盟」を結成、『文芸戦線』派とのたたかいを開始したのである。

乱闘事件

文学団体として例を見ない乱闘・流血事件が起こるのは、伝治らが脱退してひと月もたたない一九三〇年一一月二四日のことであった。

脱退した伝治ら六名を除名したものの「労芸」にとってすぐさま困難な問題が起こった。ことに雑誌発行など経営面での仕事をまかされていた伝治がいなくなれば『文芸戦線』も出せなくなる。というのは、当時、雑誌を発行するためには保証金制度というのがあって、発行者は保証金を内務省に納入することが義務づけられていた。保証金は、保証金屋という金融業者から借り、月々利息を払っていたが、伝治を除名したためその責任者がいなくなったのだ。保証金屋は利息の支払いを要求してくるし、また、それまで伝治を信用してカケ売りをしてくれていた紙屋もそれを止めてしまう。これらのことを伝治の策動であると曲解した「労芸」の幹部は激怒したという。

身の危険を感じた伝治はやむなく転居する。このころの彼は病状が思わしくなく血痰も出ていた。また生後二カ月足らずの子どももいたのだった。

里村欣三が転居先の家を訪ねてきたのは一一月二四日の夜も一一時を過ぎたころである。就寝していた伝治は起きていき玄関の戸を開けた。用心していたはずの彼がなぜ戸を開けたのか。窪川鶴次郎は「里村に気を許したのは、里村が最近脱退派に非常に好意を持ち、自身が連盟内に残留している事に常に不快を感じていると人々に洩らしたのを知っていたからとの事である」と書いている。

玄関に立っていたのは里村ひとりであったが、その姿は異様であった。印半てんに地下足袋をはき、手には棍棒を持っているではないか。伝治は体調がすぐれないので明日にしてくれと頼んだが、里村は話があると言って無理に引っぱり出す。外には岩藤雪夫、長野兼一郎、井上健次らがいて棍棒や日本刀を手にしていた。伝治はそのまま用意されていたタクシーに引きずりこまれると岩藤の家に連れて行かれたのである。

この突然のできごとを伝治の妻は伊藤貞助に知らせに行く。そこには高野次郎が泊まっていて、急を聞いた二人は文戦打倒同盟の仲間を集め、タクシーに分乗して伝治の救出に向かった。伝治が連れ出された二時間後のことである。

岩藤の家には前田河広一郎、葉山嘉樹らが待機していて、伝治に脱退理由声明書の取り消しをその場で書くことを求める。やがて伊藤らが着くと、中からは前田河や葉山の怒鳴り声が聞こえてくる。今野大力が伝治の様子を尋ねると、いきなり奥から出てきた数人に頭髪や襟をつかまれ引きずり上げられ、寄ってたかって殴られた。前田河はそのとき今村の右耳の下に焼きゴテを押しつけたという。伝治はすでに後頭部を殴られたうえ、投げつけられた茶碗で手を切り血を流していた。

長谷川進も葉山の刀で頭を傷つけられた。こうして大乱闘になったのである。そこへ駆けつけた巡査によって双方とも全員検束され、留置場で三日間を過ごすことになる。伝治はその後自宅へ戻ると喀血した（浜賀知彦「黒島伝治の軌跡」や『ナップ』一九三〇年一二月号の窪川鶴次郎「文芸戦線の最近の傾向と分裂・乱闘事件の階級的意義」などによった）。なお、乱闘の場面は江口渙「たたかいの作家同盟記」や、はらてつしの「作家煉獄」に生々しく描かれている。またこの事件の直後、窪川鶴次郎は前掲論文で「労芸」の階級性の問題について一六ページにわたりきびしく論じている。

この乱闘事件についてナップは機関誌『ナップ』一九三〇年一二月号に声明書を掲載、つぎのように批判した。

「ナップの新たなる追撃によって、彼らは、その時社会民主主義者としてのシッポをつひに芸術運動の姿におひて現したのだ。（略）取り残された文戦は、今や、全く反動ボスの山塞たらんとしつつある。彼らはコテを焼き、太刀を振るひあらゆる蛮行を尽くして、彼らの仮面の引き剥がれるのをはばもうとして死苦八苦しているのだ！　落ちた面は砕かれねばならぬ。今こそ、彼ら社会民主主義者の正体を労働者農民の前に完膚なきまでにバクロし粉砕すべき秋だ」

また、文戦打倒同盟も結成宣言をこの事件の一二日前に発表、「労芸」は「一切の社会民主主義と共に労働者農民大衆の中に派遣されたるブルジョアジーの使者であ」り、我々は彼らとはいかなる共闘もしないし、このような芸術団体は粉砕するほかない、と宣言する。また、文戦打倒は我々にとって当面の任務であるとのべ、「我々は最後にナップ員諸君並びに雑誌ナップ及び戦旗を支持する全国の同志諸君に積極的応援を希望すると共にあらゆる社会民主主義の芸術に対する闘争を飽くまでも遂行せんことを誓ふものである」（『ナップ』一九三〇年一二月号）と、これからのたたかいの方針を明確にするとともに不退転の決意を表明していたのである。

伝治の反論と作家同盟への参加

文戦打倒同盟の機関誌『プロレタリア』一二月創刊号に伝治は「彼等の偽瞞の面皮をひきはごう」を発表する（現在は「黒島伝治全集」第三巻に所収）。

一一月六日付として発表された我々にたいする声明書は、「彼等の常套手段たる誤魔化しと、偽瞞と（略）漫罵、中傷、以外の何ものでもな」く、いかに「デマゴキーによって我らを中傷しようとしても（略）断然、我々が正しかった」。現に、まだ連盟にとどまっている者からも連盟幹部への批判が強まっているではないか。「漫罵をとばす前に、足もとに気をつけよ」。でないとやがて「労芸」は土台から崩壊してしまうだろう。

「我々は、彼等、ダラ幹どもが如何に大衆を偽瞞し、如何にエビで鯛を釣る算段に心を砕いているかを、読者の面前に曝露しなければならぬ」

「労芸」の「堕落と右傾化の傾向」は早くも一九二六年一一月の旧「前芸」との分裂のときから始まっていたのである。「一人の幹部によって、専制的に指導され」た『労芸』はますます右傾化し、親分子分の関係という泥沼にはまりこみ、失望と増悪なしにまともに見ることができない状態になっていたのだ。「そこでぐずぐずしていた」のは我々の誤りでもあった。その中で我々は経営と雑誌編集という最も骨の折れる下積みの仕事をやってきたのだが、今さらそれをどうこう言っても仕方がない。だいじなことは「連盟の右傾化、大家の怠慢、不活動、(略) 連盟員と大衆との疎隔、作家の行きづまり」などに苦痛を覚えるようになってきたことである。この「動脈硬化症」に陥っているのは「労芸」だけではなく、それを政治的に指導してきた労農派グループにもあてはまることだ。

去る六月、岩藤雪夫の代作問題がきっかけで平林たい子ら三名が脱退し、連盟幹部の腐敗が曝露された。彼ら幹部は「内部的には極左的及、右翼的傾向を清算して来たと云っている」が、とうていそんなことをいえるものではなく、それどころか事実は右翼的偏向の助長でしかなかったのである。「極左的」ということばは、これまで「労働者農民のために行動したことのない彼等が左翼組織に対して、十年一日の如く繰り返す罵言にすぎない」。

彼らは総会でプロフィンテルン第五回大会のことが問題になったとき、かんたんにこれを処理しようとした。「考えても見よ！　一個の芸術団体がプロフィンテルンの支持云々とは何事ぞ?」。この態度こそ彼らが「口にマルクス、レーニンを唱え、実行に於て裏切り、大衆を偽瞞している」証拠ではないか。

「労芸」は機関誌『文芸戦線』に「無産階級的大衆誌」と銘打ち、文学青年相手の雑誌ではなく、労働者農民を「宣伝煽動する雑誌」であり、工場や農村に持ちこまなければならないと主張してきたのではなかったか。それなのに、芸術団体を理由に労働者の世界的組織であるプロフィンテルン支持を実質的に拒否しようとした。「表看板には労働者農民に働きかけることを麗々しく掲げながら、内実には、如何に働きかけるか」を問題にしようとしない。これは明らかに怠慢であるというほかはないであろう。

これは「言葉と実践が一致しない、口には革命的なことをとなえ、労働者の味方であるかの如く見せかけ、実行に於ては裏切り、大衆を偽瞞するもの」でなくて何であろう。

「ついでに一言して置くが、彼等、幹部どもは、彼等の意見と対立するような議案が上される場合には、狡猾にも先ず、その議案を取り上げることの可否を多数決を以て決め」、少数派や幹部に反対する意見は議題としてとりあげられる前に葬られてしまう。

「いまや、労農芸術家連盟は、人間の仮面をかむった猿の如く、顔には、コミンテルンを否定しないとか、プロフィンテルンの報告をのせるとか、スターリンの共産党大会に於ける報告をのせるとか、あらゆる手段を尽くしてその仮面を人間らしくつくろおうと努力しているが、頸から下は、まるで毛猿の正体を曝露して踊っている。そして、その毛だらけの手は一方はブルジョア地主につながり一方は官憲につながっている」。このような姿勢の根本にあるのはひとえに彼らのよって立つところの社会民主主義である。

天下に赤恥をさらした代作問題も「彼らがプロレタリア階級運動に於る一兵卒としての自覚と決心を持たぬところから出発している」からであって、ただジャーナリズムにもてはやされたいという気持ちを如実に示したものに過ぎない。

彼らは我々にたいして「ジャーナリズムの波に乗る手段とし階級党の名を乱用する」ものだと言っているが、このことばにのしをつけて返してやろう。「腐れ果てたる者よ、行け！　ジャーナリズムの旗の下に」と。

我々が「文戦」を出てまだ二週間しかならないが、そこが「如何にカチカチの殻の中に閉じこもった、重苦しい、空気のよどんだ窒息しそうな世界であったかがはっきり分った」。「『文戦』に残っている諸君!(略)思い切って、いろいろな腐れ縁を叩き切り、いさぎよくとび出して来たまえ。吾々と共に正しい道を進もうではないか」。

この激越な伝治の文章は「労芸」との訣別宣言であり、新しい道への第一歩を示すものであった。こうして彼はナップ所属の日本プロレタリア作家同盟に参加することになる。

第二文戦打倒同盟

一九三一年五月一一日、細田民樹、細田源吉、小島昴、間宮茂輔、安藤英夫、大山広光ら一一名が「労芸」を脱退、第二文戦打倒同盟を結成した。第三次分裂である。機関誌『前線』を発刊するが、ナップに加入したため二号で終わった。

彼らは『ナップ』六月号に「全国の労働者農民諸君に檄す!」を発表し、その立場についてつぎのようにのべる。

「全世界の金融ブルジョアジーは、あらゆる反動勢力を総動員して」労働者農民を弾圧することに狂奔している。我々は「戦闘的プロレタリアと農民に於ける貧農との共同闘争」を押し進めることを要求されている。文化運動においても同様であるのに「労芸」の実態はどうか。

彼らは相も変わらず、社会主義の樹立をめざす革命的プロレタリアの党を否定する山川均の「単一無産政党論」にしがみつき、また、文芸理論においても「革命と前衛の機能とを無視せる自然主義的リアリズム」から抜け出そうとはしない。「労芸」とは、無産合法政党論を唱える山川イズムを「盲目的無批判的に支持する坊主主義文芸団体なのだ」。

「我々は、無産運動に於いてコミンターンを認めず、文芸運動に於いてはハリコフ大会を否認し、一片の抗議文を突付ける如き『文戦』の態度に絶対反対意志を表明するものである」

我々は以前から「文戦」の非階級的イデオロギーを粉砕するために、彼らの支持する「単一政党論」を批判し、その芸術活動を正しい方向に転換させるために努力してきた。ところが、「『文戦』の親方共」は、我々の努力を「組織を撹乱する分裂運動」であるとして、「あらゆる暴力的威嚇、私宅襲撃等々の醜悪なる手段を講じつつあったのだ」。だが我々はそれに屈することなく、「彼ら（文戦ボス共）と我々との政治的意見の対立」を明らかにし、「文戦」解体の運動をおし進めてきた。「我々は、此処に、階級の名の下に、反動的、社会民主主義的、反革命的芸術団体『文戦』の徹底的粉砕を誓うものである。と同時に、我国唯一の革命的芸術団体『ナップ』の闘争の線に沿って、飽迄も果敢な闘争の展開を契うもの」である。

この「檄」につづいて八月五日付で「声明書」を『前線』に発表する。

「労農」一派の指導のもとに「労芸」の反動化、ファッショ化は進み、「今や公然と帝国主義ブルジョアジーの手先となり、支配階級と提携することによって、無産階級の解放運動を積極的に妨害しつつある」。このような社会民主主義者との闘争によってしか無産階級の解放と勝利はありえない。

「労芸」内の我々が「過去の大なる誤謬を清算すると共に」、内部に「反対派を結成し、『労農』一派並びに『文戦』の粉砕のために闘ったのは、かかる階級的使命を自覚したから」にほかならない。

我々が「第二文戦打倒同盟」を結成し、機関誌『前線』において、あるいは講演会など、さまざまな闘争を展開してきたのは、ひとえに彼ら社会民主主義者を粉砕するためであった。そのためには「我国に於ける唯一の共産主義芸術団体なる『全日本無産者芸術団体協議会』に統一されることによって、更に徹底的に闘われなければならぬ」。

このように宣言し、彼らはナップへ加入したのである。

この前年に「彼等の偽瞞の面皮をひきはごう」を書いて「労芸」を徹底的に批判した伝治は、つづいて「我々は新段階へ進まねばならぬ」を『プロレタリア』（一九三一年一月号）に発表、つぎのようにのべる（現在は「黒島伝治全集」第三巻に所収）。

我々の脱退ときびしい批判によって「社会民主主義者の裏切りと妨害は蹴とばされ」、大衆のたたかいは「改良主義者の指導を乗り越して、大衆的××、××の形態となって現われ」ている。

いくたびもの「試練によって鍛えられた××的プロレタリアートは、社会民主主義者がいかなる仮面を被って現われてもそれを見破ることができる。そして「××的プロレタリアート」としてたたかいの先頭に立っているのだ。我々の進むべき道はただ一つ、それは「××主義者の道」である。「一握の社会民主主義者どもは、完全に階級運動の埒外へ放逐して、ブルジョアジーの番犬たる焼印を捺してやるべき」だ。したがって、今我々にとって目の前にあるのは、裏切者である社会民主主義か××主義かのどちらかであり、その中間的存在などありえない。

文戦打倒同盟の任務は社会民主主義者の文学団体である「労芸」と機関誌『文戦』を「叩きつぶ」すことにある。我々は「裏切者の巣窟『文戦』が正しいか。それを読者に問おうとして『プロレタリア』を創刊した」のである。

しかし、我々は『文戦』にたいするたたかいが十分であったとは考えないし、彼らの「反動的裏切り」を暴露したとはいえ、まだ「終了した」わけでもない。その「腐敗惰落」を暴露するとともに、我々は「真正のマルクス主義的観点に立って、××主義芸術を創造し」、作品にたいするには作品をもって、理論にたいしては理論を対置しなければならない。それは「社会民主主義者どもが取扱い得ないような題材を、彼等が観察し得ない角度から、彼等が描き出し得ない手法によって表現して見せること」であり、芸術創造という「実戦」、すなわち作品そのものによって彼らを克服することにこそ真の勝利がある。

そのためには、我々自身がマルクス主義によって武装しなければならない。そして「労働者農民の不平不満を自分の不平不満とし、労働者農民の苦悩を苦悩とし、労働者農民の生活の陰翳や、感覚や、神経を最も親しみ深く表現すると共に、適確に大衆をアジ・プロし得る作品を創り出さなければならぬ」。また我々の任務がブルジョア文学とのたたかいにあることも忘れてはならない。

文戦打倒同盟は、「日本に於ける唯一の正しい××主義芸術団体、『ナップ』の内部に這入って」活動する。機関誌『プロレタリア』の読者にも雑誌『戦旗』や『ナップ』が購読されることを期待する。

このように伝治は「労芸」とのたたかいを強い調子で宣言するとともに、文学上の優劣は作品の質で決まる、そのためには実作で勝負しなければならないことを強調したのである。

さらに伝治は『戦旗』(一月号)に「入営する青年たちは何をなすべきか」を発表、自分の経験をもとに軍隊の本質を仮借なく曝き出す(「黒島伝治全集」第三巻所収)。

全国から「約十二万の勤労青年たちが徴兵に取られて、兵営の門をくぐる日」がきた。都市の若者は職場を捨て、農村の青年は「鍬や鎌を捨て」、「老人や幼い妹を残して」入営しなければならない。待っているのはあの兵営である。そこは「暗く、新しく着せられるカーキ色の羅紗の服は固ッくるしい。若ものたちは、送ってきた親や、同志たちと営庭で別れる。そして、大きな茶碗で兵営の小豆飯を食わされる」のだ。

彼らはほんとうに国のために兵士になったのだろうか。それは「目出度いことであり、名誉なこと」であるだろうか。若い兵士たちは、小学校では広瀬中佐や橘中佐のように国のために命を捨てなければならないと教えられ、「旅順攻撃に三万人の兵士たちを殺してしまった乃木大将はえらい神様であると教えこまれた」のである。また、青年訓練所でも同じような思想をうえつけられた。そして「士族の息子が大尉になっているのを、えらいもののように思いこまされた」。しかし、大尉がそんなにえらいのか。乃木大将はだれのために三万人もの兵士を「弾丸の餌食」にしてしまったのか。

兵営では「班長のサル又や襦袢の洗濯をさせられたり」、銃や野砲の撃ち方を教えこまれたりの毎日で、朝から寝るまで休むひまなどありはしない。そんな生活が待っているのだ。

労働争議や小作争議が起これば、自分たちの敵である資本家や地主のために親や兄弟に「銃口を向ける」ことになる。これが国のためなのか。「いや、それは嘘だ。大きな嘘だ。資本家のためであり、地主のため」なのだ。

それだけではない。資本家は植民地の労働者を「ベラ棒に安い」賃金で「牛か馬かを使うよう」に働かせる。そのような彼らを弾圧するために軍隊は使われる。まさに植民地における資本家の利益を守るために番犬の役目を果たすのが兵士である。また、国内では、全国民に軍国主義を押しつけているのだ。

多くの若者たちが兵営に送られていく。だがそれを拒んではならない。なぜなら、そこで身につけた戦争の仕方と武器をブルジョアジーに向けるためである。レーニンはつぎのようにいっている。「武器を取扱ひ武器を所有することを学ぼうと努力しない被圧迫階級は、ただ奴隷的待遇に甘んじていなければならぬであろう。（略）吾々のスローガンはこうでなければならぬ。即ち、ブルジョアジーを打倒し、収奪し、武装解除するために、プロレタリアを武装させること。プロレタリアートは、ただブルジョアジーを武装解除した後にのみ（略）あらゆる武器を塵芥の山に投げ捨てることが出来る」。

このことを知っている兵士は同年兵たちに語らなければならない。そして兵営内に「××を作り、それから、革命的な、サークルや、グループを組織化することに努めなければならぬ」。これが革命的な青年たちの仕事であり、ブルジョアジーのための軍隊を打倒することなしにプロレタリア革命の実現はありえないことを認識すべきである。

このように伝治はレーニンの理論を援用しながら、兵士となっていく若者たちに訴えたのである。これは、軍隊内での反軍闘争にとどまらず、軍隊を資本主義打倒のための勢力に転化させることを主張したものであった。

この「訴え」を書いたあと、「僕の文学的経歴」（『文学風景』一月号）、「国境」（『戦旗』二月号）、四月に「農民文学の問題」（『東京朝日』）を発表。作家同盟第三回大会では中央委員に選出された。

六月、「親分子分グループの行方」（『前線』）、「農民文学の正しき発展のために――ナップ派より『農民』派への駁論」（『読売新聞』）を発表、作家同盟に農民文学研究会をつくった。七月、ナップ東京地方協議会委員になる。八月には、「北方の鉄路」を『文学時代』に、「棘のある籬根」を『新潮』に発表し、九月から一二月にかけて「農民文学の発展」（『若草』）、「奉天市街を行く」（『戦旗』）、「防備隊」（『文学新聞』）、「坊主と犬」（『新潮』）などを書いた。

14章　弾圧の嵐の中で

伝治の農民文学論

伝治は一九二六年八月、『文芸時報』に「農民文学――最近の作品に就いて」を書き、犬田卯と和田伝の作品についてつぎのように評価した。

農民文学は「百姓の生活のやうに地味な、ぱっとしないものであるといふ観念を伴ひ易いがために」ジャーナリズムもあまり目を向けてこなかった。これまで「都会的なもの、ハイカラなものを偏重する嫌いがあったあまりに、神経衰弱にかかったやうな、末梢神経的な、軟弱なものがはびこりすぎた」ようだ。「これからは、伸びて行こうとする意気に満ちた文学が起って来」ることを期待したい。

農民文学についての主張には、人によって違いがあるが、僕は理論は第二の問題であって、まず今あるところの農民のくらしや心情を書いていきたいと考えている。「土の精神」やプロレタリアの精神は、「理論によって一朝に作られるものではなく、素質、境遇、体験、健康等に深く根ざして全身から発して来るもの」ではないだろうか。

伝治は、自分の体験にもとづいたものであろう、このようにのべ、数少ない農民作家の中で奮闘している犬田卯の「黙せる鬼」、「ある百姓の老後」と和田伝「応酬」を紹介し、高く評価している。

これは、「最近の作品に就いて」という副題がつけられているように作品の紹介だが、その中に農民文学のあるべき姿を示した文章といってよかろう（この文章は筑摩書房版『黒島伝治全集』には収録されておらず、二〇〇一年に出版された佐藤和夫編『定本黒島傳治全集』第四巻〔勉誠出版〕にはじめて収められた）。

つづいて一〇月、『文芸市場』に「農民文学漫筆」を発表し、農民文学にたいする自らの姿勢を感想風にのべている（『黒島伝治全集』第三巻所収）。

農民の被搾取の歴史は都市の労働者よりずっと古く、そして長い。その「社会的環境に主として目を注いで」、彼らの生活と搾取の実態を、もちろん自分の知り得る範囲内においてであるが、あるがままに書いていくつもりだ。

農民文学において「土の匂い」とか「土の精神」が強調されるが、「僕がこれまで見たり体験したところでは、百姓の生活の中にさういふものを見出せないやうに思ふ」し、困ったことは「僕にさういふ望ましき精神の持ち合せが無いことだ」。できればそのような物の見方ができるようになりたいのだが、なかなかできそうにない。

ともかく、「土を基準にした物の見方」、「自然に関連した方面」と「社会的環境に対する方向」の二つのうち、僕にとっては後者に視点をあてるほかなさそうだ。そうはいっても前者を取り入れないというわけではない。要するに「階級的立場に立って、農民の生活、農民の精神を視、それを理解して、表現を与えて行きたいと思う」。たとえそれが農民文学と呼ばれるものでなくともいい。「プロレタリア文学の一分野」であればいいのだ。

ここで伝治は、自分の作品に「土の匂い」や「土の精神」が欠けていても、階級的視点に立って農民を描けば、農民文学と呼ばれなくてもプロレタリア文学であることに変わりはないし、自分はそのようなものを書いていきたいといっているかのように思われる。

農民文学の秀作「二銭銅貨」と「豚群」を発表したのは、この年のことであった。

「農民文学の問題」は『東京朝日新聞』に一九三一年四月二二、二三、二四日の三回に分けて発表されたものであり、この中で、伝治は前述の五年前の二つにくらべるとかなり突っこんだ農民文学論を展開している（『黒島伝治全集』第三巻所収）。

「農民文学に対する、プロレタリア文学運動の陣営内における関心は、最近、次第に高まってきている」との書き出しで、ハリコフ会議の「国内に大きな農民層を持つ日本にあっては、農民文学に対するプロレタリアートの影響を深化する運動が一層注意される必要がある。（略）しかし、いふまでもなく、それが、あくまでもプロレタリアートの下に置かれなければならぬことはもちろんである」という部分を引用したうえで、つぎのようにのべる。

農民の生活を題材としても、だいじな点はプロレタリア文学が目標とするものと一致するということである。だが、農民と工場労働者は「その所属する階級がちがっている」。「前衛の立場に立って物を視、かつ描く」というプロレタリア文学の方針は一年前に確立されており、「質的飛躍の第一歩」が踏み出されたが、工場労働者と異なる条件下にある農民の「欲求や感情や感覚など」をどのように表現しなければならないかという課題についての明確な解決はまだついていないというのが現状ではないか。このことは、日本の近代文学が農民にたいする関心が薄く、農民を「ママ子扱い」してきたことの現われであり、プロレタリア文学だけでなくブルジョア文学にもいえることであろう。

たしかに農民の生活を題材にしたものや小作人と地主との対立を描いた作品、農民組合の活動を取り扱った作品はある。立野信之、細野孝二郎、中野重治、小林多喜二などの作品がそれであり、「そこには、あるひはこく明にはつらつと、あるひはいみじくも現実的に、あるひは、みがかれた芸術性を以て単純素ぼくに、あるひは、大衆性と広さとをねらって農民の生活が、繰広げられている」。

そのほかにも、信州、秋田の農民を描いた平林たい子や金子洋文がいる。しかし何といっても量的に少ない。ブルジョア文学においてはもっと農民を「ママ子扱い」にしている。せいぜい島崎藤村の「千曲川のスケッチ」などに部分的に出ているだけであり、農民を描いた作品は長塚節の「土」以外にはないといっていいくらいだ。

たまたま農民を扱っているかと思うと「真山青果の『南小泉村』のやうに不潔で獣のやうな農民が軽薄な侮べつ的態度で、はなをひっかけられている」のである。

ブルジョア文学が「一杯の麦飯にも困難する農民」に関心を向けなかったのは、彼らの文学が「手の白い、労働しない少数の者にささげられた文学であったこと」を「物語る以外の何ものでもない」。題材としてとりあげないことは無関心と同義語である。

一九二四年ごろ、吉江喬松、中村星湖、加藤武雄、犬田卯らによって「都市文学に反抗して」農民文芸会がつくられた。会員は二、三〇人もいたと思われるが、「文学的に実を結んだのは」佐左木俊郎ぐらいしかいない。彼は農民の生活をよく知り、農民をごく自然なかたちで描いたが、それでも農民の悲惨な状態がどこからくるのかを究明することができなかった。作家が個人として労働者農民についていかにくわしい知識を持っていても、「階級的な組織の中で訓練されなければ」真に大衆を描くことはできない。このことを佐左木俊郎は如実に示しているだろう。

池田寿夫は『ナップ』誌上でこういっている。「……今まで我々の農民文学は、日本の農業の特殊性をさながらの姿で写しとった。それは、農林省の『本邦農業要覧』にあらわれた数字よりも、もっと正確に日本農民の生活を描きだしていた。けれども、それだけに止まっていた」と。たしかにその通りだ。これまでの農民文学は農業を正確に描き出してはいるだろう。だが、日本の特殊性を描いているとはいえない。農民の生活は、文学作品に描かれた以上に「複雑であり、特殊性に富み、濃淡、さまざまな多様性と変化」に富んだものであるからだ。

農民の生活の多様性を描くとともに彼らの闘争にも目を向けなければならない。そのためには「幾人かの作家が闘争の現実に駆け足で追ひつくことによって文学を推し進めようとするやうなそんなケチなところに重点を置」くようなことではだめであり、労農大衆が芸術家を覚醒させることによって文学を推し進めなければならない。そうすれば、「大衆に理解され、愛され、大衆の感情、欲求に結びつい」たプロレタリア文学が創造されることになるだろう。

伝治はこのようにのべ、農民の具体的な生活の実相とともに心のひだにまでわけ入り、それを前衛の目によって描き出すことの必要性を強調したのである。これは彼の農民文学についての考え方の広まりと深まりとを示すものであった。

このころの農民文学運動について機関誌『農民』を中心に略述しておきたい。

農民文学という概念が定着し、明確な文学運動としてのかたちをとるようになったのは一九二三年から四年にかけてのことであったとされる。犬田卯、中村星湖らは農民文学についての会合を持ち、やがて、白鳥省吾、石川三四郎、和田伝、帆足図南次、鑓田研一、黒島伝治、佐左木俊郎らがそれに加入して農民文芸会となり、一九二五年一〇月、機関誌『農民』を創刊。この雑誌は翌年まで発行されたが、内部の思想的対立がはげしくなり会が分裂したため九号で廃刊となる（第一次『農民』）。

第二次の『農民』は農民自治会によって出された。編集発行者は竹内愛国、編集部に加藤一夫、中西伊之助、犬田卯、大槻憲二、和田伝、佐左木俊郎、高群逸枝らを選出し発足したが、中西や渋谷定輔らが方向転換したため対立が生じ二号で廃刊。

第三次は全国農民芸術連盟発行となり一九二九年四月、リーフレットを含めて三二号まで発行された。加藤一夫、犬田卯、松原一夫らを中心に、二九年五月には「プロレタリア文芸批判号」、七月には「ブルジョア芸術討伐号」を、一〇月には「都会への反逆号」などの特集を編んだ。さらに一九三一年六月には日本プロレタリア作家同盟内に農民文学研究会がつくられたことに対抗して「ナップ派農民文学撲滅号」を出したが、思想的対立により解体した。

第四次は一九三一年一〇月、農民自治協会全国連合発行としたが二号で終わった（雑誌『農民』についての記述は「日本近代文学大事典」第五巻〔講談社〕などによった）。

『読売新聞』（一九三一年六月三、四、五日）に発表した伝治の「農民文学の正しき進展のために――ナップ派より『農民』派への駁論」（「黒島伝治全集」第三巻所収）は、この「ナップ派農民文学撲滅号」への反論である。

『農民』一派が「ドエライ名前の特集号を出したさうである」。一派の犬田氏は「古ぼけた村長サン」のようだが、我々の作品のこととなると「まるで、嫁に行きそびれた年ま女のヒステリーのやうな調子」になる。『農民』一派の反発は、ハリコフ会議の我が国の農民文学についての提案、農民文学会の創設、作家同盟第三回全国大会における農民文学に関する提案などに原因があるらしい。

『農民』一派の「全社会は、農民イデオロギーに依らなければ、絶対に、全的に解放され得ない」という農村的アナーキズムは「迷論」であり、とっくに「蹴とばされてしまった」ものではないか。彼らは農村自体の中にある階級対立と、農民と都市プロレタリアートの連帯の重要性を見落としている。

さらに、『農民』一派は、農村は都市から搾取されるだけでなく、プロレタリアートからも搾取されているのだ。だから都会とは対立すべきである。そして一方、農村は仲良くしなければならない。そのためには同じ農村の構成員である地主には「従順に小作料を納め」、「土地を取り上げると云へば、従順にその所有主にかへせ！　そして小作人は餓死しろ！」といっているのである。彼らは「完全に地主の手先となって居り、同時にブルジョアの手先である」。

我々が、農民を描いた文学を農民文学と呼ぶのは、何もプロレタリア文学に対抗するものという意味でいっているのではない。反戦、反軍国主義の立場に立つものを反戦文学と呼ぶのと同じ意味で、農民を題材にした文学を農民文学と称しているのであって、そのどちらもプロレタリア文学に「包括されるところのもの」である。

いまさらいうまでもないことであるが、多様多彩で複雑な現実の生活を正確にとらええるものはマルクス主義者以外にない。マルクス主義の勉強もしないで、作品の端々をとらえ「悪質主義」だとか「公式への転落」などといって『農民』一派は非難するが、それはとんでもないことだ。我々がめざすのは「現実の生活を、その豊富さ、複雑で、限りない変化に富んだ姿等に於て、正確に、観察し、把握し、表現することであ」って、それはマルクス主義的イデオロギーを徹底することなしにはできない。

我々は、農民の中にある「封建的保守的観念や、小ブルジョア的私有欲にこび追随するものではない」が、「農民生活の持つ特殊性や、農民の感情、感覚、言葉を決して無視」するものではない。我々の「文学こそ農民生活の細かい隅々にまでわたって、しかもひろびろとした全体的な姿の下に描き出す」。つまり、農民の生活を社会現象の中の一部として描き出すのである。

このように、プロレタリア文学の一つの範疇としての農民文学は「山村に閉ぢこもるやうな排他的」、小ブルジョア的な『農民』一派の文学とは、正確な現実把握という基本的な点において異なるものである。

我々は、貧農、小中農、地主などの階層を十把ひとからげに農民と呼び、それらのすべてに根をおろすのではなく、その中の農村勤労階級、すなわち貧農、農業プロレタリアートの中に根をおろす。ここに農民文学の基礎を置くことによって、我々の文学は「闘争する農民大衆自身のものになるであろう」。

農民文学は、「農民が真に解放されるためには、労働者のヘゲモニーのもとに提携して闘う以外には道がないといふ真理が力強く脈打っている」ようなものでなければならない。「スローガンを小説で説明するの」ではなく、「ひたむきに現実と取り組む」ことによってつくり上げられたものこそ真の農民文学作品というべきである。

労農提携とは、プロレタリアートが農民を利用するものでもなく、農民がプロレタリアートに利用されることでもない。そんな「ふざけた話」ではないのだ。それと同じように、我々の芸術活動も利用したり、利用されたりするようなものでは断じてないのである。

雑誌『農民』を読んでみたが、そこに書かれているその「愚劣至極なことは鼻のさきで嗤ふに相当するもの」であって、そのすべてが「農民の小ブル個人主義から事実を正当に認識し得ないところに終始している」。彼らのよって立つところの都市と農村の対立という図式が、実はブルジョア制度からきていることを少しは考えてみてはどうか。そうすれば、ことの本質を理解するための薬にはなるだろう。

こうして伝治は『農民』一派にたいして辛辣な批判を浴びせるとともに、マルクス主義者としての視点の必要性、農民文学がプロレタリア文学に包摂されるものだということ、都市労働者と農民とを対立的にとらえることの誤り、貧農と地主とを農村という概念でひとくくりにすることは小ブル的姿勢であり、農村的排他主義に陥る危険性があることなどを鋭く指摘したのであった。

日本プロレタリア文化連盟（コップ）の結成

プロレタリア芸術運動の統一組織であるコップ（Federacio de Proletaj Kultur-organizoj Japanaj の略称）が結成されたのは一九三一年の一一月である。文化連盟中央協議会組織発起者としてコップ結成の呼びかけをおこなったのは、ナップ加盟の日本プロレタリア作家同盟（ナルプ）、同音楽家同盟（P・M）、同映画同盟（プロキノ）、同美術家同盟（ヤップ）、同劇場同盟（プロット）、同エスペランチスト同盟（ポ・エ・ウ）、戦旗社、プロレタリア科学研究所（プロ科）の八団体であった。これらの団体は、『ナップ』（九月号）に「プロレタリア文化連盟中央協議会について」という「手紙」を掲載し、つぎのように訴えたのである。

「拝啓（略）すべてのプロレタリア的文化団体を含む文化連盟中央協議会の構成を必要と考え、その組織準備会をつくることを発起し、この準備会への貴団体の参加を希望します。（略）各団体は各々独自に、バラバラのままで戦っています。これらの団体の闘争が常に連絡され統一されるためには、諸団体を一つの連盟に包含してその全国的中央協議会をつくる必要があると思います。（略）新潟地方、大阪地方等に闘争の実際的必要から、三四の文化団体の地方協議会が出来ました。かかる実情は、我々プロレタリア的諸文化団体が連盟してその中央協議会をつくらねばならぬことを示しているばかりでなく、これをつくる諸条件の成熟していることをも示しています。この問題を貴団体で討議し、準備会への代表者を決定してその住所氏名を御通知下さい」

この呼びかけを受けて、中野重治は同誌一〇月号に「文化連盟の結成へ！」を書き、その意義についてつぎのようにのべる。

これまで「分散してそれぞれ独立に立てられていた活動方針」が統一的に立てられることになる。それは各領域の特殊性、独自性を弱めるのではなく、「全戦線の構成部分」としての役割が明確になり、かえってそれぞれの分野のたたかいが強化されることになるのだ。そのためには連盟の機関誌を発行する必要がある。

文化連盟は、中央機関を協議会形式にしなければならない。なぜなら、連盟は単一組織ではなく、それは文化の各領域においての独自性と特殊性を持つ団体を包含するものであるからだ。中央協議会は議長のもとに書記局を置き、機関誌、大衆的啓蒙雑誌、グラフ、婦人雑誌、少年雑誌の発行とそのための編集局設置も必要となろう。

中野はこのように連盟のあり方についてのべ、ここに至るまでの意見の対立も含め論議された中央機関の性格、中央協議会メンバー選出の問題、雑誌発行などについてこまかく報告し、連盟中央協議会がつくられたのちにはナップは解体し、より広範な統一的組織が結成されることを信じる、と結んでいる。

こうして日本プロレタリア文化連盟はつぎのような三五条からなる規約草案を機関誌『プロレタリア文化』（一二月創刊号）に発表した。

略称をコップ（ＫＯＰＦ）とし、「ブルジョアジー・ファシスト及び社会ファシストによる文化反動との闘争を行ひ」、働く人びとへ「系統的啓蒙を遂行し」、「マルクス・レーニン主義の上に立つプロレタリア文化を擁立することを」その目的とする。出版事業としては、機関誌、大衆雑誌、グラフ、その他の刊行物、単行本を発行し、機関として中央協議会、書記局、各種の協議会と編集局、資料部などを置くこととした。

所属団体は、前記のものに加えて日本プロレタリア写真家同盟（プロフォト）、新興教育研究所、日本戦闘的無神論者同盟、新興医師連盟が名を連ねている。文字通りプロレタリア文化団体の大同団結であった。

同誌上には、「創刊の辞」とともに「文化連盟の組織問題について」、「日本プロレタリア文化連盟の任務・綱領」、「文化連盟に関する資料」を掲載し、名誉協議員としてゴーリキーやドイツの青年運動の指導者で共産党員のウィリー・ミュンツェンベルグを写真入りで紹介している。

文化連盟（コップ）は『プロレタリア文化』誌上にこれらの文書を発表することにより、創立大会を開くことなく発足した。それは、大会を「正式に開けば、当然警察の弾圧にあって即時解散されることがはっきりしてい」たからである（江口渙「たたかいの作家同盟記」下巻）。

コップの発足によってナップは解散することとなり、つぎのような声明を出した。

「日本プロレタリア文化連盟は、全左翼文化団体の積極的な参加と広汎な大衆の熱烈な要望の裡にその輝かしい成立を見た」。「勿論各文化団体の間に相互の連絡がなかったわけではないが」、わが国のプロレタリア文化運動は、これまで「孤立分散して戦われてきた」。だが、最近の文化状況は「全文化団体の強固な統一的指導を確立すべきことを」求めている。この要求に応じるために文化連盟は生まれたのである。

これまで「プロレタリア芸術戦線の統一的組織として」「多くの貢献をしてきた」ナップは「もはやその歴史的役割を終えたのであり」、「ここに我がナップの解散を声明する」。しかし、ナップの解体は「プロレタリア芸術家団体間の」連絡協議をすべて廃止するというのではなく、その仕事は続けていかなければならない。そのため、日本プロレタリア作家同盟、同劇場同盟、同美術家同盟、同映画同盟、同音楽同盟、同写真家同盟の六団体は「芸術協議会」を新たに結成する。これまでのナップの「闘争経験と諸成果とは必ずや文化連盟の事業に多くのものを与えるであろう」。

この解体声明によってナップは発展的に解消し、より広範なプロレタリア文化団体に統合されることになったのである。

江口渙の前掲書によると、一九三二年の三月までに、東京、京都、大阪、兵庫、広島、仙台、青森、新潟、愛知、山梨、岐阜、福岡、高知、岡山に地方協議会が、堺、久留米、豊橋には地区協議会が組織された。コップ加盟員は一五〇〇名、下部組織としてのサークルは一〇〇〇をこえ、機関誌と大衆紙の総発行部数は一〇万に達したという。

「前哨」とその評価について

伝治は一九三二年の二月、プロレタリア作家同盟機関誌『プロレタリア文学』に「前哨」を発表する。

一一月の初め、浜田一等兵たちの中隊は中国人の部落に駐屯していた。奉天を出たときは、まだ平原には青草が見えていたが、今はもうすっかり枯れてしまっている。軍閥馬占山の黒龍江軍の前哨部隊は日本軍の様子をうかがい、日本軍も「攻撃の時期と口実をねらって相手を睨みつづけ」ていたが、一一月の一八日になって日本軍はチチハルに入城したのである。

その前の二週間ほど、浜田たちの中隊はこの部落で「獲物をねらう禿鷹のような」宿営生活を送っていた。兵士たちは戦争を忘れるためにはめをはずしたい気持ちになっている。浜田も何か悪戯をしたい衝動にかられていたのだった。

屋根の上の見張台にいた浜田は豚を見つける。「おい、うめえ野郎が、あしこの沼のところでノコノコして居るぞ」。浜田の声に「何だ？ チャンピーか？」と、ひまをもてあましていた兵士が聞く。「豚だ」と言うと、六、七名の兵士たちが銃をかついで沼地に向かって行く。近くまでくると、無心に餌をあさっている豚の群れに向けて一斉に銃の引鉄を引いた。相手が人間でないのが彼らにとってこの上なく心地よかった。ただ、初年兵の後藤が狙った一頭だけ急所をはずれたため「回転する独楽のように」苦しまぎれにはねまわっている。何度も引鉄を引いたが命中しない。それを見ていた兵士のひとりが言った。「これが人間だったら、見ちゃ居れんだろうな」。

彼らが仕留めた獲物を持ち帰ると、宿舎の入口で「ここへ支那人がやって来たのを見やしなかったか？」と特務曹長が尋ねる。何かあったのですか、と聞いてもことばをにごして答えなかった。不審に思った大西が「どうしたんだい？」と浜田に聞くと、中国人が「いつのまにか宿舎へ××を×いて行った」という。

中国人の宣伝ビラに神経をとがらせている中隊の幹部たちは、内地から送られてくる慰問袋にも気をつかっていた。ここに駐屯している日本軍の兵士たちは「壁の厚い、屋根の低い支那家屋」に、高粱でつくったアンペラの上に毛布を敷き、そこに雑魚寝していた。

ある夕方、浜田は四、五人の兵士たちとからだを横たえていた。五時、北満の日暮れは早く、もう暗くなっている。「殺伐な、無味乾燥な男ばかりの生活と、戦線の不安な空気は、壁に立てかけた銃口から臭う、煙哨の臭いにも、カギ裂きになった、泥がついた兵卒の軍衣にも現れていた」。くずれ落ちそうな壁には、女優の及川道子や、川崎弘子のブロマイドが張りつけてある。中隊の幹部は女優の写真によって兵士たちが「寂寥を慰めるのを」歓迎していたのである。反戦気分を殺ぐのに役立つと思ったからだ。

六時を過ぎたころ、食糧や慰問品を受け取りに行っていた馬車が帰ってきた。その音を聞きつけた兵士たちは、待ちかねたように「手紙は？」と尋ねると「だめだ」という。今、検閲を受けているというのだ。

慰問袋はひとりに三個ずつ配られた。その中にはフンドシや手拭、石鹸などしかはいっていないのがわかっていても、もしかしたらほかの物がはいっていないかと「クジ引のように新しい期待心をそそ」られるのだった。だが、やはり中身はいつもとかわらなかった。彼らはそれでも中身を取り出すと、袋を振ってみる。すると紙片が落ちてきた。ビラかと思ったが、それは子どもの慰問文だった。

そのとき、大隊副官と新聞特派員がはいってくる。部屋の汚さに辟易しながらも、この中隊が一番がけをしたのですね、と言いながら記者は、「何か、その時に、面白い話はなかったですかな？」と兵士たちを見まわしながら聞いたが、だれひとり答えようとしなかった。記者たちが出て行くと、「くそッ！　おれらをダシに使って記事を書こうとしてやがんだ！」、そんなことより内地の様子をなぜ知らせようとしないんだ。飢饉で親たちがくたばっていやしないか、それが心配なんだ、と兵士たちは不満をぶちまける。

深山軍曹に引率された偵察隊の七人が駐屯地から出て行く。前哨線へ出かけて行ったのである。軍靴の鋲が凍てついた地面の上でカチカチと音を立てる。彼らの目的地は一里先にある。その中に浜田も大西もいた。

樹木は、そこ、ここにポツリポツリとたまにしか見られなかった。山もなかった。緩慢な丘陵や、沼地や、高粱の切株が残っている畠があった。彼等は、そこを進んだ。いつのまにか、本隊のいる部落は、赭土の丘に、かくれて見えなくなった。淋しさと、心もとなさと、不安が、しだいに彼らを襲ってきた。だが彼らは、それを、顔にも、言葉にも現さないように痩我慢を張っていた。

戦場に駆り出されてきている中国兵が、軍閥によって農民や苦力たちの中から集められ、強制的に銃を持たされていることを日本軍の兵士たちは知っていた。彼らも自分たちとたいしてちがわない境遇だったのである。しかし、「劣勢の場合には尻をまくって逃げだすが、優勢だと、図に乗って徹底的に残虐性を発揮してくる」といった話ばかり聞かされていた兵士たちにとっては、彼らが恐怖の存在であるかのように思われたのだ。

茫漠たる北満の曠野。前方に一軒の家が見える。ここが目的地であろう、黒龍江軍の塹壕がところどころに残っている。その家の中には掠奪にでもあったのか、何一つ残っていなかった。家を出た大西が五〇メートルも離れていない所にもう一軒の家を見つけた。「あいつも見て置く必要があるな」と言って浜田が歩き出したときである。ひとりの中山服の男が顔を出した。「支那兵だ！」。彼は叫ぶと、「一時に心臓の血が逆立ちして、思わず銃を持ち直した」。ほかの兵たちも「棒立ちになって」その中山服を見つめる。もし相手がひとりであれば片付けるのはかんたんだが、多くの中国兵が出てきたら、こちらが全滅するかもしれない。本隊からは一里も離れている。心細さがからだ中に広がっていった。ところが、中山服の男はこちらを見て「間が抜けたようにニタニタ笑って」いるではないか。顔を出したもうひとりの男も笑っている。

今にも銃撃しようとしていた兵士たちの緊張はゆるんだが、まだ油断はできない。しばらく相手の様子を見ることにした。あくる日も顔を出した中山服の男たちは笑いかけてくる。つい兵士たちも笑ってしまった。そこで中食の残りのハムを包んで浜田が投げてやると、向こうからは中国酒のはいったビンが投げ返される。そのやりとりを快く思わなかった深山軍曹は、「毒が入って居るぞ！」といったが、兵士たちはラッパ飲みしながらビンをまわしていった。深山も酒を口にする。

こうしてつぎの夜には兵士たちの不安は消え、焚火をしながら雑談に花を咲かせるのだった。こんなとき、いつも話の中心になるのは大西であり、話題は郷里のことだった。郷里に残してきている母親と姉が家主に迫い立てを食っていることへの不満をぶちまける。俺たちは満州へきて苦労しているのに家族のことにはかまってくれない。国のためだといって犠牲になっているのは俺たちじゃないか、と。それにはほかの兵たちも賛成の声をあげる。それを聞いていた軍曹は、そんな話はやめろと言うが大西は話しつづけた。本隊を離れた兵たちにとって、前線には軍隊の階級も上下関係もなかったのである。

やがて薪がなくなったので、浜田は初年兵の後藤を連れて枯木拾いにでかける。それに川井が加わり、三人は小屋を出て行った。一町ほど離れた所で枯木を集めようとした浜田は恐ろしい光景を見た。二、三〇頭もの子牛のような動物がこちらをうかがっていたのである。獰猛な蒙古犬の群だ。三人の兵士との間に凄絶な場面が展開する。

「おい、蒙古犬だ！」

彼は思わず叫んだ。

初年兵の後藤が束ねた枯木を放り出して、頭をあげるか、あげないうちに、犬の群は突撃を敢行する歩兵部隊のように三人めがけて吠えついてきた。浜田は、すぐ銃を取った。川井と、後藤とは帯剣を抜いた。子牛のように大きい、そして闘争的な蒙古犬は、物凄くわめき、体躯を地にすりつけるようにしてせまってきた。それは前から襲いかかるだけでなく、右や、左や、うしろから人間のすきを伺った。そして、脇の下や、のど笛をねらってとびかかった。浜田はそれまで、たびたび戦場に遺棄された支那兵が、蒙古犬に喰われているのを目撃してきていた。それは原始時代を思わせる悲惨なものだった。

彼は、能う限り素早く射撃をつづけて、小屋の方へ退却した。が、犬は、彼らの退路をも遮っていた。白いボンヤリした月のかげに、始め、二、三〇頭に見えた犬が、改めて周囲を見直すと、それどころか、五、六〇頭にもなっていた。川井と後藤とは、銃がないことを残念がりながら、手あたり次第に犬を剣で払いのけた。が、犬は払いのけきれない程、次から次へとつづいて殺到した。全く、彼らを喰い殺さずにはおかないような勢いだった。

浜田が銃声を聞いたのはそのときである。その音は日本軍の三八式の銃声ではなかった。それは中国兵のいる小屋のあたりで動いている四、五人の黒い影の方からひびいてきた。蒙古犬を狙って射撃する銃の音だったのである。犬の群はその小屋を取りまいた。中に残っていた六人の中国兵は銃をもってとび出してきたが、犬の群は撃たれてもつぎつぎと襲ってくる。犬と人間との死闘がつづく。そのあいだ、三八式の銃と中国兵の銃の音が「複雑にまじって断続した」。

危うく難を逃れた浜田たちは中国兵のもとに駆けより「ヤァ！　有難う、助かった！」と言うと相手からもことばが帰ってきた。それは昼間、酒をくれた中国兵たちだった。彼らのあいだには敵味方の感情はもう消えていたのである。

その三日後の一一月一七日、日本軍は進撃を開始、浜田たちの中隊も前哨線の小屋に到着した。そこで中隊長が目にしたのは、三日前に偵察に出した部下が中国兵の歩哨に飯盒の飯を分けてやったり、相手から饅頭をもらったりしている、そんな光景であった。中隊長は「何をしているか！」、「ぶち殺してしまえ！」と叫ぶが、部下の兵士たちの顔には「苦々しい感情がありありと現れ」、銃を取った大西上等兵と浜田一等兵は中隊長に向けて引鉄を引いた。

一九三一年九月一八日夜、関東軍は軍事行動のきっかけをつくるため奉天郊外、柳条湖付近の鉄道を爆破、中国軍の仕業と見せかけ、それを口実に満州侵略を開始する。いわゆる満州事変（中国では九・一八事変と呼ぶ）の勃発であり、一五年戦争の口火を切ったのであった。

この小説は、それから三カ月後のチチハル攻略の直前の二週間のできごとを、ある中隊を舞台に描いたものである（ちなみにチチハル攻略戦に参加した日本軍は、臼井勝美の「満州事変――戦争と外交と」（中公新書）によると、歩兵一一個大隊、騎兵二中隊、計五九〇〇名、中国側は歩兵八七〇〇、騎兵三一〇〇で、日本側の戦死者は五八、戦傷者二二七、凍傷にかかった者は九九六名にのぼった。中国側の戦死者は約六〇〇、負傷者は五〇〇名であった）。

浜田たちの中隊は中国人の部落に駐屯していたが、何者かによって宣伝ビラが投げこまれる。上官たちはそのことに神経をとがらせるが、兵卒たちはそれを期待する。彼らのあいだには反戦気分が広がっていたのである。

家族からの手紙は満足に届かない。慰問袋の中身は日用品ばかりで、たまに手紙がはいっていてもそれは学校で書かされた子供の慰問文だった。兵士たちの不満は大西によって代弁される。前哨という本隊の前方に警戒のため配置されている小部隊では恐れるものはなかったからである。

前哨戦で、彼らが占拠していた小屋の向こうにもう一軒の小屋があり、中山服を着た中国兵の姿を見つける。一時、緊張した兵士たちはその男たちに敵意がないことに気づく。敵意どころか、彼らは好意さえ示したのである。多くの日本軍の兵士たちとあまり変わらない境遇の男たちであったのだ。彼らは食物や酒を交換し合う。

薪を拾いに行った浜田たちは蒙古犬の群に襲われ、危険にさらされるが、中国兵によって救われる。

やがて日本軍が進撃を開始し、浜田たちの中隊も前哨線の小屋に到着する。そこで中隊長が見たものは、なんと部下たちが中国兵と食べ物を分け合っている光景だったのだ。それは中隊長にとって信じられないことであり、上官として許されることではなかった。彼は相手を殺せと叫ぶが、大西や浜田の銃は中隊長に向けて発射される。兵士たちにとっての敵は中国兵ではなく、殺せと命じた上官だった。

この作品について小林茂夫氏は「『前哨』は宮本顕治『プロレタリア文学における立ち遅れと退却の克服へ』（一九三二・四『プロレタリア文学』）において、徳永直『未組織工場――ファッショ』と共に、戦争とファッシズムを主題として、それらとの闘争からの立ち遅れが批判された作品として有名である」とのべている（『日本プロレタリア文学集9――黒島伝治集』解説）。その宮本顕治の批判はつぎのようなものであった。

『プロレタリア文学』の二月号に黒島伝治が「前哨」を、『中央公論』には徳永直が「ファッショ」を書いている。反戦を主題としたものが「前哨」だけであったということは、我々の創作活動が単に「不振」であったというだけのことではなく、「情勢への我々の明らかな『立ち遅れ』として」とらえられなければならないし、また量的にも貧弱であることを認めざるをえない。

黒島伝治は、一連の「シベリア物」と呼ばれる作品によって反戦を主題としてきた作家であることはよく知られている。ところで、それらの作品の欠陥とは何か。

①この戦争の「具体的性質」がはっきり作品のなかに織りこまれておらず、「シベリア出兵」という「一般的常識」を出ていない。

②戦争が「戦場における単なる角逐として理解され、当時の国際的国内的諸情勢における、日本帝国主義」によるソビエトにたいする干渉戦争であったことが認識されていなかった。

③したがって黒島の「シベリア物」に出てくるパルチザンのもつ「階級的任務」が明らかでなく、単に異国の軍隊にたいする「住民の反抗」のような印象を与える結果になっている。

このような点を指摘し、「雪のシベリア」を例にあげながら批判したのである。さらにつぎの点をあげる。

④「大切なことは、戦争が労働者・農民・勤労者の日々の生活」とのつながりを明らかにすることによって「戦争に対するプロレタリアートの利害を、一般的観念としてでなく、何人にも明らかな事実として指示することである」。だが、黒島の作品にはこの点が欠けている。

⑤彼の作品には、兵士の反抗が描かれているが、それが「自然発生的な憤懣にとどまって」いて、階級的視点が示されていない。また、「プロレタリアートの前衛的活動が注目されていない」のも「大きな一連の

欠陥」である。

これらの欠陥は「前哨」においても克服されておらず、「従来の彼の反戦作品のマンネリズムの延長線上に」あることを否定できないとして次の諸点をあげて批判する。

①満州事変が、満州、中国本土にたいする帝国主義戦争であり、ソビエトへの干渉の地盤作りのためのものであること、そして「激化しつつある恐慌」の危機を労働者階級への攻撃によって打開しようとする政策であるにもかかわらず、その本質が「全面性においてとらえられていない」。戦場は描かれているが、侵略戦争は書かれていないのである。

②中国の黒龍江軍にたいする評価が何ら示されていない。

③この作品の「主要なモチーフ」である「戦場における兵士の交歓も甚だ不十分」である。その必然性が明確でなく「極めて自然発生的であって偶然性によって」おり、兵士たちの反抗も、本隊と離れた部隊であったために可能であったように描いている。これが反抗の「階級的必然性を抹殺する結果」になったのである。

④このことは「単に、上官に対するものとして扱われて、自国ブルジョアジーに対する労働者階級の反抗としての見通しに立っていないということと直接に関連している」。もちろん、戦場において「明瞭な階級的自覚」を持たずに行われる兵士たちの反抗はあるだろうが、たとえその場合でも「兵士の自然発生的憤懣にとどまらないで」ブルジョアジーに対する階級的意識を持つ行動に発展することのできる必然性を持っているのだ。兵士の反抗は「プロレタリアートの戦争に対する行動の一環として把握されなくてはならない」。

⑤作者が「自然発生的な行動を描いた」ことを非難しているのではなく、それを「プロレタリア的評価なしに扱っているところ」を批判しているのである。

このように宮本は伝治の反戦を主題にした作品にたいし、その階級的視点の欠如をきびしく批判したのである。

さらに批判を加えたのが『プロレタリア文学』(一九三二年六月臨時増刊号)に載ったプロレタリア作家同盟第五回大会中央委員会報告「プロレタリア文学運動の当面の諸情勢及びその『立ち遅れ』克服のために」につづく副報告であった。

それは、「帝国主義戦争反対」についてとりあげている作家は一、二にとどまり、「しかもこの少数のものでさへ、方法の上に欠陥があるので、実際には単なる消極的意義しか持って居らないのだ」として「前哨」を例証としたものであった。

「黒島伝治の『前哨』は、なるほど今次の満州戦争をとりあげ、戦場における革命的兵士の交歓を扱ったものだ。だが、彼はこれをいかに描いたか? 何よりもまずこれを現在の国際的国内的情勢から切り離して、『孤立化された戦争』として描いたものである。満州戦争の本質は具体的に描かれない所か、この小説の中の話は満州での出来事だ、位の説明しか与えられていない。また今次の戦争が、労働者農民大衆を失業と飢饉に陥れているところの、日本資本主義の危機の所産以外の何物でないこと、従ってそれは労働者農民に対する搾取と抑圧の増大を意味するということを、日常生活における具体的な事実と結びつけて描くこともなされていない」

これについて浜賀氏は「こういう批判からは新しい芽は出てこない。黒島伝治にとって、『プロレタリア文学』四月号の批判もさることながら、この作家同盟大会の組織による批判は打撃であった」(「黒島伝治の軌跡」)とのべているが、たしかにそうであったろう。

伝治はこの年の三月に刊行された「明治文学講座」第四巻(木星社書院)に「明治の戦争文学」を書き、その結語の部分で「明治の諸作家は戦争を如何に描いたか。戦争に対してどんな態度を取ったかは、是非とも研究して置かなくてはならない重要な題目である。若し戦争について、それを真正面から書いていないとしても、戦争に対する作家の態度は、注意して見れば一句一節の中にも、はっきりと伺うことがある。それをも調べて、その作家が誰れの味方であったかを、はっきりして置くのは必要である」。作家同盟による批判の前に、伝治はいみじくも戦争文学の評価のあり方についてこうのべていたのである。

「前哨」についてきびしい批判をおこなった宮本顕治は戦後、日本のプロレタリア文学運動の歴史的総括をおこなった「宮本顕治文芸評論選集」第一巻（新日本出版社）の「あとがき」の中で、当時の自己の諸論文の再検討をおこない、この作品の評価についても見直しをおこなっている。

「『プロレタリア文学における立ち遅れと退却の克服へ』は、戦争とファシズムに対する闘争における立ち遅れの克服という立場から創作活動を論じ」たものだが、「この論文の全体は、作家と作品に対する完全性の機械的な要求となっている」。「そこで批評している黒島伝治の『前哨』」を読み返してみて、「いっそうこの感を深くした」。もちろん「不満なところはいろいろあるが」、戦争の「局面を通して侵略的出兵を批判的に描いている」。作品論としては「肯定的に評価しつつ、いっそうの形象の深化や明確性を求めるものであるべきだったが、さまざまなより全面的な政治的分析が、新たなレーニン主義的段階の名で機械的に求められている」として、その機械論的批評をいわば自己批判し、「一九三一年の後半、『唯物弁証法的創作方法』論以後の作品論などは、機械論が目立って、自分で読んでも苦痛である」が、それは「私自身それを正しいと考え、それに忠実であろうとしての努力の結果だった」と書いたのである。

コップへの弾圧

一九三二年三月二四日早朝、特高警察は結成されて半年にもならないコップ（日本プロレタリア文化連盟）

所属のプロレタリア科学研究所を急襲し、山田勝太郎、平田良衛らを検挙、同二六日には神田の文化連盟事務所を襲って窪川鶴次郎、小川信一、壺井繁治を検挙、さらに事務の仕事をしていた今野大力、猪野省三らをも検束した。四月三日には『大衆の友』編集長の中野重治、プロットの村山知義、さらに四月中旬に蔵原惟人が検挙される（江口渙「たたかいの作家同盟記」下巻）が、宮本顕治、小林多喜二は地下活動にはいった。

五月末までの検挙者は、コップ機関誌『プロレタリア文化』号外によると、作家同盟関係が窪川、中野、今野、猪野のほかに橋本英吉、山田清三郎、今村恒夫、徳永直、中条百合子、貴司山治、江口渙、山内謙吾、細田源吉、川口浩、池田寿夫、村田達夫、戸台俊一、代田央、波立一、大江満雄。演劇同盟（劇場同盟）では村山知義のほかに生江健次、沢村貞子、佐々木孝丸、嵯峨善平ら二一名、すでに留置されていた者は九名であった。

プロレタリア科学研究所は山田、平田のほか寺島一夫、野村二郎ら一六名、エスペランチスト同盟は中台一郎、杉原健三、牧島五郎、奥戸武郎ら一七名、音楽家同盟は原太郎、山本正夫ら四名、戦闘的無神論者同盟は永田広志、秋沢修二ら一〇名が検挙されている。

この弾圧にたいしコップ中央協議会、プロ科、作家同盟は、それぞれつぎのような抗議と団結を呼びかける声明を出した。

去る三月二十日、憎むべき支配階級の手先たちは、わが日本プロレタリア文化連盟中央協議会書記局の同志、小川信一、窪川鶴次郎、小野宮吉、牧島五郎、及びわが連盟出版所長同志壺井繁治の諸君を奪って行った。（略）猪野省三、戸台、大川等の諸君も事務所から拉致し去られた。

そして、彼等は、これらの同志たちに、残虐なる拷問を加へて、デマをデッチあげて、「治安維持法」「出版法違反」にひっかけようとたくらんでいる。（略）

支配階級が、わがプロレタリア文化連盟にかかる暴虐なる弾圧を加へ、わが連盟の「壊滅」を叫んでいる魂胆はどこにあるか。云ふまでもなく、彼等は、わが連盟を中心とする日本におけるプロレタリア文化運動の飛躍的発展に対して絶大なる恐れをなして来たのだ。（略）

昨年、十月、わが日本プロレタリア文化連盟は、絶大なる大衆諸君の支持を受けて、公然と結成された。従来、分散的に闘はれていたプロレタリア文化運動は、これによって統一的活動への画期的飛躍を行ったのだ。そして、中国侵略の戦争拡大、ソヴェート攻ゲキ、金融恐慌の深化、支配階級のファッショ化のただ中で、わが文化連盟が、屈することなき活動を大衆諸君の支持の下に行ってきたことは周知の通りである。（略）

わが連盟の刊行物が「発禁」にならなかったものはない。事務所には官憲、スパイ共が間断なく襲ってきた。（略）

わが連盟加盟諸団体のサークルは、既に千に及ばんとしている。定期刊行物は、連盟各団体を合して十万を出ている。連盟創立以来、汎太平洋文化週間に至るまでのわが連盟の活動は、この階級闘争の異常なる激化の秋にあたって、真にプロレタリア文化運動の旗を守って闘うものこそ、わが日本プロレタリア連盟であることを実証しているのだ。

支配階級の今度の暴圧は、かかる我が連盟の活動の発展を破壊せんがためである。（略）然しながら、奴等支配階級のいかなる計画的な暴圧も、戦闘的労働者農民と堅く結合して闘っているわがプロレタリア文化運動の前進をはばむことは出来ないのだ。既に、わが文化連盟の検束された同志たちの補充なり、書記局の活動は整備した。（略）

中央常任委員の大部分を持って行かれたプロレタリア科学研究所は「暴圧反対対策委員会」をつくり、暴圧をハネとばして直ちに中央委員会を整備して活発な活動を続けている。文化連盟地方協議会はすでに抗議運動を起こしつつある。文化連盟の活動を支持している労働者農民の支配階級の暴圧に対する憤激の声は、大衆的抗議運動へたかまりつつあるのだ。全国の同志諸君！

起って、日本プロレタリア文化連盟に加えられた暴圧と闘へ。各文化団体員各サークルのメンバーは暴圧に抗議してわが文連とその刊行物を守れ。（略）わが文連はいかなる敵の弾圧にも屈せず、断固として、プロレタリア文化運動の旗を守りつづけるものである。

（『プロレタリア文化』四月号）

我々は完全にファッショ化せる資本家地主政府に対する新たな激怒とともに、諸君に告げなければならない！

三月二十四日朝、官憲は、突如、寺島一夫君、平田良衛君を初めとして四名のわが中央委員及び一名の所員を各々自宅から逮捕し、同時に研究所事務所を襲って多くの貴重な物品を奪い去った。更らに二十五日朝に至って、新たに二名（河野重弘、小川信一）の中央常任委員と他の二所員を奪ひ、同時にコップ出版所長の壺井繁治君と同じくコップの窪川鶴次郎君を逮捕した。（略）

かかる暴圧は、わが研究所が大衆化の活動を強化し、四月を期して大会を決行し日本プロレタリア科学者同盟に再組織されんとした事に対する弾圧を意味する。敵は、プロレタリアートの正しい科学的理論が、大衆をとらへ、工場農村に根を置く事に対して襲って来たのだ。（略）

今回の暴圧は、わが研究所の正しい方針に基づいた大衆化活動全体に対して向けられた弾圧であり、日本プロレタリア文化連盟の重要な一翼を破壊せんための資本家地主政府のファッショ的襲撃である。（略）

今回の暴圧が、戦争を遂行し、ファッショ独裁に移行しつつある資本家地主の反革命的暴圧であることをハッキリと知る我々は、そして就中、研究所の大衆化、科学サークル活動の強化に対する襲撃であることを知る我々は、わが研究所の大衆化、科学サークル活動の拡大強化、コップの強化を闘うことによって敵に逆襲しなければならない。

（『プロレタリア科学』四月号）

去る三月二十四日以来文化連盟を襲った暴圧は、わが作家同盟の中心的メムバアたる中野重治、村山知義、窪川鶴次郎、壺井繁治、貴司山治、山内謙吾、今野大力、中条百合子、蔵原惟人の諸君をも奪ふに至った。そして、これらの諸君に対して、何れも不当な拘留或は検束の蒸返しを喰はせ、言語を絶した拷問を加へ、デマをデッチあげて最悪の「治安維持法」に引っかけやうとたくらんでいる。（略）

彼等のこの狂犬的暴圧は、云ふまでもなくわがプロレタリア文化運動が広範な大衆的基礎の上に飛躍的発展をなしつつあるのに対して、怖れをなしたからに外ならない。

わが作家同盟は文化連盟加盟の団体として最も強力に活発に活動を遂行してきた。そして近くわが同盟は、その活動の盛り上がった力をもって第五回大会を持たうとして、精力的にその準備をなしつつある。その矢先に、支配階級の憎むべき手先共は、文化団体の優秀な働き手であり、同時に、わが同盟の中心的メムバアたる同志諸君を奪ったのだ。（略）

殊に同志蔵原惟人のわが文学運動並びに文化運動の上に残した足跡の絶大なることは何人にも異存がないであろう。今日、同志蔵原及びその他の同志諸君の階級的意志は我々の仕事の上に具体的に生かされつゝあるとは云へ、彼等を我々の手に取返すことは、わが文学運動並びに全体として文化運動の等しく要求する所であり我々の緊急の任務でなければならない。（略）

我々は文化連盟及びわが同盟の中心的メムバアに加えられた暴圧に対し、断固として闘うものである。全読者諸君は起って、我々と共に闘へ！　わが同盟各支部及びサークル・メムバアは、即時この闘争を大衆の中に組織し、その力をもって敵のあらゆる暴圧とデマをケトバして、わが国に於ける唯一のプロレタリア文化運動の主体たる文化連盟及び唯一のプロレタリア文学運動の主体たる作家同盟を守れ！

（『プロレタリア文学』五月号）

作家同盟第五回大会

この弾圧によって壊滅的打撃を受けたコップの立ち直りは早かった。早速書記局が再編成され、書記長に大月源二、書記局員に石田精一、池田寿夫、植村喬三、北条元一らを選任する。

コップの中心的組織である日本プロレタリア作家同盟は、五月一一日から三日間の日程で築地小劇場において第五回全国大会を開くことを決定した。だが公然と大会を開ける状況にはない。その前に非公然の大会を二日間開いて実質的な討議をすませておくことになった。この非公然大会は、江口渙によると、五月九日から一〇日にかけて画家津田青楓の広いアトリエでおこなわれ、完全に成功したという。全国から集まった出席者は五〇名をこえた（「たたかいの作家同盟記」下巻）。

鹿地亘は「五月十一日から三日間築地小劇場で持たれる筈だった我が同盟第五回大会は第一日開会と同時に臨監築地署員に解散を命じられ、中央委員の大半を奪われ、第二日以降の日程を中止することを余儀なくされた」と書き出された「日本プロレタリア作家同盟第五回大会の諸成果」（『プロレタリア文学』一九三二年七月号）の中で、つぎのように総括している。

本大会は全国二一の同盟支部とその準備会、三〇〇の文学サークル員によって支えられたものであることを確認する。その成果は、企業、農村に基礎をおくという文学運動の方向転換をおこなった昨年度の方針の正しさが、この一年間のたたかいを通じて実証されたことである。その方針とは、「正しい共産主義的影響の下に大衆を組織化することであ」り、文学の分野では、「革命的な文学的創造、創作方法に於けるレーニン主義的段階の確立」、大衆へのブルジョア文化の影響の排除、反動的文化の粉砕、文学サークルへの大衆の組織化と企業や農村から文学的活動家を獲得することなどであった。

「事実、我々は非政治的、文化主義的日和見主義との闘争を主要な任務として遂行して来たし」、以前とくらべても比較にならないほどの政治的関心が高まってきた。このことは「理論的創造的活動」においても「大衆の直接的啓蒙活動」に関してもいえることである。また組織拡大についてもかなりの成果をあげることができたが、「我々をとりまく諸条件が要求している同盟の任務の重大さ」を考慮すれば、まだまだ立ち遅れているというべきである。

我々を取りまいている情勢とは何か。それは、一年以前にはまだ「危機」であった「帝国主義的反ソヴェート的戦争」、「金融恐慌」、「失業の増大と階級闘争の未曾有の尖鋭化」、「ファシズム」が現実のものとなったことである。

また、文化運動においても、「ブルジョア文学のファシズム化」や「社会ファシズム文学」にたいするたたかいが十分であったとはいえないし、農民文学についても見るべき成果をあげていない。

こうした欠陥を持ちながらも、コップへの凶暴な弾圧によって中央協議会は壊滅的打撃を受けたにもかかわらず作家同盟が第五回大会を開いたことには、大きな意義を認めなければならないだろう。そして、国際革命作家同盟という国際的組織に加盟して初の大会であることも看過してはならない。

このように指摘しながら鹿地は作家同盟の現状にきびしい目を向ける。それは規律の問題であった。彼はつぎのようにのべる。

本大会においてこのことが強調されたのは、今日のきびしい情勢の中で革命的な方針を実現するためには「あらゆる日和見主義との徹底的闘争によって自己を武装することが必要である」からだ。我々は、文学運動の躍進にともなって強まる支配階級の攻撃によって生じる「恐怖」がつくり出す日和見主義から目をそらしてはならない。それはいかなるところに現われているか。たとえば、敵の攻撃の集中するコップの部署などにつくことを拒否したり、組織の名簿をかんたんに官憲に奪われたりするような状態がそれである。

今あるべき作家同盟の姿は、「かつての非政治的文化主義的な街頭組織ではなく、凶暴化しつつある日本帝国主義のファッショ的支配に抗して自己の道を拓かねばならぬ革命的な文学組織」なのだ。我々はそれを実現するため「決意と勇気」を養わなければならない。ともかく、日和見主義を克服することが緊急に求められているのであり、同盟員の中にある傍観者的批判や自己の欠点を指導部の責任に転化する態度を一掃しなければならないのである。

鹿地はこのように、第五回大会の成果とともに克服すべき課題を提示したのだった。

多喜二の死から「文化集団」へ

のちに、「はじめて喀いたとき、僕の子供は乳児だったが、それが昨年から幼稚園へ通ひ、この三月には学校へ行くやうになっている」（一九三七年二月一九日の壺井繁治宛の書簡。これ以降の伝治の書簡、エッセイは「定本黒島傳治全集」第四、五巻に所収）としたためた伝治の最初の喀血は一九三三年の早春、家族といっしょに出かけた百貨店でのことであった。四月に再び喀血、感染を恐れて娘を弟夫婦にあずけている。

一九三三年二月二〇日、小林多喜二が特高によって虐殺されると、早速、『赤旗』、『無産青年』、『働く婦人』、『大衆の友』、『プロレタリア文学』などの各誌は追悼特集を組んだ。これらを読んだ伝治は書きかけの題名のない原稿を残している。

「同志小林多喜二の死に関して、感想を書いて送れとのことであるが、四月にまた喀血して、私はいまだ病床にある。……先月の小林多喜二特集号は仰臥して見た。それぞれに面白く、そして全体としては、非常に物足りない感じが強かった。短い感想に、多くの人達が、それぞれの接触面から故人を語ることは、それが真実味を持っているとき全く面白いものであるが、しかしそれらは、同志小林が愛用した形容詞『二つの空豆』の如くよく似かよっているものだ。そして、一冊の小林追悼号に、一篇の四つに組んだ小林多喜二論さえないことは」。ここでこの原稿は中断している。

また、同じ頃「小林多喜二の芸術の基調」を書いている。

「同志小林多喜二は、労働者農民の斗争の先頭に立って、白色テロルに倒れた」と書き出されたこの評論は、つぎのようなものであった。

一九二七年までの「作品に現れた小林は別にして『一九二八年三月十五日』以後はその死まで最も真実なるプロレタリア作家」として貫き通した。しかも「無惨に全身を傷つけられ××されながら、口を噤み通した」のである。その死は「労働者農民を強き憤激にかり立てずに置かないだろう」。

「蟹工船」の中に、脚気になった労働者が公平であるべき船医から裏切られるところがあるが、それは、多喜二の死体の解剖を拒否した医者の正体を生前、作品の中ですでに暴露していたのだ。

「今や、正しき者には、その死後に於いてすら自由がない」。彼の告別式には、近親者のほかには、江口渙、佐々木孝丸が参列を許されただけであり、告別式に集まった者は追い散らされたり検束されたりした。「葬儀の自由もない国が、世界中どこにあろうか？　ただ日本あるのみである。今や、日本の労働者農民大衆は最後の自由すら奪われている！」。

多喜二の芸術の基調をなすものは何か。それは「支配階級に対する焼けつく憎悪であった」。「一九二八年三月十五日」は三・一五事件を「敵階級に対するわきたぎる憎悪を持って描」き、彼の最高傑作である「蟹工船」にも「満身の階級的憎悪がこめられている。この憎悪によって、彼は読者を震撼させた」のであり、また「敵階級をも震えあがらせたのである」。

「不在地主」、「工場細胞」、「オルグ」、「沼尻村」などの作品は「プロレタリア文学運動の理論的要求を作品の上に具体化して答へる最先端に立っていた」ことを示すものである。「不在地主」は労働者と農民の連携を、「沼尻村」は「戦争と恐慌と、飢餓を取り上げ」た作品であるが、農民を描いたものとしては「より正しいプロレタリア的立場に立とうとした努力」は認めるとしても、階級的憎悪という点では「一九二八年三月十五日」や「蟹工船」ほどの「充実した強いみなぎり」が見られない。

恐らく多喜二が「勇んで筆を取り得たであろうと思われる」のは「敵階級への憎悪感の充実と集中を内部に強く感じるとき」であり、「理論の形象化」に成功したことだけでは不満が残ったにちがいないと思う。彼の作品を評価する基準は、「理論の形象化」の出来不出来よりも、作品にこめられた階級的憎悪に置くべきではなかろうか。それは、彼がレーニンの「左翼小児病」から引用する「抑圧され、搾取されている大衆の代表者たちが抱くところの憎悪はまことに『すべての知恵の始まり』であり、またあらゆる社会主義者、××主義者の成功の基礎である」ということばによく示されている。これは「小林自身愛誦置く能はざりし言葉の一つにちがいない」。

多喜二は「不在地主」において、農民と労働者の提携、農民の解放は「プロレタリアートのヘゲモニー」なしではありえないことも描こうとした。「沼尻村」では、「恐慌と戦争の嵐が吹きすさぶ一九三一年の農村」における社会民主主義者や国家社会主義者の裏切りとのたたかいこそ恐慌から脱する道であることを示そうとしたのである。

だが、この二つの作品には階級的憎悪、××的情熱が十分には発露されておらず、傑作とはいえない。ことに「沼尻村」は農民の階級分析についても理論を「機械的に適用したのにすぎない感が深」く、作品に登場する社会民主主義者と国家主義者も「想像でこしらへた人物」の域を出ていない。「現実の芸術的反映」でなく、理論を芸術にあてはめようとして失敗したのではないか。沼尻村前後から彼の作品に「文学的潤いが消えて行った」。

だが、このような弱点があるとはいえ、この二作品は農民を描いたものとして「プロレタリア文学に与えた積極的寄与は、高く評価されねばならない」。

このように結論づけながらも、伝治の二作品にたいする批評はかなりきびしいものであった。この文章について小田切秀雄は「ちょうどそのころ大喀血がはじまっていたので『小林多喜二の芸術の基調』のほうはおそらく予定の三分の一くらいのところまで書いてあとが続けられなくなったのであろう。小林の死を悼みながらも、小林ら作家同盟主流派への疑惑はこの作品論のなかにも露頭しており、こういう論旨のものはもし完成しても当時のナルプ（作家同盟）系の雑誌にはのらないであろうという見通しから完成しなかったのかもしれない」（『黒島伝治全集』第三巻・解説）と書いている。このことはともかくとして、結局、この文章はどこにも発表されなかった。浜賀知彦氏は「この周辺の問題は文化集団社の設立、『文化集団』の創刊と無関係ではないだろう」とのべている（「黒島伝治の軌跡」）。けだし妥当な指摘であろう。

また、山田清三郎は、「一九三二年いらい、ナルプの文学活動は、同盟員の検挙・拘留・検束・集会の非合法化・刊行物の連続発禁等（引用者注・機関誌『プロレタリア文学』は二〇号まで発行されたが、三二年に出された一四号のうち一三号が発禁処分をうけたという）の暴圧ときりはなしては眺められない。この時期のナルプの文学活動は、まったく暴圧の中でおこなわれた。徳永直の『創作方法の新転換』は、暴圧の嵐と、一方『唯物弁証法的創作方法』のスローガンと、それをものさしとする批評における官僚主義、『政治主義』的硬化した方針のはさみうちによってみちびかれていたナルプの動揺と危機を、公然と表面化させ、ナルプの存在上重大な影響をあたえた。しかし、コップ、ナルプ指導部は、これにたいして適切な方法をとることはできず、またすでにその基盤を失っていた。ナルプの解体作用は、それより前、『文化集団』の出現によって、すでにはじまっていたのである」（『プロレタリア文学史』下巻）と書いている。その「文化集団」について略述しておこう。

作家同盟の出版部長を辞した長谷川進、組織部長であった秀島武、それに黒島伝治、伊藤貞助らによって一九三三年六月に創刊された『文化集団』は、左翼作家から自由主義的な文学者まで幅広い結集をめざした統一戦線的雑誌で、発刊の背景には同年二月の多喜二虐殺、六月の佐野学、鍋山貞親の転向声明、作家同盟の指導方針にたいする同盟員の不満などがあった。

執筆者には作家同盟系の文学者のほかに、プロレタリア作家クラブの機関誌『労農文学』による葉山嘉樹、里村欣三などの旧文戦系の作家、それに豊島与志雄、森田草平なども含まれている。ほかに、高見順、森山啓、本庄陸男、中条百合子、佐々木一夫、久板栄二郎、平林彪吾、越中谷利一、土方定一、唐木順三、中村光夫、神近市子、千家元磨ら、文字通り多彩な顔ぶれであった。

誌面は、社会主義リアリズムをめぐる論争、転向文学の問題など当面するテーマをとりあげ、また作家同盟の解体をめぐっても江口渙、山田清三郎、神山茂夫などの論争を掲載したり、ショーロホフの「開かれた処女地」の翻訳を載せたりした。

『文化集団』は一九三五年二月、二一号で終刊となるが、前年三月の作家同盟解散前後から『文学建設者』、『文学評論』、『現実』などが相ついで刊行される雑誌の先駆的役割をも果たしたのである（『日本近代文学大事典』第五巻などによった）。

『文化集団』の第二号（一九三三年七月）に伝治は「作家と模倣」という短いが痛烈な文章を発表する。

「最近三年ばかり、私は、毎年その三分の二を病床に過ごしている。今年も四月初めにねこんで、そのまゝ今は、六月半ばをむかえた。病床の友は、本棚に並んだいくばくの書籍と、押入れにつめこんだ古雑誌である」との書き出しで理論と作品との関係のありようについてのべる。

世の中に「理論の尻尾を追いかけまわす芸術家ほど苦しきものはない」。「その芸術家（？）が融通がきかず、クソ真面目で生活経験に乏しいとき、それはもう苦しさを通り越して、滑稽で」さえある。

古い雑誌とはいわない。ここ一、二年前のものをひろい読みしてみるがよい。そこには理論家の批評基準が「猫の目のごとく変転している」様子が読みとれ、失笑を禁じえなくなるだろう。しかも指導理論が変わると「今まで東に向かっていたものが鰯の群れのごとく」それに従って西に方向を変える。そのときはわからないが、時間がたってみると、それが「いかに画一的で無味乾燥で血の通っていない借りものであったか」が見えてくるのである。

芸術家たちは、これまで「理論の尻尾」を追いまわしてきたし、今もそれは変わっていない。芸術家たるものは理論家にたいし、理論構成のための材料となるべき作品を提供すべき存在であり、そのためには理論家よりも先を歩かなければならない。

そもそも理論家というのは「現実」の中からさまざまな材料を集め、それを大系づけ結論を出すものである。そのような結論に「依存するような芸術家は真の芸術家の名に値しない」ものなのだ。芸術家たるものは理論家以上に「より深く細かく」現実の中にはいっていかなければならないのであり、「より敏感に細かな感触を以て現実を表現して見せ」なければならない。だが本末転倒しているのが現状ではないか。

ところで、ソビエトの作家ファジェーエフの「壊滅」は、プロレタリア文学の傑作として日本では「小説の玉座」に位置している。たしかに、この作品の舞台となっている情景は実によく描かれており、私などの及ぶところではない。しかし、時代的背景のちがいは別にして、この作品からトルストイの影響を差し引いたら何が残るだろうか。

私自身にしても西欧の作品から受けた影響を抜き取れば「骨と皮になって何物も残らない感を深くする」。このことは、日本の近代の作家の多くにもいえることであり、大家たちの「最初の作品」はドストエフスキーがいなかったら生まれなかったといってもよい。

もちろん、トルストイにしてもその先駆者である作家としてディケンズやプーシキンがいたし、プーシキンにはバイロンがいた。肝要なことは、その模倣や影響からいかに抜け出すかであり、「自分自身の眼で世界を見、感じ、その中へ這入って進んで行くかどうかである」。

作家は先達者から影響を受けるとともに、「その時代の指導的思潮」からの影響はそれ以上に強い。それによってしか世界を見る眼をもたないものは「その時代と共にほろびる」のである。たとえば自然主義流行の時代にその代表作とされたものの中に今読むにたえうるものは「九牛の一毛にすぎない」ことを見てもわかるだろう。長塚節の「土」が今も感動を与えるのは「自然主義という時代思潮に忠実」であった以上に「自然そのものに忠実」だったからである。

このように伝治は、すぐれた作品が生み出されるのは、理論や思潮への忠実さの度合いによるものではなく、現実をいかに深く、細かく見るか、それを主体的にどう描いていくかにあることを強調したのである。ここに、理論に作家が振りまわされることへの批判や、当時の作家同盟指導部の方針にたいする不満を見ることができよう。

浜賀氏の「この文章は黒島伝治のいつわりのない気持の表現であろう。プロレタリア文学運動のインテリ出身者の理論性の強い作家や組織労働者出身の組織性の強い作家でもない黒島伝治のこの文章は論理的展開といえず、より実感的、体験的である。ナルプへの不満も、林房雄や徳永直の発言とはかなりちがう。地をはうように圧えたところで書いている」(「黒島伝治の軌跡」)という指摘には同感である。

伝治はこの年の六月ごろから病床日記をつけ始めるが、戦時中、夫人によって消却され残っていない。療養のため家族とともに小豆島に帰り実家の離れに落ちついたが、八月一八日から七〇日間も喀血がつづき、六、七回も危機に見舞われた。

この一九三三年、「国境」、「前哨」がロシア語に翻訳されている。『プロレタリア文学』の終刊は一〇月のことであった。

「近況」と「感想」

一九三四年、長谷進、秀島武宛の書簡「近況・小豆島より」が『文化集団』一月号に、同誌二月号には「感想」が掲載された。「近況」にはつぎのように記されている。

先日送ってくれた、「社会主義リアリズム」と「芸術におけるレアリズムと唯物論哲学」を拝受した。それから毎月の「文化集団」もその時々に授受している。更にさかのぼっては、八月下旬の両君のお手紙共に拝見した。

八月以来、手紙をかくことが出来なかったのは、女房が知らしたように、激しい喀血のためだった。（略）

やうやくにして血がとまると、今度は、あまりに長くねていたため、恐しく衰弱して、脚が立たなくなっていることが分った。今もまだ、脚がいたくて、杖にすがって、小便に行くような有様だ。――とにかく七十日間の喀血といふようなのは、日本中で僕がレコードかもしれない。（略）

さて、八月下旬の両君のお手紙九月はじめに拝見して病臥したまゝいろいろ考へていたが、あまり長く病臥がつゞいて、今は、さういふ、頭の中の案も、時効にかゝった感じだ。その後、三原君の手紙で、「社会主義レアリズム」がうれたので、ホクホクしているときいた。まさかホクホクでもないかもしれないが、病臥で新聞さえよまないのと、東京の最近の状勢が分らない地理的関係から、僕には何も分らないといった感じだ。しかし、雑誌は九月号以来、号数を重ねるに従ってよくなり、活気が出来てきている。「社会主義レアリズム」が、プロレタリア文壇を席捲した有様は、田舎から眺めても気持がいゝ。ヂャーナリストとしても、両君は、立派に立って行けるといふ感じがする。六月に創刊して、四五カ月のうちに文壇を席捲するといふが如きは、かつて例がないだらう。此調子で「文化集団」をして、問題の中心に立ちつゞけさして行って欲しい。

僕は、当分、何事も打すてて療養に専心しなければならない。触れゝば倒れさうな状態だ。兄等の注文の小説をかきたいといふ予算に、十一月頃には出て行きたいといふ予算も、総くづれになってしまった。

――略――

もっと親しくかきたいことがあるが以上ですっかりくたぶれてしまった。

「作同」の転向がこちらに伝へられているが、ひまがあらば知らしてほしい。「作同」は僕らには無縁だと見えて、ニュースも何も来ない。

（十一月二日付）


つぎに「感想」を抜粋しておこう。

お手紙ありがとう。（略）
僕は追々よくなりつゝある。先月医者へ行って、X光線の写真もとった。聴打診上の異状はすくないのに、X光線で胸部を透視すると、左右の肺がひどくそこなはれて、侵されていない部分はちょっとしかないのには、ひどく悲観した。よほど真剣に療養しないと生命は長くないといふ自覚を痛切に深めつゝある。
（中略）
僕等は、自分の考へ、自分の感じ、自分のこひねがふことを好きなように書く自由な芸術家にならうではないか。人を打つ作品は、古来の多くの大作家の作品と云はず、手近なここ四五年来のプロレタリア作家の作品を思ひかへして見ても、それぞれ自分が芯から感じ考へたことを自由な気持で率直にかいた時にのみ得られている。芸術家から自由を奪ふものに二つある。一つは……階級の……である。一つは芸術家内部に於ける権力である。共にどれだけ芸術家ののびのびとした発展を妨げているかもしれない。

東京の最近の状勢が僕には皆目分らない。ひまがあったら、くわしく知らしてほしい。治安維持法改正と作同については、如何なる見透しがついているか。あまり長くかくと疲れるから。(十二月二十四日付)

この一九三三年末に書かれた二編の文章から、伝治の悪化した病状と、「社会主義リアリズム」や解体直前のナルプへの関心とをうかがい知ることができる。

「社会主義リアリズム」がソビエトにおける基本的創作方法として取りあげられたのは一九三四年八月のソビエト作家同盟第一回大会においてであるが、この理論はすでに前年の『プロレタリア文学』(二月号)に、上田進によって「ソヴェート文学の近状」として紹介されていた。

これは、ソビエト作家同盟第一回大会組織委員会総会におけるもので、グロンスキーの演説とキルポチン報告からなっている。

冒頭に、「ここでは『唯物弁証法的創作方法』といふ創作的スローガンはたゞしくない、その代りに『社会主義的リアリズムおよび革命的ロマンチシズム』が必要だと主張されている。しかしこの主張の根拠は、ここにのべられているかぎりでは、かならずしも疑問なしといへない。その是非については今後なほ多くの論議が必要とされるだらう」との編集部の見解がつけられているこの報告の中で、「社会主義リアリズム」についてつぎのようにのべられている。

「たとへば、ファヂェエフの『壊滅』や、レオーノフの『スクウタレフスキイ』のやうに、形式的には『不幸な』結末をつけているときでさへも、それぞれの尺度において、発展の方向を、革命と社会主義との勝利の見とほしをえがきだしているのである。そのやうに、生活の豊富さと複雑さとを、その肯定的および否定的モメントにおいて、その発展の社会主義的根源とともに、えがき出す方法――これをわれわれは、社会主義的リアリズムとなづけることができる。社会主義的リアリズムこそ、わがソヴェート文学の発展にとって、もっとも豊饒な道である」

『文化集団』はこの「社会主義リアリズム」の紹介に積極的な姿勢を示していた。

ナルプの解体

ナルプが、日本プロレタリア作家同盟第三回拡大中央委員会の名で解体声明を出したのは一九三四年二月二二日のことであった。この長文の声明から主要な点を抜萃しておこう。

今日のプロレタリア文学運動がおかれている状況として「帝国主義的危機にともなう支配階級の極度の反動化と、プロレタリアートの政治的勢力の一時的後退との相対的関係の中で、未曾有の困難の条件の下に置かれている」ことをあげ、それにたいして我々の力は「これをはね返し得る情態からは」ほど遠い。したがって、「現在の活動形態のままでは、かかる情勢に対応し、支配階級の攻撃に対抗して、自己の活動の道を拓き得ない情態にある」。

それはつぎの事実によって明らかであろう。「我が同盟の絶対的多数の作家は現在の組織を事実上放棄し、合法圏内に於ける必要な活動の自主的な展開に向かっている」。つまり、同盟内の「活動的作家たちは、機関誌の発行の擁護、同盟費の納入、組織的活動遂行等の一切の義務を放棄することによって、絶対多数を以ってそれへの不信を表明しつつあり、指導部への不満に対しても組織的方法による指導部の批判乃至改選への意志を放棄することによって、事実上同盟組織を形骸にとどめている情態である。明白にこれはわが作家たちの一時的敗退である」。そして「現在の指導部も今日の情態に於いては、この敗北を克服し得る現実的基礎を有しない」が、それは「指導部の個々のメンバーの無能に帰せられるべきものでは断じてない」。もしそうであるなら、指導部を改革すれば解決することである。だが、組織成員の「絶対多数はそのことに無関心を粧い、別のところに力を注ぎつつある。即ち、作家の根本的欲求としての創作活動を、全く合法舞台に於ける展開に集中しつつあることである」。

きびしい状況の中でも、プロレタリア作家としての文学的活動は「今日なお保証されている」のだから、この「合法的可能は最大限に我々のもの」にしなければならない。「殊に一方に於いて我々の文学がまだ何程の大衆をも捉えていないのみならず、他方に於いて作家たちの絶対多数が合法圏内に於ける活動の意志と力とをのみ示し得る情態の時に、断じてそれは放棄されてはなら」ないのである。

ところが、「同盟を脱退し、正式に脱退しないまでも同盟の活動を放棄しているものは、決定的多数に上っている」。「これ等の事態は、今日の力関係に於ける我々の一時的敗北である」が、それはやむをえないことでもあろう。力関係を無視した方針を出せば、そこに予想されるのは「大多数の成員の離反と、悲惨な敗北である」。情勢を配慮しながらの「一進一退」と敗北主義とは区別されなければならない。また「同盟が、現実にその絶対的多数の成員によって抱かれている不安を取り除き、今日の主観的ならびに客観的情勢に処する合理的解決を与えなかったところに、これらの成員が同盟からの離反を敗北的見地に立って合理化しなければならぬ条件が与えられたこと、即ち同盟の政策的無力が敗北的潮流をあおった事実を見逃してはならぬ」。

このような中で「作家がその主観的条件に応じつつ、自己の文学的な活動の場をきりひらいていくこと」は「今日に於ける活動の方法」を「暗示」するものである。それは「発表機関を中心とする自主的な、合法的な、創作的研究的緒グループの形成」であり、「形骸のみに近い組織の維持を計るよりも」、このような「文学的活動の実態を基礎としつつ、合理的解決」をめざすほうが重要である。

ここで我々は、「文学理論、創作方法上の達成点を明らかにしなければならぬ」。それは、「階級社会と階級闘争との真実を画き出す『社会主義リアリズム』の方法を、我々の作家の実践上の指針とすること」により、「真の階級的な、文学活動家」を養成し、これまで「我々の間に残されていた卑俗な政治上の功利性を要求する誤り」を排除するということだ。さらに「観照主義の傾向を克服」し、「作品の中から作家の世界観一般のみを抽象することを以って、文学の正しい客観的評価に置きかえるが如き誤り」を克服することが大切である。

つぎは組織問題である。

「一年以前、我が同盟が企業農村を基礎とする大衆的組織化の方向をとって以来、夥しい文学的活動家の輩出と、同盟の全国的な、組織的発展とがもたらされた。これは文学サークルを組織としての組織方針の具体化であることは疑う余地がない」。だが、「政党・労働組合の拡大強化という見地から、即ち補助組織を組織するという見地から問題が立てられ勝ちであったが故に、文学団体としての組織的活動に各種の障害が胚胎した」。そこには、政党や労働組合の不拡大の責任を文学団体が問われるというような誤った見解が支配していたからである。

たとえば、「文学団体の成員に政党・労働組合オルグの任務を負わせる傾向のために、作家本来の創造的任務がおろそかにされる状況が生じ」たり、文学活動をしないものが、文学団体に「サークル・オルグの資格で流入」したりして、「文学団体としての質の低下」を招いたこと、「政治的功利性の文学への要求」などがそれである。

もちろん、「組織の労働者化、新しい労働者的働き手の養成の必要から、作家同盟への加入のハードルを低くすることはあってもよい」。とはいえ、「作家・評論家としての素質を持たぬものを文学運動の必要以外の理由から」組織へ流入させることは「組織理論の混迷の具体的現れであ」ったことはいなめない。

労働組合やサークルがきびしい「敵の攻撃」にさらされている現状では、「作家が自己の合法的な創作活動の保証のために、組織活動を廻避することも一般には止むを得ない」し、「創作活動の保証は逆に、サークルの発展のためにも又不可欠なのである。このような事情の下で、作家とサークルとの組織的結合を我々が、一般に強制することは、困難というよりも妥当でさえない」。

それでは、我々は今何をなすべきか。ひとことでいうならば、「作家の創造的活動を最大に保証し、具体化し得る可能な形式」を追求することである。たとえ「過去の政策に於ける機械的な極左的な欠陥」を克服したとしても「もはや今日作家をつなぎとめ得ない」ところまできているとすれば、このような組織を維持したとしても意味がない。「今日、我々の作家たちが自主的にではあれ移っている所の実質的な活動形体こそ、新しい文学活動の形式のよりどころとなるものである」。

今日のような状況下においては「敵の攻撃の分散的形式に散開することを妥当とする」が、それを維持することさえ困難となっている。なぜなら、「絶対多数の同盟成員は、かかる対抗的形式に移ることを欲せず、合法圏内に於ける作家としての活動に全体的に移行しているからである」。このことを我々は明確に見きわめておかなければならない。「事実上形骸にとどまるところの政治的文学的組織としての作家同盟の維持、もしくはそれを基礎とする対抗的な分散的形式を維持することは無意義である」。

「合法的な、発表機関を中心とする文学者団（直接の政治的任務から解放されたところの）の形式、しかも、それは自主的に今日成長しつつあり、現存している所のものを成長せしめること、ならびに地方に於いては同じく合法的文学雑誌の発行を中心として、従来の同盟組織の成員を実体とする所の、地方文学グループを形成すること、このことこそ唯一の合理的解決である」

このような見通しに立って、「我々は光輝ある歴史をもつ日本プロレタリア作家同盟の解体を宣言する。このことはプロレタリア文学の放棄を意味するものではなく、今日の情勢に適応しない形式をやめて、プロレタリア文学のより高き発展に最も合理的な道を拓くことである。自己の可能と限界との正確な認識の上に、今日最も妥当なる形式――合法的発表機関を中心とする創作グループとしての活動にうつ」ることこそが「新たなる情勢に於ける、更に前進的な文学運動の再組織に基礎を与えるもの」となるであろう。

「社会主義的リアリズムの方法の導きの下に、すぐれたるプロレタリア文学の創造、社会主義的競争を開始せよ。かかる実質的文学活動に於いて、諸グループは相互の高き文学的成長のために努力せよ」——声明はこのように結ばれる。

一九二九年二月に結成され、ナップの中心的団体としてプロレタリア文化運動を担ってきたナルプ（日本プロレタリア作家同盟）も、天皇制権力の激しい弾圧の中で「政治の優位性」を強めていき、硬直化した指導理論が同盟員の創造的活動の停滞や離反をもたらしたこともあって、組織の維持が困難となった。こうして五年間に及んだ活動に幕をおろすことになったのである。その一因をなしたのが、現象的には、前述した伝治らの『文化集団』の創刊であったともいえよう。

ナルプ解体の年に、上田広、橋本正一、金親清らによって『文学建設者』（のちに『文学建設』と改題）、渡辺順三、武田麟太郎、森山啓、亀井勝一郎、それに徳永直も関係していた『文学評論』、遠地輝武、小熊秀雄、大江満雄、田木繁、槇本楠郎らの『詩精神』、小野康人、本庄陸男、保田与重郎らによる『現実』、そして『文芸街』が久保栄、松田解子らによって創刊されている。

15章　「血縁」執筆からその死まで

公判から「血縁」執筆へ

ナルプの解体から五カ月のちの七月初め、伝治は上京し壺井繁治宅に泊まる。七日の判決公判に出るためであった。『戦旗』（一九三二年一月号）に発表した「入営する青年たちは何をなすべきか」が新聞紙法違反に問われ、起訴されたのである。彼は短編「傷病兵」の中で、このことについてつぎのように書いている。

「戦旗に書いた『入営する青年たちは何をなすべきか』という短い文章のために、現在は、編輯発行兼印刷人の上野壮夫君と一緒に、新聞紙法違反で訴えられている。去る、十二月十日、その第一回公判があった。寒い風が吹く日だった。僕は、朝、八時すぎに裁判所に出かけて行った」

「僕等の被告は、上野壮夫の外に、『プロ科』の藤村丈夫、対馬、『産労』の高山洋吉、『労働者教育』の佐野袈裟美、『農斗』の福岡進の七人である。事件は別だが、ともに新聞紙法違反で起訴されていた。で、弁護士が統一公判を要求したのだ」

「僕は、すっかりくたぶれてしまった。ひどく咳をした。そのたびに、痰が、胸の奥から、のどへ、ころころと、ころび出て来た」

「『文戦』では、もとより起訴されたことはなかった。発禁にさえ、時にはならなかった。それだのに、『戦旗』にそれを書くと起訴されるとは、――そんなベラ棒なことがあるだろうか?」

「僕が、××主義戦争に反対するのは、戦地へやられた自分の体験から出発しているのだ。僕に、反戦の文章を書かせるのは社会だった。だから、社会は、僕を罰するよりさきに、自分で、自分を罰するのが最も当然の道すじだろう！　僕は、憤激を持たずに裁判所を出ることが出来なかった」

東京区裁判所の判決は禁固二カ月、罰金二〇円、執行猶予四年であった。

八月、故郷の小豆島苗羽村に新築した家に移り、病んだからだの栄養源として鶏を飼い始める（のちには山羊も飼った）。

一九三五年一月、前の年の一一月からとりかかった作品「血縁」が完成し、『文芸』に掲載される。三月のことであった。

昔は田であったところを地あげした一廓には五棟の諸味《もろみ》倉と二棟の麴部屋、各一と棟の圧搾場、仕込場、倉庫等を持った工場が、その東側の白い花崗岩で築き一段高い屋敷の八ツ棟づくりに江戸黒漆喰をぬりまわしたどっしりとした邸宅がつづいている。

ここが「女主人の経営する」不二田の醬油工場であった。

この工場の労働者のたいていがいわゆる土地の者で、何らかの血縁関係でつながっていた。番頭の八太郎は、女主人の普請道楽を好まなかった。工場や納屋が少しでもこわれるとすぐ修繕したがる女主人のやり方を無駄だと思っていたからである。

彼はまだ三十の坂をこえたばかりだったが、その苦労を刻んだ容貌から四十過ぎに見えた。農家の生まれだったが、少年のころからこの工場で働き、今は樽工場の経営や埋立工事などの仕事にもかかわるようになっていた。その財産は不二田の半分くらいはあるだろうと噂されるまでになっている。その羽振りのよさに、父親はいつか工場の経営者になってくれることを期待し、「そんなに骨身を惜まずに不二田につくさいでもよかろうが」、「うちにも醬油納屋でもこしらえて少々諸味をつくってみてはどうかな」と言うのだった。

この工場で事故が起こったのは大正も終わる年のことである。石炭をたいていた八太郎の従弟の万造が大釜から溢れ出た熱湯を頭から浴び、一週間後に死んだのである。このできごとが、ある噂を呼んだ。二三年前に同じような事故で一人の老婆がなくなっているが、その後、不二田の旦那が狂死、息子は肺結核で死亡、女主人の養女の婿もなくなり、そしてこんどの万造の死。不幸のつづく原因は、ろくに老婆の供養もしてやらなかった祟りだという噂となって広まった。

だが、八太郎にとってはそんなことより、万造の弟の卯二郎のことが気になって仕方がなかったのである。彼は六〇〇〇人の従業員を持つ醸造会社「山三」で、工員たちを煽動したり、賃下げの方針を察知し、ストライキの計画を立てたりするような男であったからだ。

八太郎にとって自分の親類縁者の中にそんな者がいるのに責任を感じ、不二田の工場に引き取って「ど根性を叩き直してくれよう」と思っていた。「労働組合の種を植えつけられる」のを恐れた「山三」の支配人は八太郎にその監視役を頼む。血縁者で固めた不二田に入れればその心配はなくなると考え、八太郎はそれを引きうけることにする。

不二田へ来た卯二郎の性格は変わることはなく、口かずが少ないだけに、それがかえって八太郎を不安にさせた。彼は、万造の事故死にたいして二千円を要求するが、その金額に女主人は「あんまりおどかしなさんなよ」と言うと「狡い笑い」でその要求を拒否したため、「山三」の支配人に仲裁を頼む。その結果、女主人は要求を認めざるをえなくなったが、そのかわり卯二郎を追い出すように八太郎に迫る。やめさせる方法が見つからず悩むのだが、思いのほかかんたんにいった。卯二郎にはこんな血縁関係のうるさいところで働く気などなかったからである。彼は行く先も告げずこの島を出て行く。

半年ほどが過ぎ「団栗《どんぐり》の葉の柔かい緑が萌え出る山道を菅笠をかむった遍路が鈴を鳴らして登りはじめる」春がやってきた。

工場の格子窓から諸味の臭いが流れ出ている。工場の空地では女が竹みがきの仕事をしていた。万造の妻だったおさだである。そのそばでは女の子が砂遊びをしていたが、それにあきると泣き出した。だがそれにはかまわず、おさだは仕事をつづけている。

万造の父茂兵衛は、この女を三男芳造の嫁にしたいと考えていた。芳造は腕のいい樽職人である。八太郎が持ちこんできた芳造との縁談をおさだは、自分のほうが六つも年上だし、「もう種ちがいの子供は産みたくない。一人で、こうして後家を立てたいと思うとるんじゃ」と言って断ってしまう。「そうかい。じゃ、すきなようにするがえいわい」、「俺れゃ、何も、これから知らんぞ」と、自尊心を傷つけられた八太郎は突き放す。

彼は隣りの村から芳造の嫁をさがしてくる。裕福な百姓の妹であり、それは「柳行李一ツで貰われてきたその日暮しの労働者の娘だったおさだ」への面あてでもあった。

芳造の嫁となったチヨは抜け目のない女であり、八太郎がこの家の親類縁者の中でもっとも力を持っていて、茂兵衛もその子芳造もただ実直なだけの平凡な男であることをすぐ見抜いていたのである。チヨにとって、そんな家の「家計の切りもりから、所持金の繰りまわしまで」やることぐらい造作もないことだった。それは彼女の育ちから身についたものである。食事を切りつめ、休みもとらずに働いて小金をためるような生活や、隣りの家が没落するのを喜ぶような家風の中で育てられたからであった。八太郎は抜け目のない彼女に家の財産を商売に使うことをすすめる。

芳造がとめるのもきかず、家財道具を手押車に積んでおさだが引っ越していったのは、「寒い季節風が、海岸から工場や、人家や、丘へかけて、霙まじりの雨を横なでに叩きつけたかと思うと、早足の雲が通りすぎて太陽がちらと顔をのぞけ、そしてまた湾の上が暗くなって雨がザアザアとすゞ黒い工場の屋根や諸味の塩分によごれた壁や、板かこいを叩いてゆく」、そんな寒い日のことであった。

おさだが荷造りをするあいだも、チヨは麦稈真田を組む手を休めずに持ち出される道具から目を離さなかった。

茂兵衛は、チヨが実家の裕福ぶりを自慢することに神経をとがらせるようになり、晩酌をしているときに、彼女がわざとらしくまわりの物を片付け出すと「悄然と」盃を置くようにもなっていった。そんな光景をおさだは何度も目にするようになっていたのである。こうしてチヨの行動は、これまでの茂兵衛一家のなごやかだった雰囲気をこわしていくのだった。こんなことがつづくうちに茂兵衛はだんだん無口で、かたくなな老人に変わっていく。そしてそのやさしさはおさだだけに向けられるようになった。「そのやさしさのなかには、どうかすると父親としてのそればかりでなく、もっとほかの男性としてのそれが感じられたりした」。息子の芳造ともほとんど話をしなくなってしまう。

おさだは一度だけだったが、チヨの母親が年老いて働けなくなった父親を「ほし殺ししたという噂」について芳造と茂兵衛が話しているのを聞いたことがある。それはつぎのようなやりとりだった。


「そりゃ、あれを嫁に貰いに行って、はねつけられた者の悪る口だろう。」嫉妬から人はよくこんなことを云い出すものだと云いたげに芳造は軽るく答えていた。

「いいや、誰が負け惜しみでそんな悪る口を云うもんか。女の子は母親のやり口を真似るもんじゃ。」茂兵衛は仲のいゝ息子夫婦に自分が嫉妬をもっているとでも云いあてられたもの、ように、やっきになってそうでないことを示そうと云いつゞけた。「家のきりまわしでもあいつは母親が百姓家でやっとったのをうちへきてそっくりそのまゝやっておるんじゃ。俺じゃって、もっと年がよって働けんようになったらほし殺さるかもしれん。」

「ほし殺すなんて、おれが生きとるうちはそんなことはさせん。」
「い、や、分るもんか！　親や婿をほし殺すなんぞ、百姓はやりかねんのじゃ。あいつは、親や婿よりもゼニや物が大事なんじゃ。」
「そんな馬鹿々々しいことが……」芳造は笑った。

茂兵衛の彼女を見る眼はそうはずれてはいなかった。家を出て行くおさだに思い出の品を持たせようとするのを見ていたチヨの眼は「強盗に押し入られた慾の深い老婆の眼つき」そのものであったのだ。そして、「いっそのことこのボロ家にも棒をとおして担うて持って行くがえいわ！」とまで言う。娘を背負ったおさだが出て行くと、「こみあげてくる嬉しさをかくすことが出来ない様子で」家の中をはねまわりながら、「いっちゃった！　いっちゃった！　これでせいせいしたわ」とはしゃぎまわった。

そんな彼女に、おさだが忘れて行った貯金通帳から金が引き出されているのを見つけた芳造が問いつめると、お金は増やすためにあるもので、しかるべきところにまわしていると、しゃあしゃあと言ってのける。

製造費を安くあげる新しい製樽工場ができたため、チヨも資金を出していた八太郎の工場は採算がとれなくなり、職人の賃金も出せなくなってしまう。彼女は出した資金は戻ってくると強弁するが、それは望みのないことであった。財産をつぎこんだことが「一家の何もかも破壊して不幸に陥れてしまったのである」。

我慢の限界をこえた芳造に殴られたチヨは、では「私を売って頂だい。女郎になと淫売になと売って頂だい」と開きなおると「死ぬ」ということばを残して家をとび出して行った。身投げでもするかもしれない。芳造は夜の海岸へ出ると彼女の名を呼びつづけた。「海岸は急に騒々しくなった。家々の戸があいて提灯が現れた。埋立地の南端の舟つき場では慌てた声が誰かを呶鳴って、伝馬が櫂をギイ〳〵鳴して海の中へ漕ぎ出された」て行った。

チヨの姿は見当たらない。そのとき、おさだが家にいることを知らせにきた。布団をかぶって寝ているではないか。どこまでもしたたかな女であった。

やがて八太郎も、卯二郎があの不二田を追われるようにして出て行ったときと同じようにこっそりと島を離れた。この工場ではその前後から賃金が引き下げられていき、また八太郎の事業の失敗によって家や畑を失った茂兵衛の弟は狂死する。結局、八太郎がかかわった埋立地や樽工場は不二田の女主人の手に渡ってしまったのである。

一方、茂兵衛といっしょに生活するようになったおさだは彼に「死んだ夫を感じるようになって」二人を区別することができなくなっていく。「血縁は争われなかった」のである。娘の道江も茂兵衛を「お父うちゃん」と呼ぶようになる。「ただ彼は、刑務所に服役している卯二郎のことを時々心配して、次男が出てくるのを待っていた」というところで小説は終わる。

ここには、経営者のいわば搾取の実態や、八太郎の事業の失敗によって家や田畑を失った農民は描かれているが、たたかう人々は登場しない。ただ服役している卯二郎にその姿を想像させるだけである。典型的な悪女として描かれるチヨの行く末にしてもそうである。

作品の中で、卯二郎がよく書かれていないとの壺井繁治の指摘にたいして伝治は一九三五年六月一日付の手紙の中でつぎのように書く。「『血縁』の批評ありがたう。長男《（ママ）》の運動をしている男がよくかけていないのは兄の批評のとほりだ。はじめ、五六人の人物を短篇の中で活躍させて見るつもりでかゝったのだが、やはり、小説は人物をいき〴〵とかくだけが目的でなく、それよりも、さきに、人を打つことを心がけることが肝腎だったやうだ。いづれ、そのうちもっとからだがよくなったら、大いにかくよ」と。

浜賀知彦氏は「黒島伝治の軌跡」の中で、「プロレタリア文学運動が解体させられたとしても、労働者はいるし、農民はいる。その生活がある以上、それを描くべきだという伝治の発想が、『血縁』を書かせもする。

壺井繁治が活動家の卯二郎が書けていないと批評しているが、『血縁』の活動家卯二郎は作品の中に実体として現われずに、『従弟の卯二郎は』『卯二郎がいさえすれば』『卯二郎の出所を待っている』という影の部分でとらえられている」とし、「〈転向文学〉が左翼作家の主要な傾向として進行する状況にあって小豆島在の黒島伝治が茂兵衛を中心とする血縁のこみ入った人間関係を描くことで、島の資本の動きや労働者をとらえようと試みているといえるだろう」とのべている。

また、「黒島伝治全集」第二巻の解説で、「沈んだリアリズムで小豆島の一家族を中心にその入り組んだ人間関係を描いて、プロレタリア文学運動が解体したあとの困難な時代のなかに作家として生きる道の手さぐりを示したが、それははげしい動揺のなかにある時代と文学とのなかではくすんで見えるようなところがあった。そして黒島の健康はふたたびその試みを続けさせなかった」と書いたのは小田切秀雄であった。

この年の八月、伝治は「海賊と遍路」(『文芸』)、「今野大力の思ひ出」(『文学評論』)二編の短いエッセイを発表。

(「血縁」は「黒島伝治全集」第二巻、「定本黒島傳治全集」第三巻に所収)

一九三六年からその死まで

一九三六年一二月、「文学案内」のアンケートに答えて、「破れた絵(永野混)――こまやかさと、嘘のないところがよいと思ひました。いさゝか志賀直哉的な感じもありますが、それを清算するとこの作者はもっと、ぐっと、よくなると思ひます」(「私の最も印象深かった一九三六年の作品」)と書いている。

翌年七月には『帝国大学新聞』に「減少する魚類――小豆島の話」を書き、村の現状についてつぎのようにのべている。

「村の青年は、四段から五段の百姓では食へないので、一方で漁をするか、舟乗りになるか、素麵をこしらへるかしていたが、今は、醬油工場の労働者になる。小学校がすむと工場へ這入る。労働者も、数年前から何べんも賃金をさげられ、今度の物価対策に床屋も、大工も、石屋も賃金値上げをしているのに工場は上げないので、月末にとってきた賃金を右から左へ出してなお足らず、米屋や、八百屋や荒物屋で借り越しをつゞけている。――さうして醬油屋自身も龜甲萬、山サとの競争に巨大な資本の力に押されて苦境に立っている」

九月には「田舎から東京を見る」を『早稲田大学新聞』に発表。

「田舎から東京を見るといふ題をつけたが本当をいふと、田舎に長く住んでいると東京のことは殆ど分らない。（略）田舎の生活も決して単調ではない。退屈するやうなことはない。私の村には、労働者約五百人から、三十人ぐらいのごく小さいのにいたるまで大小二十余の醬油工場がある。三反か四反歩の、島特有の段々畠を者もるあ《ママ》耕作している農民（引用者注・「定本黒島傳治全集」によったが、筑摩書房版「黒島伝治全集」では「段々畠を耕作している農民」としている）もたくさんある。（略）先日思ひがけなくT氏が帰省して、いろいろ東京の様子や、最近の文学の傾向や人々の動静を聞くことができた。

その時、プロレタリア文学のことに話が及ぶと、T君は、いまどきプロレタリア文学などといったら、馬鹿か、気ちがひだと思はれるよと笑ひ出してしまった。すくなくとも肚の底では考えていても、口に出していふものはないとのことである。

常に労働者と鼻付きあはして住み、また農産物高の半面、増税と嵩ばる生活費に、農産物からの増収を吐き出して足りない百姓の生活を目撃している者には、腑甲斐ない話だとそれは感ぜられるのだ。攻勢の華やかな時代に、プロレタリア文学があって、敗北の暗黒時代に、それぞれちゃんと生きている労働者の生活を書かないのは、おかしな話だ。むしろかういふ苦難な時代の労働者や農民の生活をかくことこそ意義があるのではないか」

T氏は壺井繁治のことである。年譜（「壺井繁治全集」第五巻所収）には、「コップ加盟のその他の団体もほとんど解体。思想と感情の分裂はげしく、日夜思い悩み、不眠症となる。共産主義思想の正しさを信じながらも、一方一日も早く出所したいとの欲望、しだいに頭を擡げる。外部との連帯感崩れ、極度の孤立感に陥る。共産主義運動より離脱する旨の第二回上申書提出。五月、保釈出所」（一九三四年）とある。この「転向」後の壺井の話が伝治に複雑な気持ちを抱かせたことは想像に難くない。

この年、長女が小学校に入学。弟が出征している（一年半後帰還）。

一九三八年四月二日付の壺井繁治に宛てた手紙の中で、再度の新聞紙法などによる弾圧を懸念し、「中野君や中条君や、そのほかのいろいろの人たちはどうしているか？ 多くの人々が自著を絶版としているが、僕なども、それをやらなければ、仕方がないやうになるんではないかと、さうした点の御地の空気や状勢を知らしてほしい。（略）田舎に一人でいると、困ったときの相談相手もないし、智慧を貸して貰ふにも人がいない。そして、いろ〳〵な状勢は、新聞を見るだけではちっとも分らない。

発行当時禁止にならなかった記事について、あとから、新聞紙法によって安寧秩序の件で引っかけられるといふことがあるだらうか、さういうことについて、なにか知っていることがあったら知らしてほしい」とのべている。

この年の七月一四日、執行猶予が終了した。

翌三九年六月八日、伝治は岡山県の傷痍軍人療養所で治療を受けることになるが、効果は見られなかった。そのときの病状をのちに壺井や川那辺光一宛の手紙の中で語っている。

「七月十四日以来血痰が出て、いまだとまらず、あらゆる手段をつくしているが前途は暗たんたるもので、すべてを天命にまかせるのほかない」

「去る七月、療養所で悪くなって、いろ〳〵な関係で療養ができないので八月末、自宅へ帰り、そこであらゆる手段、方法をつくしましたが一向よくならず、そのうちに、僕の病気を最も心配していた父が死去しこの一年は、全く悪いことつゞきで、よわっています。（略）約五カ月、不書、不読、不語、不考、不焦慮の長い日を送っていましたが、この頃やっと古い雑誌を仰臥読書器にくくりつけてよみはじめたくらいです」

病状は思わしくなく、父が七四歳で死亡、伝治にとってきびしい一年であった。

一九四〇年、元日に二女が誕生。小康状態がつづき、庭作りなどを始めている。

『経済情報』の埴谷雄高の依頼により同誌「政経篇」に「内地米一斗に外米四升が添加されるやうになって麦の混食には平気だった者も外米のバラ〳〵して口ざはりの悪いのには閉口した。外米の添加量は、次第に増やされてきた。胃を悪くする者、下痢する者など方々で悲鳴をあげたが、私の子供も外米のはいった飯は半分くらいしか食べなくなってしまった。医学博士の説によると、人間はその土地にできるものを食べるのが健康にもよいとのことである。日本人が外米を食うのは栄養の点からもよいとはいえない」と外米の添加を批判した「外米と農民」を掲載したが、時局柄不適切だというのだろう、発禁となってしまい、伝治は作品の発表にますます自信を失っていく。

一九四一年には、つぎのような手紙を川那辺光一宛に書き送っている。

「僕は相変はらずの生活をつゞけています。疲れては休み、起きては、二三行書き、四五日休んで又一枚ほど書き、そんなふうにして、去る十二月に書きはじめた小説を、まだ机の抽出に入れて、先日以来大掃除をしてくたぶれ、麦刈りが近づいて脱穀納屋のコンクリートを塗り直して大いにくたぶれ、――何時間でもつゞけて書ける時間も持ちながら健康その他のことで、なかなか思ふやうにいきません。小説といふものは、どうも多忙だから書けない、ひまだから書けるといふふうに簡単に片づけられないやうです」（五月二三日付）

また、「短命長命」（『帝国大学新聞』）というエッセイの中で「文学のことは年齢によってのみはかることは出来ない」。だが、文学が作家をとりまく環境によって影響を受けるとすれば、それは時間によって変わるものであるから、「作家の作り出す文学にも変化を与へるのは否まれないように思はれる。が、その資質によって、短い時間のうちに速かに完成して行く者と、完成までには、長い時間を要し、さまざまな紆余曲折を経て行く者とがあるだろう」とのべ、自分のことについてつぎのように書く。

「ところで私のように長い病気で久しく仕事をしないで生きている者はそれではその逆で自然が仕事が出来るまで長命さして呉れるのだらうか、あるひはながいき出来さうな気もする。これまでの仕事には、まだ自分が三分くらいしか出せていなかった気もする。が、本当のことは、生きてみなければなんとも云へない話である」

このような文章を書いた伝治の病状は、翌四二年四月中旬に悪化し、肋膜炎を併発、一一月まで何度も危機に見舞われた。そして一九四三年五月には壺井に宛てて「小豆島に引っこんで、寝るのを仕事としだして、丸十年がくる。そして、その間は短かかった、すぐ十年がたってしまった感じだ。（略）この頃、小豆島にも、かはった、いはゆる面白いことがあるが、僕は、さういふことに、とんと興味が持てなくなってしまって、生死の問題と、人間生存の意義だけが心を引く」と書き送っている。

その五カ月後の一〇月一七日、宿痾の肺疾患とたたかいながら、短編の名手として数多くの作品を残した黒島伝治は四五年の生涯を閉じた。

あとがき

私にとってプロレタリア文学との出合いは、若いころ読んだ葉山嘉樹の「海に生くる人々」や「淫売婦」、「セメント樽の中の手紙」であり、黒島伝治の「二銭銅貨」や「豚群」であった。前者には強い衝撃を受け、後者にはプロレタリア文学の原点を見る思いがした。その後、伝治の「シベリア物」と呼ばれる反戦小説にひかれ、いくつかの作品について書いているうちに、彼の生涯を追ってみたいという気持ちが強くなった。だが、なかなかふんぎりをつけるまでにいたらなかったのである。

そんな私に〝はずみ〟をつけてくれたのが小林茂夫氏の伝治に関する諸論考と、一九九〇年に刊行された浜賀知彦氏の「黒島伝治の軌跡」（青磁社）であった。執筆にあたって多くの示唆を受けたのもこれらの論考や著作からである。

本書の中で、山田清三郎の「プロレタリア文学史」上・下巻（理論社）を主要な参考文献として援用しながらプロレタリア文学運動史の記述に多くを充てたのは、天皇制ファシズムによるきびしい弾圧のもとで展開された運動の中での黒島伝治とその文学を位置づけてみたいとの試みもあったからである。

さらに岩渕剛氏のことば（『民主文学』二〇〇〇年五月号）をかりていえば、プロレタリア文学の「積極面を擁護し、発展させていくところに、現代の民主主義文学運動の意義のひとつがあ」り、「文学同盟（現・日本民主主義文学会）の原点もあることを忘れてはいけないのだと、いまあらためて考える」とともに「プロレタリア文学運動の経験は、今の民主主義文学運動に対して示唆を与えている」からだ、ということもあった。

また、ことにプロレタリア文学運動に関する資料を多く引用したのは、当時の権力とのたたかいや、運動内部の熾烈な理論闘争の実態とその雰囲気をより正確に伝えたかったからである。

本書は、日本民主主義文学会三池支部誌『炭鉱地帯』に「黒島伝治の生涯と作品――プロレタリア文学運動の中で」という表題で連載した（この中のプロレタリア文学運動史の部分――「『種蒔く人』創刊」から「三・一五事件と『ナップ』の結成」までは同人誌『渦流』に竹井浩一のペンネームで発表した原稿に手を加えたものであり、反戦小説を中心とした数編の作品についてのべた部分は前著「文学に見る反戦と抵抗」にも収めている。なお、年譜は主として「黒島伝治全集」（筑摩書房）、「黒島伝治の軌跡」所収のものを参照した。

本書でとりあげた伝治の作品は、「日本プロレタリア文学集9――黒島伝治集」（新日本出版社）、「黒島伝治全集」、佐藤和夫編「定本黒島伝治全集」（勉誠出版）などに収録されている。

最後になったが、本稿の連載を了承していただいた『炭鉱地帯』発行人の村中利行氏、編集者の杉本一男氏をはじめ、三池支部のかたがたに心からお礼を申し上げるとともに、本書の発行にあたってお世話をかけた海鳥社の杉本雅子氏に感謝の意を表したい。

*　*　*

初版のこの「あとがき」を書いて一〇年ちかくがたった。このあいだに、新聞や雑誌で非正規労働者、ワーキング・プアなどのことばがおどり、プレカリアートというイタリア生まれの造語まで使われた。このような政治の貧困の中で生じた経済格差は、これからもっと大きくなるだろう。小林多喜二の「蟹工船」がベストセラーになり、葉山嘉樹の「セメント樽の中の手紙」が広く読まれたのも当然のことかもしれない。これからも、プロレタリア文学の読者がふえることを強く願う。

今回の重版にあたって、若干の手直しとともに、書名の「文学運動と黒島伝治」を「プロレタリア文学運動と黒島伝治」としたのは。内容をよりはっきり表わしたいと思ったからである。

二〇一三年一月

山口守圀

山口守圀（やまぐち・もりくに）
1932年生まれ。
1953年、同人誌『文学世代』同人。
1970年、同人誌『渦流』同人。
日本民主主義文学会会員
著書　「文学に見る反戦と抵抗――私のプロレタリア作品案内」（2001年）、「文学運動と黒島伝治」（2004年）、「短編小説の魅力」（2005年）、「文学に見る反戦と抵抗」（増補版、2011年、いずれも海鳥社）

プロレタリア文学運動《ぶんがくうんどう》と黒島伝治《くろしまでんじ》

■

2013年2月1日　第1刷発行

■

著　者　山口守圀
発行者　西　俊明
発行所　有限会社海鳥社
〒810-0072　福岡市中央区長浜3丁目1番16号
電話092（771）0132　FAX092（771）2546
印刷・製本　九州コンピュータ印刷
ISBN 978-4-87415-877-7
http://www.kaichosha-f.co.jp
［定価は表紙カバーに表示］